KB267016

천군 _{天軍}

천군 1

무명 대체역사 전쟁소설

초판 1쇄 찍은 날 § 2003년 6월 5일
초판 1쇄 펴낸 날 § 2003년 6월 15일

지은이 § 무명
펴낸이 § 서경석

편집장 § 문혜영
편집 § 장상수 · 김희정
마케팅 § 정필 · 강양원 · 이선구 · 김규진 · 홍현경

펴낸곳 § 도서출판 청어람
등록번호 § 제1081-1-89호
등록일자 § 1999. 5. 31
어람번호 / 제3-0006호

주소 § 경기도 부천시 원미구 심곡1동 350-1 남성B/D 3F (우) 420-011
전화 § 032-656-4452 팩스 § 032-656-4453
http://www.chungeoram.com
E-mail § eoram99@chollian.net

값 8,000원

ISBN 89-5505-706-7 04810
ISBN 89-5505-705-9 (SET)

1부
천 군 부

천군

天軍

1

무명(無明) 대체역사 전쟁소설

1부
청어
람

작가의 말

우리는 한(恨)이란 말이 한반도에 살고 있는 사람을 가장 잘 표현하는 단어라 생각합니다.

하지만 우리의 구구한 역사를 돌이켜 보면 한(恨)이라는 말을 떠올릴 만한 사건은 대부분 조선 시대 그것도 임진년 이후부터 생겨났다고 생각합니다.

혹자는 한(恨)의 역사가 한민족을 한반도에 가둬놓은 반민족적 행위인 신라의 삼국 통일까지 거슬러 올라간다거나 몽고 침입이라고 말하지만, 찬란한 문화와 그에 걸맞은 군사력을 갖추었던 통일 신라, 고려는 주변국들이 함부로 할 수 없는 힘이 있는 나라였습니다.

식민 사관과 사대주의적 사관이 만들어낸, 진실을 왜곡하고 왜곡된 진실을 당연한 진실로 받아들이게 하는 '가장(假裝)의 이미지', '조작된 이미지'가 만들어낸 단어가 '한(恨)의 민족'이라고 생각합니다.

천군은 활자의 힘을 빌어 세상에 나오기에는 부족함이 많은 글이지만, 현실 도피적인 지적 유희에 빠지기보다 잃어버린 민족적 자신감을 찾는 데 도움이 되었으면 좋겠다는 작가의 작은 소망과 바람을 담았습니다.

끝으로 부족한 글이 책으로 나오기까지 아낌없는 도움을 주신 청어람의 사장님과 장상수 대리님, 직원 여러분, 그리고 제 글을 재미있게 있어주신 '데프콘 포에버' 카페 동호인과 여러 온라인 독자님들, 박옥환 친우, 감수하겠다던 정경일, 김은아 부부, 술익는 마을의 노성민 사장님, 김상태 형, 올 10월에 결혼한다는 김준모와 이유정 동생, 마지막으로 남편 밥 차려주는 것을 가장 중요한 일로 생각하는 김금주 마나님에게 감사의 인사를 전합니다.

2003년 5월 21일

무명(無明) 배상

❖ 본 소설에 나오는 지명 및 인물, 일련의 사건들은 작가의 상상이 가미된 가공
이므로 역사 속에 실존하는 사람의 업적이나 역사적인 사건이 아님을 밝힙니
다.
❖ 가독의 편의를 위하여 방언들은 표준어로 대체하였습니다.

프롤로그

미국 주도로 이뤄진 제3차 이라크 전쟁은 이슬람과 기독교 간의 전쟁으로 확전일로를 걷고 있었다.

후세인의 유엔 무기 사찰 무조건 수용이라는 전격적인 발표에도 불구하고 미국과 영국은 프랑스와 러시아, 중국의 반대를 무시하고 바그다드를 지난 9월에 맹폭하였으며, 약 20만의 육군을 이라크에 진격시킨다.

전쟁 초기부터 막강한 화력으로 밀어붙인 미국 주도 연합군은 이라크 전을 승리로 이끌며 후세인 제거에 성공하는 듯했다.

그러나 이란이 이라크와 동맹을 맺고 미국에 선전 포고를 하자 대이라크 전쟁은 새로운 국면에 접어들게 되었다.

이란군이 아프가니스탄으로 전격 진격하여 점령해 들어갔고 설상가

상으로 러시아는 카자흐스탄 남부의 여러 공화국을 움직여 미군의 기지 허용을 반대하고 나섰다.

이란의 참전으로 인해 페르시아만을 완전히 장악하지 못하게 된 미군은 해상 보급로의 안전에 확신을 가지지 못하게 되었다. 결국 홍해와 지중해를 통한 육로 보급을 주로 이용하게 된 미군은 긴 보급로 유지에 어려움을 겪으면서 전선을 쿠웨이트 접경 지역으로 축소하게 되었다. 또한 아프가니스탄에 대한 지원이 사실상 어려워지자 강력한 위험에 노출된 아프가니스탄 주둔군을 파키스탄으로 철수시킨다.

다급해진 미국은 터키를 설득시켜 이라크 북부에서의 진격을 준비하였고, 요코하마에 있던 칼빈슨 항모전단을 페르시아만으로 이동하기로 결정했다.

동북아를 주름잡던 미국 태평양 함대가 자리를 비워 버리자 러시아 태평양 함대의 움직임이 눈에 띄게 활발해졌다. 러시아 육군의 움직임도 심상치 않아 시베리아에서 대규모 기동 훈련을 벌여 미국을 긴장하게 했다.

미국은 알래스카에 러시아군이 상륙할 수도 있다는 위협에 당면하게 됨으로써 더 이상 대 이라크 전에 본토의 정규군을 동원하지 못하게 되었다.

장기화되는 양상의 대 이라크 전과 러시아의 위협에 부담을 느낀 미국은 대 이라크 전의 빠른 종결을 위해 결국 각국에 원군을 요청하는 특사를 보내게 되었다.

이에 영국이 파병 인원을 대폭 늘이는 것으로 화답하고 자국의 이익에 따라 호주와 일본이 적극 동참하게 되었다.

독일은 주독 미군의 영구 철수를 내건 초강수로 복마전에 끼어들게 되었다.

가장 큰 변수가 된 것은 이스라엘로 이슬람과 기독교 간의 문명 충돌을 우려하는 세계 시민들의 목소리에도 불구하고 이스라엘이 연합국에 가입할 움직임을 보였다.

세계인들의 우려는 점점 현실로 가시화되었다. 이스라엘에 강력한 경고를 보내던 아랍국들 중 시리아와 바레인이 아랍 연맹군에 가입하고, 수십 년째 계엄령 하에 있던 사우디아라비아조차 국민의 반미 감정을 이유로 미국에 소극적인 반응을 보이며 기지 사용과 보급로에 대한 우려를 표명하는 공식 입장을 밝히게 되었다.

장기화 조짐을 보이는 중동 전쟁으로 인해 유가가 배럴 당 40달러를 넘어 50달러에 육박하면서 세계 경제가 휘청였다. 그러자 세계의 여러 국가들이 본격적으로 움직이기 시작했다.

개전 초부터 대 이라크 전에 대해 부정적인 입장을 표명하던 프랑스는 강력하게 미국을 비난하고 나섰다.

중국과 동남아 여러 나라들 역시 유가의 급등으로 인한 경제 침체를 우려하여 중동 사태의 조기 수습을 천명했다.

단기전으로 끝날 것 같던 미국의 이라크 침략 전쟁이 장기화되면서 세계는 분열과 혼란의 양상을 보이기 시작했다.

친미파와 반미파로 세계가 양분되었고 미국의 군사력이 중동에 집중되면서 생긴 힘의 공백을 이용한 세력들의 움직임으로 인해 세계3차 대전이 벌어질지도 모른다는 위기 의식이 팽배해져 갔다. 폭풍 전야의 고요함이 전 세계를 휘감고 있었다.

　중동 사태를 예의 주시하던 극동의 분단국 대한민국에도 폭풍의 거센 물결이 빠르게 다가오고 있었다.

1 알 수 없는 힘

20××년 2월 4일 청와대

청와대가 인왕산에서 성재산 밑 자락으로 자리를 옮긴 이래 미국의 대사는 서울에서 대전으로 뻔질나게 드나들었다. 미국 대사관을 아직 대전으로 이전시키지 못하고 있던 탓이다.

미국 대사관 위치 선정 문제와 주한 미군을 이용한 이전을 추진하는 미국 대사관 측과 그에 반대하는 한국 측 간의 마찰로 인해 대사관 이전이 차일피일 미뤄지고 있었다.

미국 대사는 거의 매일 대전과 서울을 들락거리느라 다른 업무를 못 볼 지경이었다. 미국 대사관에서 불과 5분 거리에 청와대가 있었던 과거에 비하면 지금 양국의 거리는 대사관과 청와대 거리만큼이나 멀어져 있었다.

대한민국 대통령 노상민은 국방부 장관과 외교통상부 장관이 배석한 가운데 그레이스 미국 대사를 맞아 귀빈실에서 면담 중에 있었다.

그레이스 대사가 말문을 열었다.

"귀국 역시 이번 중동 사태의 조기 수습을 바라고 있으리라 믿습니다. 중동 사태는 미국만을 위한 것이 아닙니다. 세계 평화와 안녕을 위한 미국의 적극적인 노력입니다. 귀국도 국제 사회에서 중요한 위치를 차지하고 있는 만큼 그에 걸맞는 역할을 해주셨으면 하는 것이 본국의 입장입니다."

자신들이 벌려놓은 도박판에 판돈을 걸라는 도박꾼의 사기성 발언을 듣고도 노상민의 표정에는 변화가 없었다.

"요즘 러시아의 움직임이 심상치 않다죠? 귀국이 꽤 곤란한 처지에 놓여진 것 같습니다."

노상민은 쓸데없는 서론을 빼고 본론으로 들어가길 원했다.

잠시 당황한 그레이스 대사가 노련하게 말을 이어 나갔다.

"그렇습니다. 귀국에서도 이미 인지하셨다시피 본국은 러시아를 견제하기 위해서 대 이라크 전에 더 이상의 병력 투입은 어렵습니다. 유럽도 비슷한 상황입니다. 석유 공급 불안으로 인한 유가 급등으로 세계 경제는 얼어붙어 있습니다. 이러한 사태를 해결하기 위해서는 귀국의 도움이 절실히 요구되고 있습니다."

그레이스 대사의 언행에는 지금까지 미국 대사에게서 볼 수 없었던 정중함이 묻어 나왔다.

그의 설명이 없더라도 방문 의도는 대통령이나 장관들 모두 짐작하고 있었다.

하지만 미국 대사의 솔직한 부탁은 너무나 뜻밖이었다. 과거부터 그들의 오만불손한 언행을 묵묵히 참아와야 했던 입장이 이렇게 바뀌었다. 덕분에 이전의 대통령에 비하면 노상민은 한결 편하게 미국 대사를 상대할 수 있었다. 작금의 사태로 인해 미국이 얼마나 난처한 상황에 처했는지를 반증하는 상황이었다.

이번 중동 전쟁은 미국의 분명한 실패작이었다. 군수업자와 석유 메이저들에게 막대한 이익을 안겨준 반면 유가 급등을 야기하여 미국과 유럽, 아시아의 경기 악화를 불러왔다. 게다가 아이러니하게도 산유국인 러시아와 남미의 경제 회생을 도와주고 아랍권의 단결을 이끌어냈다. 작은 적을 잡으려다 큰 적을 키워준 셈이었다.

"귀국에서는 어느 정도의 도움을 필요로 하십니까? 그리고 우리에게 무엇을 주실 것입니까?"

'무얼 달라니… 이런, 제기랄! 예전이라면 상상할 수 있던 일인가! 어쩌다 미국이 이렇게 되었단 말인가!'

그레이스 대사는 분노했지만 불쾌한 마음을 안으로 삭여야 했다.

얼굴을 붉히고 있는 미국 대사를 보면서 노상민은 미소를 지으며 말을 계속했다.

"대사, 귀국에서도 잘 아시다시피 우리는 반도의 분단 국가로 동서남북 사방을 방어해야만 하기 때문에 그리 많은 도움을 주지는 못할 것 같습니다. 아울러 대한민국 헌법 제1장 5조 1항 '대한민국은 국제 평화의 유지에 노력하고 침략적 전쟁을 부인한다' 의 의미를 생각해 봐야 할 것 같습니다. 헌법에 위배되는 일을 대통령이 할 수 없지 않겠습니까?"

"노상민 대통령님, 만약 미국이 여기서 발을 뺀다면 중동의 유가 조절 능력 상실은 기정사실입니다. 그렇게 된다면 귀국의 경제도 심각한 타격을 입을 것입니다. 미국의 도움없는 귀국의 발전도 기대하기 힘들다는 것을 상기시키고 싶습니다. 무엇보다도 이번 일은 국제 평화의 유지에 큰 도움이 됩니다."

"국제 평화라… 글쎄요."

묵묵히 두 사람의 대화를 지켜보던 외교통상부 장관이 뭔가 불만에 가득 찬 표정으로 한마디 하려 했다. 그러자 대통령이 그를 눈짓으로 제지하며 앞서 말했다.

"대사, 귀국의 요구 사항을 들어봅시다."

"예, 대통령님. 본국에서 전해온 서신에 따른 요청 사항은 1차로 육군 2개 보병사단, 1개 기계화사단, 항공수송단, 해상수송단, 의료단, 1개 헬리본여단입니다."

그레이스 대사의 말을 들은 모두는 놀라서 아무 말도 하지 못하고 있었다.

"흠!"

그레이스 대사의 헛기침에 정신을 차린 노상민 대통령은 얼굴 가득 노기를 띠며 말했다.

"귀국은 대한민국의 젊은 피를 너무 요구하는 것 아니오? 그 병력이면 인원이 얼마나 되는지 아시냔 말이오! 자그마치 4만 명이오, 4만

명! 아시겠소, 대사?”

“예, 대통령님. 잘 알고 있습니다. 그래서 이렇게 귀국의 협조를 부탁드리는 겁니다. 귀국에서 동맹국인 미국을 도와주지 않으면 주한미군이라도 빼내가야 할 형편입니다.”

“대사는 귀국의 문건을 놓고 가시오. 내 검토한 뒤 연락드리리다.”

“예, 대통령님. 귀국의 긴밀한 협조를 부탁드립니다. 거듭 말씀드리지만 미국과 대한민국은 한 배를 타고 있음을 알아주셨으면 합니다.”

그레이스 대사가 가면서 남기고 간 한마디가 대통령의 뇌리를 떠나지 않았다. 그 옛날 조선 시대부터 시작된 소국의 비애가 5백 년이란 시공을 초월하여 현대에까지 이르고 있었던 것이다.

곧 이어진 국무회의에서는 이번 파병에 대해 거의 찬성하는 쪽으로 의견이 모아지고 있었다. 국방부 장관과 외교통상부 장관의 격렬한 반대에도 불구하고 친미파들로 가득 찬 국무위원들과 국회의원들은 마치 자신의 모국을 돕는 듯 적극적이었다. 자신의 아들들은 한 명도 군대에 보내지 않은 그들로서는 대한민국 젊은이들을 희생시킨다는 것이 어떤 의미인지, 그 대가가 어떻게 돌아올지에 대한 생각조차 없었다.

거기에 워싱턴 발 주한미군 이동 명령의 우려가 터져 나오면서 대한민국 국민이 회원으로 있는지 의심스럽기까지 한 단체들의 주한미군 반대 행진이 연이어 벌어지기까지 했다.

‘어차피 일이 이렇게 되었다면 최대한 얻어낼 수 있는 것을 얻어내

야 되겠지.'

생각을 정리한 노상민 대통령은 비서실장에게 미 대사와의 약속을 잡도록 지시했다. 국방부 장관과 외교통상부 장관은 이번 결정에 따른 자신들의 일을 잘 처리하고 있을 것이지만 사지에 미래의 역군들을 보내야만 한다는 사실에 영 마음이 개운치 않았다.

20××년 2월 10일 청와대

"어서 오시오, 대사."
"안녕하셨습니까, 대통령님. 결정을 내리셨으리라 생각됩니다만."
"뭐가 그리 급하시오. 일단 차나 한잔합시다."
"본국에서 매시간 대답을 독촉하기에……."
설명을 계속하려던 그레이스 대사는 대통령이 홍차 두 잔을 가져오라며 인터폰에 대고 말하고 있자 말문을 닫았다.
'건방진 놈 같으니라고. 그러게 친미주의자를 대통령으로 밀었으면 얼마나 편했을까.'
얼마 후, 홍차가 들어와 한 모금을 목구멍으로 넘기고서야 노상민이 입을 열었다.
"귀국의 정중한 요청에 대해 귀국의 어려운 사정을 감안하여 우리 대한민국 정부는 응할 용의가 있음을 전하는 바입니다. 하지만 그에 앞서 귀국이 우리를 좀 도와주어야 되겠소이다, 대사."
"무엇을 말입니까, 대통령님?"

내심 그러면 그렇지 하면서도 뒷말이 주는 여운을 곱씹어보던 대사
는 뒤이은 노상민의 친절한 설명에 입을 다물지 못했다.

"파병은 어렵지 않습니다. 전투병 파병은 물론 베트남 파병 이후 발
생한 문제들을 거울 삼아 아랍권과의 우호적 관계 유지를 위해 여러
분야의 기술관과 민간 기술자, 의료 자원 봉사자들을 함께 지원할 예정
입니다. 문제는 파병된 전력이 한반도를 빠져나감으로써 발생될 힘의
공백입니다. 이 점을 보완하기 위한 조치가 필요한데 미국에서는 어떻
게 해결해 주실 것입니까? 이 선결 과제가 해결되지 않으면 파병은 불
가능합니다. 이 문제가 해결되면 본국의 병력을 우리가 수송하겠습니
다. 다만 원양 함대가 없는 우리로서는 페르시아만까지의 호위가 불가
능하므로 귀국에서 담당해 주시기 바랍니다. 여기까지는 군사적 문제
이고, 경제적 문제 또한 해결해 주시기 바랍니다. 우리가 파병하면 중
동에서 수입하는 석유 루트를 잃을 것이 분명하니 당분간 귀국에서 태
평양을 통해 석유를 제공해 주셨으면 합니다. 물론 저렴한 가격으로
말입니다. 또한 본국의 파병 대가로 우리 병사들에 대해 귀국 병사와
동일한 급료 지급과 중동에 있는 유전에 대한 약간의 지분을 원합니다.
어떻습니까, 대사?"

며칠 동안 힘들게 외운 요구 사항을 토시 하나 틀리지 않고 일사천
리로 토해낸 노상민은 찻잔을 들어 올렸다.

노상민 대통령의 요구는 그레이스 대사가 답변할 만한 사항이 아니
었다. 특히 전력 보완을 위한 대책은 본국의 훈령에서는 전혀 언급되
지 않은 부분이었다.

과거의 전례로 보면 대충 주한 미 공군을 늘리거나 신형 병기를 이

동 배치하거나, 미 태평양 함대의 이동 배치로 전력 공백을 메우는 것이 일반적이었다. 하지만 작금에 이르러서는 어느 것 하나 가능하지 않았다.

미국 본토의 공군은 러시아의 위협으로부터 본토 방위를 위해 움직일 수 없었고, 해상 전력 또한 본토와 알래스카, 하와이를 방어해야 했기에 마찬가지였다. 일본 자위대는 러시아 태평양 함대와 극동사령부를 견제해야 했고, 태평양 함대의 잔여 함정은 중국을 견제하면서 인도네시아와 필리핀을 방어하기 위해 동남아에서 움직일 수 없었다.

"대부분 고려할 수 있으리라 생각됩니다. 귀국의 협조에 미합중국 국민과 대통령을 대신해서 깊은 감사의 말씀을 드립니다."

"그렇게 말씀해 주시니 감사합니다, 대사. 하지만 우리의 요구는 협상의 여지가 많지 않음을 알아주셨으면 합니다. 그리고… 우리 생각입니다만, 경항모 하나를 만들어두면 전력 공백을 메우는 데 도움이 되지 않을까 합니다만."

"그건… 일단 본국과 연락해 보겠습니다, 대통령님."

"그러시지요, 대사. 멀리 나가지는 않겠습니다."

항상 얼굴의 미소를 잃지 않았던 노상민은 대사가 귀빈실을 나가자 큰 소리로 웃음을 터뜨렸다.

청와대 정문을 나서는 차 안에서 그레이스 대사는 노상민 대통령이 마지막에 던진 말이 계속 귓가에 맴돌았다.

'그래서 그 노란 원숭이가 파병에 적극적으로 반대하지 않은 건가? 제기랄! 빨리 가자. 갓뎀.'

종로 미국 대사관

―노상민이가 미쳤구만. 유전 지분도 모자라 경항모를 달라니!

―각하! 지금의 난국을 타개하기 위해서는 한국 육군이 절대적으로 필요합니다. 지금 당장 그만한 지상군 병력을 파견할 만한 나라는 한국밖에 없습니다. 그들이 이란을 공격하지 않으면 파키스탄으로 밀려난 미군의 안전을 보장할 수 없습니다. 지금 파키스탄과 인도가 이상하다는 풍문이 외교가에 파다한 상황입니다.

―대사, 그건 알고 있소. 하지만 그 둘은 결코 미국을 배신하지 못할 것이오. 중국과 러시아라는 무서운 적이 붙어 있으니 말이오. 내 다시 연락하리다.

―예, 각하.

비상회선을 끊은 그레이스 대사는 생각에 잠겼다.

'도대체 한국이라는 조그만 나라가 왜 항모에 집착하는 것인가? 삼면이 바다로 둘러싸여 있다고는 하지만 대한민국은 항모를 유지할 만한 대양이 없다. 대양으로 가는 모든 길목은 중국과 일본, 러시아에게 가로막혀 있어서 설사 항모를 보유한다 하더라도 엄청난 주변국의 압력에 시달려 운항조차 힘들다.'

항모에 대해 생각하던 그레이스는 갑자기 대한민국이 변변한 구축함도 없다는 사실을 상기해 내곤 실실 웃음이 나왔다. 움직이지 못할 항모라면 별문제가 없어 보였다.

양국의 이해가 맞물리면서 미국과 한국은 서로의 요구 사항을 조율해 나가기 시작했다. 서로에게 좋은 쪽으로 결론을 만들어가기 위해 최선을 다하고 있었지만 다급한 쪽은 미국이었으므로 한국의 입장이 많이 반영되고 있었다.

"경항모 도입 건만 해결하면 될 것 같습니다. 대한민국은 최소한 영국의 인빈시블급 항모를 도입하고자 합니다. 영국에서도 1980년에 취역하여 은퇴를 앞둔 1번 함을 넘길 의사가 있다는 것을 알려왔습니다."

"영국이 인빈시블급을 넘길지 의문이지만 설사 그렇다 하더라도 영국에 있는 그 함이 오려면 최소한 두 달이 걸립니다. 그때까지 파병이 미뤄진다면 이번 파병의 의미가 없어질 정도로 너무 늦습니다."

협상을 책임진 그레이스 대사는 무관의 보충 설명을 들으며 대한민국의 집요한 항모 구입 의지를 어떻게든 꺾기 위해 노력 중이었다. 그러나 항모에 관해서는 요지부동이었다. 그레이스 대사로서는 이제 마지막 수를 꺼내는 수밖에 없었다.

"귀국에서 대형 상륙함 한 척을 건조하고 있는 것으로 알고 있습니다. 일본의 오오스미급을 모델로 하고 있다는 그 함을 항모로 개조해서 사용하는 것이 어떻겠습니까? 저희 쪽에서 기술 지원을 해드리겠습니다."

협상단 한국 측 대표는 어리둥절한 얼굴이었으나 뒤에 자리해 있던 합참에서 파견된 장성들은 속으로 깜짝 놀라고 있었다.

극비리에 건조 중인 함명 미정의 상륙함을 미국에서는 이미 알고 있는 것이다.

현재 95%의 공정을 마친 상륙함은 만재배수량이 1만 3천 톤인 일본의 오오스미급 상륙함보다 배나 큰 2만 5천 톤으로 영국의 인빈시블급 항모와 외형이 유사했다. 유사시 영국제 SCIDS(Shipborne Container Air Defense System)를 이용하면 인빈시블과 흡사한 경항모로 긴급 개조 가능한 상륙함이었다. 대한민국 해군은 오래전부터 경항모 운용을 목표로 이 선박의 건조를 추진해 왔었다.

"안 됩니다! 그 함은 상륙함이지 경항모가 아니지 않습니까? 주변국은 이미 항모로 도배를 하고 있습니다. 가까운 일본만 해도 이탈리아 항모를 실전 배치하기 직전 아닙니까?"

한국 측의 격렬한 반대가 있었으나 결국 항모에 관한 건은 미국의 입장이 대폭 반영되어 앞으로 고구려함이라고 명명될 상륙함을 경항모로 개조하는 것으로 일단락지어졌다. 거기에 항모에 탑재할 AV-8B 시 해리어 15대를 미국에서 무상 제공하는 것과 함께 전폭적인 항모 개조 기술 지원 조건이 곁들여져 협상을 매듭 짓게 했다.

미국은 미국대로 대한민국은 대한민국대로 명분과 실리를 획득한 협상이었지만 최후 재가를 위한 보고를 받은 미국 대통령은 이번 전쟁이 끝나면 기필코 대한민국이라는 조그맣고 버르장머리없는 나라를 어떤 식으로든 응징하겠다는 다짐을 했다.

파병 준비단 단장실

표면상의 주적인 북한을 의식하여 전투병의 파병 수를 최대한 줄이고, 기타 지원병과를 늘리며, 민간 지원단을 구성하는 중동 파병단 조직을 짜는 일은 만만치 않았다.

우선 사령관 직을 누구에게 맡기는 것이 좋은가에서부터 보급 및 수송 안전 등 산적한 문제를 처리하기 위해 국방부와 청와대 비서실은 24시간 풀 가동되고 있었다.

무엇보다 민간인 지원을 위해 기술자들을 모집하는 일이 만만치 않았다. 언제 죽을지 모를 열사의 지역에 가고 싶어하는 사람은 드물었다. 아무리 돈을 많이 준다 해도 마찬가지였다.

그럼에도 불구하고 파병 준비단 단장을 맡고 있는 정희중 단장은 이런저런 문제를 책상에 가득 쌓아둔 채 머리를 무릎에 파묻고 오수를 즐기고 있었다.

똑똑똑!

갑자기 들려온 노크 소리에 고개를 번쩍 쳐든 정 단장은 혹시 침이라도 흘리지 않았나 거울을 살짝 보고는 자세를 고친 다음 말했다.

"들어와."

목이 잠겨서 하마터면 째지는 소리가 날 뻔했다.

"허험, 허험!"

민간인 모집의 책임을 지고 있던 안 실장의 얼굴이 어두운 걸 보니 일이 잘 되질 않는 모양이었다.

"안 실장, 무슨 일인가?"

"신문에 광고를 내볼까 합니다."

"그래? 내봐야지. 할 수 있는 건 다 동원하라고. 시간이 별로 없으니까 빨리빨리 모아야지. 교육도 못 시킨 채 보낼 순 없잖나?"

어려운 경제 여건 속에 실업자들이 넘쳐 나고 있는데도 천 명의 민간 지원단을 모집하는 것은 쉽지 않았다. 외국에 파견될 기술 지원단인 만큼 막노동꾼이 아닌 전문적인 기술을 갖춘 이들이 필요했기에 안 실장은 발에 불이 나도록 전국을 누비며 뛰어다녀야 했다. 그럼에도 아직까지 목표치를 채우지 못하고 있었다.

모악산 자락에 자리 잡은 민박촌 비슷한 고시원에는 고시나 자격증 시험 준비에 열심인 유준희 같은 사람들로 가득 차 있었다.

유준희는 어려운 가정 형편을 비관하다가 그 울분을 학생 운동으로 풀었다. 그러나 운동이 조금 지나쳐 경찰의 블랙 리스트에 올라 버렸다. 물리학을 전공했던 그는 남들보다 대학을 2년 더 다녀 졸업하고도 취업을 할 수 없게 된 것이다.

그래서 위험물 취급 관리사 1급 자격증을 취득해 한때 공사장 폭파 기술자로 일하기도 했다. 하지만 IMF의 여파로 건설 회사의 부도가 연이어 발생하고 폭파 기술자에 대한 수요가 급감하자 그마저도 할 수 없게 되었다.

상황은 더욱 악화되어 1년 동안 생활하던 고시원의 하숙비도 내기 힘겨워졌다. 다음 달 하숙비를 벌기 위해서는 막노동판이라도 나가야 할 형편인 유준희는 괜히 기술 고시를 공부하는 것이 아닌가 싶은 생각에 마음이 싱숭생숭해져 있다가 바깥으로 나왔다. 차가운 공기라도 마셔야 할 것 같았다.

전주 시내로 들어가는 버스를 타고 가다가 무작정 내렸다. 언제나 그렇듯 길거리에는 사람들로 가득 차 있었다. 부부와 연인들도 많이 지나다니고 있었다.

　한숨이 절로 나왔다. 올해로 서른다섯이 된 데다 실직자 신세인 그였기에 애인도 없고 결혼은 더욱 꿈도 꾸지 못하고 있었다.

　터벅터벅 발 밑을 보며 걷던 유준희는 신문 가판대에 삐져 나온 신문 일면 하단 광고에 눈길이 쏠렸다.

　기술이 있어도 일자리가 없으십니까? 지금 전화주십시오. 의무 기간이 지나면 9급 군무관으로 일할 수 있는 특전이 주어집니다.

　큰 문구 아래 깨알 같은 글씨로 채워진 광고는 중동 파병 지원단의 모집 광고였다.

　주머니를 뒤져 나온 천 원으로 신문을 사던 그는 자신이 돈을 주고 신문을 산 게 언제였던가를 기억해 내려 했지만 떠오르지 않았다. 적어도 몇 년은 지난 것 같았다. 그의 기억에 신문은 3백 원이 넘지 않았던 것 같았다.

　공주 교도소를 방문한 안 실장은 재소자들의 신상명세가 적인 서류철을 한 장씩 넘겨 나갔다. 재활 훈련을 충실히 받았거나 경미한 범죄자 또는 이번 파병에 적합하다고 판단되는 재소자들을 상대로 파병 지원서를 받기 위해 이곳까지 온 안 실장은 몹시 초췌해져 안색이 말이 아니었다.

　똑똑똑!

　"들어오세요."

단발 머리에 죄수번호 1678번을 달고 있는 청년이 들어와 의자에 앉았다.

"얘기를 들어 알고 있으리라 생각하고 바로 본론으로 들어가겠습니다. 저는 중동 파병 지원단에서 나왔습니다. 건설 회사를 운영하다가 부도를 맞으셨군요. 앞으로 7개월 정도 복역 기간이 남으셨는데… 어떻습니까? 이번 기회에 저희와 합류하시면 여러 가지 특전이 있습니다만."

오늘만 교도소를 두 군데 돌아다닌 안 실장은 오늘 중으로 천안 교도소에도 가봐야 했다. 시간이 별로 없고 죄수들을 이런 일에 끌어들인다는 것이 내키지 않아 대충대충 건성으로 그 특전에 대해 간략하게 설명해 주었다.

"지금 지원서를 작성하셔도 교육소에 입소하기 전까지는 언제든지 취소할 수 있으니까 먼저 지원서를 작성한 이후에 생각하셔도 됩니다."

그러면서 안 실장은 1678번에게 펜과 지원서를 내밀었다. 1678번은 멈칫멈칫하다가 결국 펜을 집어 들었다.

1678번처럼 지원서를 작성한 죄수는 대략 백여 명이 넘었지만 안 실장은 달갑지 않았다. 아무리 선별한다고 해도 범법자는 엄연한 범법자였다.

공주 교도소를 나오면서 안 실장은 자기가 왜 이런 말도 안 되는 아이디어를 냈는지 자책했지만 소용없는 일이었다. 지금도 전국에서 온갖 희한한 아이디어로 사람들을 모으고 있을 직원들을 생각하면 자신은 그나마 편했다. 국립대 강사 임용 특전을 미끼로 이공계의 고급 인력을 모집하기도 하고, 군 제대를 얼마 남기지 않은 기술병과 사병이나 하사관들을 협박해서 모집하기도 했지만 온전한 몸과 정신을 가진 사람치고 선뜻 지원하는 자가 없었다.

안 실장을 비롯한 그의 직원들이 사람을 찾아다니는 동안 옥포에 있는 대우조선소 특수 독에 있는 거대한 고구려함은 내외장 개수 공사를 받고 있었다.

선수 갑판이 완전히 제거되고 그 위에 스키 점프대가 들어앉았다. 12도 경사진 이륙갑판은 단거리 이착륙기의 항공 작전 시간을 늘려주기 위해 도입되었다.

연일 밤샘 강행군으로 항공기 격납고와 엘리베이터, 무기 통제 시스템을 장착해 나갔지만 시간이 너무 촉박했다. 레이더의 경우 파병 일자와 맞지 않아 새롭게 장착하지 못하고 겨우 추가 탑재하는 것으로 만족해야 했다.

기기에 대해 점검할 시간도 없어 곧장 바다로 나가 기동 훈련을 해 가면서 문제점을 파악하고 차근차근 고쳐 나가기로 한 급조된 고구려함은 마지막 출항 점검을 마치고 남해 해상으로 빠져나갔다.

옥포조선소를 빠져나온 고구려함은 옥포 앞바다에서 시운전을 하면서 동시에 시 해리어의 이착륙 훈련을 실시했다.

대구 미 공군 기지에서 이륙한 시 해리어 편대가 옥포 앞바다를 선회하기 시작했다.

"갈가마귀?"

박진우 소령은 공사 후배인 오상구 대위를 불렀다. 대구에서 수직

이착륙 교육만 중점적으로 받은 그들로서는 시 해리어를 다루는 데는 어려움이 없었지만 그래도 항모상에서의 첫경험이라 모두들 긴장하고 있었다.

"네, 편대장님."

"내가 먼저 내려갈 테니 잘 보고 그대로 따라해. 알겠냐?"

"딱따구리님, 잘하십시오. 위에서 지켜보고 있겠습니다."

수직 이착륙기인 해리어에는 양쪽에 두 개씩의 노즐을 가지고 있지만 실제 엔진은 싱글 터보팬으로 롤스로이스사가 생산한 페가수스 엔진을 사용한다. 단거리 이륙 시에는 노즐들을 완전히 뒤쪽을 향하다가 위치를 지상 쪽으로 변경함으로써 매우 짧은 활주 거리로 기체를 이륙시킬 수 있었다. 착륙 시에는 뒤쪽을 향해 있던 노즐을 땅 쪽으로 급격하게 움직여 수직 착륙을 시켰다.

오상구 대위에게 있어 시 해리어의 항모 착륙은 쉬웠다. 하지만 이륙은 훨씬 어려웠다. 공군 기지에서의 이륙은 활주 거리 면에서 문제가 되지 않았지만 비행 갑판이 200m가 넘을까 말까 한 경항모에서 이륙하는 것은 만만치 않았다. 자신이 생각하기에도 좀 더 지상 훈련이 필요했지만 항공대에서는 1차로 인도된 8대의 해리어 중 5대를 한시라도 빨리 고구려함에 올려놓고 싶어했다.

쿵!

고구려함 갑판에 대기 중이던 갑판원들은 요란한 소리를 내며 갑판에 무사히 내려앉은 딱따구리를 향해 엄지손가락을 치켜들었다. 박 소령이 기체를 지정 장소에 옮겨놓고 내려오자 갑판원들이 달려나와 샴페인을 터뜨리며 처음으로 항모로 내려온 박 소령을 놀려댔다.

“생생한 처녀 배에 내려앉으셨으니 책임지십시오, 소령님.”

박 소령은 옆에서 떠들어대는 말에 가볍게 답례하고는 오 대위가 착륙하는 광경을 지켜보았다. 선천적으로 기계와 친숙한 오 대위는 족히 10년은 조종한 베테랑처럼 가뿐하게 착륙했다.

평택 어느 산골 새마을 연수원

시커먼 방탄 자동차 세 대가 앞뒤로 경찰차의 호위를 받으며 한적한 시골길을 달려갔다. 차들이 향하는 산등성이로는 중무장 공격 헬기가 보였다 사라지곤 하면서 자동차 행렬을 공중 엄호하고 있었다. 다섯 대의 차량은 새마을 연수원 정문에 이르자 경비병들의 거수경례를 받으며 통과했다.

“지금 들어갑니다.”

다섯 대의 차를 보낸 경비원이 서둘러 안쪽과 연결된 전화기를 들고 소리쳤다. 그러자 연수원 건물 앞으로 사람들이 몰려나와 차량이 도착하기를 기다렸다.

이윽고 경찰차가 지나가고 검정색 자동차가 정문 앞에 서자 맨 마지막 차량에서 중년인이 내려 사람들과 짧은 악수를 나누고는 건물 안으로 들어갔다.

건물 지하에 마련된 대강당에는 3백여 명의 사람들이 자리해 있다가 중년인이 경호원들의 경호 아래 들어서자 웅성거리기 시작했다.

힘차게 연단 위로 올라간 중년인이 사람들을 진정시키려는 듯 마이

크를 톡톡 두드리다가 입을 열었다.

"노상민입니다."

강당 안이 쥐죽은 듯 조용해졌다. 이 나라 대통령의 등장이 놀랍지 않을 수 없었다.

노상민은 고개를 들어 주위를 둘러보고는 단상에서 오른쪽으로 한 발 옮기고는 자세를 가다듬었다. 그리고는 그 자리에서 큰절을 올렸다. 주변을 둘러싼 웅성거림이 급격히 커졌다.

"죄송합니다. 국력이 미약하고 제가 못나 여러분을 사지에 몰아넣습니다. 미안하고 죄송스럽습니다. 그리고 감사합니다. 며칠 있으면 여러분은 수송선에 오르게 될 것입니다. 여기 계신 분들 중에는 중동에서 생활하셨던 분도 있다고 들었지만 대부분 초행이신 걸로 알고 있습니다. 주 임무가 대민 지원이기에 큰 위험은 없을 것이라 생각됩니다만 그래도 안전하지만은 않습니다. 서로 도와주십시오. 그리고 부디 몸 건강히 돌아와 주십시오. 여러분이 돌아오시는 날, 제가 고마움의 표시로 큰절 한 번 더 올리겠습니다. 대통령에게 큰절 받고 싶으시면 꼭 여기 있는 분들 모두 그대로 돌아와 주십시오."

노상민은 잠시 뜸을 들이다가 수행한 비서관에게 손짓했다. 비서관이 관용 여권을 박스에 담은 채 들고 왔다.

"유준희 씨, 앞으로 나오세요."

노상민이 직접 여권을 펼쳐 들고 한 사람씩 호명해 나갔다.

호명된 유준희가 엉거주춤 일어나 계단을 통해 단상으로 올라왔다. 노상민에게 여권을 받아 든 유준희는 노상민의 악수에 응했다. 유준희가 내려가자 다른 사람이 올라왔다.

20××년 3월 15일 인천항

　수송함 다섯 척으로 꾸역꾸역 보병들이 열을 맞추어 승선하고 있었고 한편에서는 개량형 K-200 장갑차들이 민간에서 징발된 카 케리어에 조심조심 올라갔다. 간간이 공병대 장비들이 올라가고 있었는데 건설 장비들이 많아 꼭 지난 중동 건설 붐을 연상시킬 정도였다. 기실 그 것들을 운전하고 있는 사람은 군인이 아닌 지원된 민간인들로 한때 공병대에서 뺑이 치다가 민간 건설 회사에 입사하였으나 IMF로 실직하고는 노숙자로 생활하던 자들이 대부분을 차지했다.

　약 3천 명 이상을 태운 수송선들이 마침내 인천항을 빠져나갔다. 지금쯤 목포와 여수에서도 인천에서 출항하는 선단과 비슷한 수의 수송선들이 출항 준비로 바삐 움직이고 있을 것이다.

수송선 갑판 위

　"거참, 희한하군. 왜 전차를 가져가지 않는 거지? 야, 박 상병! 이리와봐."
　'저 새끼가 끝까지 따라와서 지랄이네, 시팔! 제대도 얼마 남지 않은 놈이 뭐 하러 이런 데 지원해 가지고 이 하늘 같은 박 상병을 부르나,

젠장!'

욕이 목구멍까지 나왔지만 어쩔 수 없었다. 계급이 깡패인 곳이 군대였다.

"왜 그러십니까, 이 병장님?"

마음과는 다르게 실실 웃음을 흘리며 고개를 들었다.

"왜 전차는 없냐? 전차병은 있는데."

'이런 씨발! 교육 중에 또 땡땡이쳤나.'

"교육 시간에 알려줬는데 못 들으셨습니까? 저희들이 몰 전차는 미국이 수송해 준답니다. 아마 M-1A1을 몰겠죠. 나머진 우리 거 쓰고 전차만 미국 거 쓴다는데요. 미국 놈들은 전차가 남아도나 보죠, 뭐."

'이런 시방새가 지금 날 깔아뭉개고 있어? 넌 죽었다, 임마. 이란에 가기만 해봐라. <u>흐흐흐</u>.'

이 병장은 새까만 박 상병이 자신을 깔보는 듯한 말투로 대답하자 군기를 확 잡을까 하다가 뒤로 미뤄두었다. 훗날의 즐거움을 위해 오늘의 원한을 길이길이 남겨둘 생각이었다.

사실 이 병장은 제대를 꼭 6개월 남겨두고 있어 지원병에서 제외될 수 있었지만 본인이 중대장과 선임하사에게 박박 우겨서 합류하게 되었다. 제대해 보았자 별 뾰족한 살길을 찾을 수 없었던 그는 몇 달 고생하고 받을 큰 수당에 마음이 동했던 것이다.

"그런데 아랍 애들이 죽인다며?"

거기에 이란 여자에 대한 막연한 호기심까지 합쳐졌다.

"네?"

"얘네들 말야."

새끼손가락을 들어 보이는 이 병장의 말에 박 상병은 어이가 없었
다.

'벌써부터 지랄이군.'

부대 인근 다방에서 모르는 이가 없는 오입쟁이로 소문난 이 병장이
었다.

"그럼요, 끝내준답니다. 가실 때 저도 같이 가는 거죠, 이 병장님?"

"넌 국물도 없어, 임마!"

그때 함 내 스피커에서 정훈장교의 방송이 흘러나왔다.

―갑판에 있는 사람은 선실로 들어가기 바란다. 파도가 높아진다는
예보다. 지금 당장 갑판으로 철수하도록!

"정훈장교의 소리는 언제 들어도 엿 같네. 안 그러냐?"

이 병장은 박 상병의 대답을 들을 생각은 없는지 곧장 갑판에서 선
실로 들어가는 문을 열어젖혔다.

약 10여 척으로 구성된 수송 함대는 팔미도를 뒤로하고 1차 합류 지
점인 목포를 향해 서서히 움직였다. 목포에 도착하여 제2함대와 합류
하고 제주에서 제3함대와 합류함으로써 모두 집결되는 약 30여 척으
로 구성되는 대규모 수송 함대는 한국 최초의 소형 항모 전단의 호위
를 받으며 제주도 남단까지 움직인다.

그 뒤 미국 태평양 함대의 호위를 받으며 동지나해를 지나 순다해협
을 빠져나와 인도양으로 진입해 들어갈 예정이다.

보급품을 충분히 채워 넣은 터라 쾌속 항진한다면 재보급 없이도 함
대의 최종 목적지인 두바이까지는 15일이면 도착할 수 있었다.

제1수송선단장인 김지영 소장은 광개토대왕함 선교에서 점점 거세어지는 바닷바람을 맞고 있었다. 그의 임무는 수송 선단을 제주 남단까지 호위하고 귀환하면 되는 것으로 이번 파병에 참여하지는 않았다. 하지만 남의 전쟁에 피를 흘리기 위해 역사상 두 번째로 팔려가는 병사들이 못내 불쌍하고 애처롭기만 했다. 그는 그저 그 옛날 베트남에서 있었던 참혹한 무용담이 이번에는 없기를 바랄 뿐이었다. 갔던 사람 그대로 귀국하는 것이 그의 소원이었다.

'이번 파병군 사령관으로 임명된 조준옥 대장의 역량과 김영철 민간 지원 단장의 능력을 믿어보는 수밖에…….'

그리고 이런 상황을 만들어낸 정치인들에 대해 욕설이 튀어나왔다.

"개새끼들."

20××년 4월 16일 늦은 오후

제주 서쪽 20km 경항모 고구려함

대한민국 최초의 항모 고구려함은 호위함을 거느리고 영해 내를 당당히 항주하고 있었다. 소형 항모인데다 핵추진 방식이 아닌 것이 흠이었지만 대양 해군 건설의 시금석이 될 중요한 해군 함정이었다.

고구려함 아일랜드에는 파병군 사령관 조준옥 대장과 민간 지원단 김영철 단장, 고구려함 함장인 이소만 준장 등 이번 파병단의 주요 지휘관들이 모여 있었다.

"무기 탑재는 언제쯤이면 가능할 것 같은가?"

이소만 준장은 대한민국 최초의 항모 함장이 된다는 사실에 몹시 흥분했었지만 항모가 불완전한 상태로 바다에 나오게 되자 흥분과 기대가 반감되어 있었다. 아직도 고구려함 이곳저곳에서는 기술자들이 들쑤시고 다니며 장비 설치와 점검으로 난장판을 이루고 있었다.

"이제 겨우 골키퍼 3문이 시험 중에 있고 이번 주 중으로 일부 시스템을 연동시키고 발사체 공간을 확보하면 다음 달에는 샘 미사일을 장착할 수 있겠습니다."

최소의 비용으로 최대의 효과를 내기 위한 해군의 노력은 처절하기까지 했다. 고가의 무기를 줄이고 효율적인 배치와 운영이 가능하도록 하기 위해 온갖 종류의 기술자들이 설치와 재배치, 개조에 밤낮으로 매달리고 있었다.

그 결과로 대유도탄 대응체인 채프 8문의 숫자를 줄이고 대잠 어뢰를 장착하게끔 무기 체계가 변경되었으며 더 많은 항공기를 싣기 위한 설계 변경이 한창 진행되고 있었다.

"중공업에서 나온 사람들에게 그만 쉬라고 하게. 오늘은 아무래도 그만 마치는 게 좋겠어."

조준옥이 지시했다. 조금 있으면 다른 수송 선단과 합류할 시간이었다. 고구려함에 있는 원정단 지휘관들은 모두 수송선으로 옮겨 타야 했기에 작별의 시간에는 이곳에 있는 민간인들도 참석해 주는 것이 좋았다.

"그래, 1함대와 2함대는 언제쯤 합류할 것 같은가? 그리고 일본 자위 함대와 중국의 기동 함대는 어디쯤 있지?"

황혼의 아름다움을 만끽하다가 사령관의 질문에 번뜩 정신을 차린 오퍼레이터가 자판을 두드리며 적당한 어휘를 머리 속에서 찾느라 눈동자를 굴렸다.

"네. 1, 2함대는 앞으로 30분 안에 합류한다고 합니다. 1함대를 측방에서 따라온 중국 기동 함대는 본대가 남지나해를 지날 때까지 따라올 것 같습니다. 일본 자위 함대는 제주도 동쪽 200㎞ 지점에서 남진하고 있으며 오키나와 제도까지 초계할 것으로 보입니다. 상공엔 중국과 일본의 대잠 초계기와 조기경보기가 떠 있습니다."

"뭐 먹을 게 있다고, 짜식들. 아무튼 양쪽에서 경호해 주니 기분은 좋군. 하하하!"

중국과 일본은 감시의 눈을 멈추지 않고 이 수송 함대를 지켜보고 있었다. 그럴 일이야 없겠지만 이 정도 전력이면 지금 당장 상륙 작전을 개시해도 막아내지는 못할 것이기 때문이다.

그 이유 외에도 중국이나 일본은 대한민국의 신형 항모 고구려함에 지대한 관심을 가지고 주시하고 있었다. 좁은 해역에 항모가 존재한다는 것 자체만으로도 거대한 위협이 되었다.

중국과 일본의 밀착 감시도 오키나와까지가 한계였다. 오키나와 근처까지 내려가면 수송 함대의 호위는 미국 태평양 함대가 맡을 것이고 고구려함을 포함한 대부분의 전투함들은 각자의 기지로 귀항하도록 되어 있었다.

"지금 1, 2함대 사령관이 헬기로 오고 있다는 전문입니다!"

통신사관이 외쳤다.

"음, 작별은 작별이고 배고프니 모두 저녁이나 먹으러 가자고!"

조준옥 사령관이 활기 차게 소리쳤지만 모두의 얼굴이 무거웠다. 이번 파병에 참가한 고위 장교 가운데 누구도 이번 파병을 적극적으로 지지하지 않았다. 다만 해군 장교들의 경우에는 육군의 희생으로 해군 전력이 크게 강화되어 대양 해군, 해양 강국을 이룰 수 있다는 꿈을 꿀 수 있게 된 것을 기뻐하고 있을 뿐이었다.

사령부 인원이 빠져나가 텅빈 아일랜드에 남아 있던 당직사관과 몇몇 오퍼레이터들은 이미 사라져 버린 태양과 성대할 것이 분명한 저녁 식사를 아쉬워하며 멍하니 바다를 바라보았다.

오늘의 저녁은 조준옥 사령관이 좋아하는 소고기 갈비찜에 맛깔스런 고추 범벅 반찬을 곁들인 전형적인 한정식이 준비되었다. 장성들은 가운데 식탁에 모이고 장교 식탁에는 위관 급까지 모두 모여 소갈비를 뜯었다.

즐거워야 할 식사 시간인데도 누구 하나 웃는 얼굴이 보이지 않았다.

기이한 식사 시간이 얼마나 흘렀을까, 조준옥 사령관은 앞에 놓인 포도주 잔을 들어 올렸다.

"우리 대한민국이 힘만 있었어도 우리가 이런 개 같은 꼴을 당하진 않았을 텐데. 꼭 용병이 된 기분이구만! 제군들, 잔을 들게. 그리고 맹세를 하세나! 우리가 다시 살아서 조국에 돌아온다면 다시는 우리의 아들들에게 이런 일이 반복되지 않도록 최선을 다하자고!"

"어이, 모두 술을 따르라고! 전 함대에도 통신 연결해서 함께 건배하도록!"

사령관의 지시는 빠르게 이행되어졌다.

"자, 건배하세. 우리 후손을 위하여!"

―위하여!

우렁찬 합창이 스피커를 통해 터져 나왔다.

"제군들! 우리는 이렇게 싸우러 가지만 한 사람이라도 더 살아 돌아올 수 있도록 해야 하지 않겠나. 제발 죽지 말도록! 이건 명령이다! 찬란한 미래를 위하여!"

―위하여! 위하여! 위하여!

만여 명의 인원들이 '위하여'를 외쳤다. 누군가가 한일 월드컵에서 유래된 대한민국 구호를 연호하자 함대 통신망은 '대한민국'의 구호로 가득 찼다. 몇몇 장성들과 사병들의 눈에 눈물이 맺혔다.

20××년 3월 17일 01:00

운항에 필요한 당직 인원을 제외한 대부분의 인원이 곤히 잠든 함대는 조용하게 정해진 항로를 따라가고 있었다. 그러나 완전히 잠든 것은 아니었다. 해상과 수중, 공중에서 입체적인 방어 진형을 구축한 채 언제라도 깨어날 준비를 갖추고 있었다.

30척으로 구성된 대함대는 고구려함을 중심으로 주위에 1만여 명의 군인과 민간인들, 온갖 장비들을 가득 실은 수송선 15척, 병사들이 앞으로 한 달간 소비할 물품이 가득 찬 두 척의 컨테이너선이 빙 둘러치고 있었다. 그 외곽에는 구축함과 프리깃함, 지원함들이 대함 대공 방어를 담당했다. 수중에서는 장보고 급 잠수함 세 척이 후방과 전방의 위험을 탐지하고 있었다. 공중에서는 제주도에서 발진한 조기경보기가 떠 있었다.

문제는 오키나와에서 발진한 미국의 조기경보기가 임무를 인계받기 위해 지금쯤은 날아와야 했지만 어찌 된 일인지 아직 연락이 없었다. 이 상태로 앞으로 한 시간이 지난다면 위험한 상황에 직면할 수 있었다. 한 시간 후에는 조기경보기의 연료가 위험 수준에 이르기에 복귀해야만 하는 것이다.

중국이나 일본이 이 수송 함대를 공격할 리는 없을 것이고, 중동 친구들은 이곳까지 올 능력이 없으니 위험은 없으리라 판단되긴 하지만 제때 미군의 조기경보기가 오지 않으면 잠시나마 함대가 장거리 공격의 위험에 노출되는 것이다.

이러한 사실 때문에 사령관은 잠들지 못한 채 초조하게 오퍼레이터를 응시하고 있었다. 오퍼레이터는 계속해서 오키나와를 호출하고 있었지만 응답이 없었다. 지금 함대 전방에는 계절에 걸맞지 않게 태풍이 올라오고 있어서 항해 장교들을 초긴장 상태로 몰아넣고 있었다.

타타타타타—

시시각각으로 태풍의 경로를 알리는 전문이 타자식 프린터에 경쾌하게 찍혀 나왔다.

"사령관님, 긴급 통신입니다. 함대 전방에 정체 미상의 에너지 막이 형성되어 있으니 우회해서 항진하라는 조기경보기의 보고입니다. 그 에너지 막 때문에 필리핀에서 북상하고 있는 태풍 기러기가 올라오지 못하고 방향을 동쪽으로 틀었다고 합니다."

"정체 미상의 에너지 막이라니? 무슨 소리야!"

사령관은 뜻밖의 상황에 어리둥절했지만 일단은 함대의 진행을 우회하도록 지시했다.

"함대 항로 변경. 침로 050. 속도는 유지한다."

"항로 변경. 침로 050. 속도 유지."

복명 복창 뒤에 명령이 신속하게 각 함정으로 전파되었다. 최전방에 나가 있는 함을 시작으로 모든 함이 오른쪽으로 방향을 틀었다.

"에너지 막에 대한 조사 결과는 나왔나?"

"아직 모르겠답니다. 에너지 막 때문에 중국 함대가 항로를 바꿔 상해로 가고 있답니다. 이러다가는 일본 함대와 지나치게 가까워질 수 있습니다. 현재 함대 간 거리 우현 250km."

"조기경보기에 더 정확한 정보 요청하고 오키나와 기지와 연락 가능한지 다시 시도해 봐."

"미군과는 교신이 안 되고 있습니다."

"앗! 긴급 전문입니다. 태풍 기러기가 방향을 일본 쪽으로 바꿔 북상 중입니다. 이러다 수송 함대 전방에서 태풍을 만날 수도 있습니다. 태풍이 지나갈 때까지 이곳에서 대기하시는 것이 좋겠습니다."

항해 기상 정보를 담당하는 장교가 사령관을 바라보았다. 대부분의 함정이 대형이어서 어지간한 태풍은 견딜 수 있었다. 하지만 태풍은 태풍이었다. 1만의 인원을 태우고 있는 함대는 만에 하나의 위험도 피해가야만 했다. 그리고 태풍에 치명적인 고속정 몇 정이 먼바다까지 따라왔다는 것이 더 큰 문제였다. 해상 전력이 취약한 탓에 고속정까지 호위에 동원된 결과였다.

“청와대와 국방부 연결하고 조기경보기와 실시간 통신 유지. 조기경보기 귀환 시간이 얼마 남았나?”

“15분 남았습니다. 청와대와 국방부 상황실 연결되었습니다.”

화상 화면에 부스스한 모습의 노상민 대통령이 나타났다. 잠자리에서 일어나자마자 전화를 받은 모습이었다.

“지금 전방에 정체 미상의 에너지 막이 나타나 우회 중이나 우회 전방에 태풍이 북상하고 있습니다. 아무래도 제주도로 피항해야 할 것 같습니다.”

—에너지 막이라니? 그건 언제 발견된 겁니까?

국방부 상황실장이 대통령을 대신하여 상황 정보를 요구했다. 노상민은 아직 머리가 맑지 않은지 연신 찬물을 들이켜 댔다.

때마침 들어온 보고 자료를 조준옥 사령관이 읽었다.

“약 20분 전에 발견되었습니다. 갑자기 생겨난 것이라 그 실체를 알 수 없지만 일종의 자연 현상 같습니다. 상공엔 고속의 공기 흐름이 포착되어 태풍 발생 때와 비슷한 징후를 보이고 있다고 합니다. 태풍의 생성 과정을 보건대 순식간에 그 세력을 확장해서 함대를 덮칠 수도 있습니다. 긴급 피항을 건의합니다.”

—알겠소. 일단 피항하시오. 미국엔 내가 직접 통보하리다.

하루라도 늦추면 그만큼 대한민국의 장병들에게는 이익이었다. 핑곗거리가 생기자 노상민은 주저없이 회항을 명령했다.

“네, 대통령님.”

통신을 마친 사령관은 전 함대 통신망과 연결된 마이크를 잡았다.

“나, 사령관이다. 지금 함대 전방에서 태풍이 북상 중이다. 이로 인해 함대의 안전이 심각히 위협받고 있다. 태풍에 대한 위험이 소멸될 때까지 제주도로 피항한다. 항해 속도는 수송선의 최고 속도에 맞춘다."

조준옥 사령관은 잠수함은 귀항하지 말고 예정대로 항진하여 에너지 막의 정체를 밝히라는 명령을 따로 내렸다.

사령관의 명령에 따라 전 함대가 선수를 돌리기 시작했다. 사령관의 얼굴에는 안도와 불안감이 교차했다. 장병들의 불안을 생각해 에너지 막에 대해선 언급하지 않았지만 꼭 무슨 일이 벌어질 것만 같았다.

아무래도 민간의 자동차선과 로로선을 징발한 관계로 선단의 항해 속도에는 한계가 있었다. 이대로라면 북상하는 태풍을 피하기 힘든 게 현실이었다. 미군이 보유한 고속 수송 선단이 없는 한국으로서는 어쩔 수 없는 선택이었다.

"사령관님, 조기경보기가 지금 돌아갑니다. 더 이상 공역에 머물 수 없다고 합니다. 제주에서 긴급 발진한 초계기가 오고 있습니다만 앞으로 20분 후에 도착한다는 통신입니다."

조준옥 사령관의 불안이 심화되었다. 이런 긴급한 때에 조기경보기마저 돌아가게 되면 함대에 닥칠 위험을 조기에 감지하기 힘들어진다.

"지금 해리어 뜰 수 있나?"

"예, 가능합니다."

"두 기만 띄워 초계하라고 해. 난 아일랜드로 올라가겠다."

"예, 알겠습니다."

없는 것보다는 낫겠거니 하는 생각에 사령관은 우선 해리어를 띄워 주변을 감시하게 했다.

"이번 파병은 처음부터 잘못된 것이었어. 아일랜드에서 쌍안경으로라도 좀 봐야 되겠군, 젠장."

전투 통제실에서 나온 조준옥 사령관은 함교로 이어지는 계단을 따라 힘차게 뛰어올라 갔다. 막 함교 문에 달린 손잡이를 돌리는 순간 몸이 균형을 잃고 기우뚱거렸다. 선체가 우현 쪽으로 심하게 기우는 느낌을 받음과 동시에 문고리를 잡은 손이 밀려 나가며 몸이 계단 밑으로 굴러 떨어지는 것을 마지막으로 조준옥 사령관은 의식을 잃고 말았다.

11 새로운 세상

"사령관님! 사령관님! 조준옥, 준옥아!"

자신을 부르는 희미한 소리에 눈을 뜬 조준옥 사령관은 머리가 깨지는 것처럼 아팠다. 그것은 자신이 죽지 않았다는 것을 뜻하기에 약간의 기쁨이기도 했다.

아침이 밝아오는지 따가운 햇빛이 창문으로 들어와 하얀색 시트를 더욱 하얗게 빛나게 했다. 주위를 둘러보니 장승처럼 서 있는 김영철 단장과 여러 장교들이 눈에 들어왔다.

"어떻게 된 거야, 이거?"

"사령관님이 통제실을 떠나신 직후 잠수함으로부터 전문이 들어오다가 갑자기 끊기고, 전방에 있던 에너지 막이 갑자기 세력을 팽창하더니 수송 함대를 덮쳤습니다. 모두 정신을 잃고 쓰러졌다가 깨어났습니다. 다행히 전 함정이 무사하고 소형 함정 몇 척이 경미한 피해를 입었습니다. 135명 부상에 사상자는 없습니다. 다만… 잠수함은 연락 두절입니다."

작전참모장이 간략하게 그동안 일어난 상황을 정리해서 사령관에게 들려주었다.

"해리어는?"

머리가 너무 아파와 저절로 손이 올라갔다. 손가락을 통해 전해지는 붕대의 촉감이 낯설었다.

"해리어는 뜨지 못했습니다. 시간이 없었습니다."

"다행이군. 국방부와는 연락이 되었나?"

모두들 묵묵부답이었다. 수십 개의 눈동자가 자신을 쳐다보고 있었는데 모두들 난처한 눈빛이다가 모두 김영철 단장에게로 시선이 돌려졌다.

"내가 말하지. 잘 듣게나."

김영철 단장이 심호흡을 크게 한 번 하고는 말을 이었다.

"자넨 우리가 깨어나고도 열흘 정도 더 혼수 상태에 있었네. 그사이 우린 본국과 연락을 시도했으나 실패했네."

조준옥 사령관의 호흡이 잠깐 멎었던 것 같았다.

"기기 고장이 아닌가?"

"모든 기기는 정상이고 함대 간 통신은 되는데 다른 곳과는 안 되더군. 더 이상한 건 상공이 너무 깨끗하네. 수많은 어선과 비행기, 선박들이 오가고 있을 텐데 말이야. 하다못해 방송 전파도 잡히지 않네. 위성 수신 장치도 먹통이고 GPS 역시 마찬가지네."

“정찰은?”

“해리어 두 기를 북쪽으로 보냈었네. 그런데 조종사의 말이 가관이더군. 지형은 그대로인데 어디에도 대한민국의 자취는 없고 조선 시대에나 있을 법한 기와집과 초가만 보았다고 했네. 어디에도 현대화된 시설을 발견할 수 없었다고 하더군. 그래서 우린 일단 서귀포 쪽으로 항진을 시작했네.”

“지금 어디까지 와 있는 건가?”

“서귀포에서 30km 떨어진 곳이네. 그리고 어제 한 명의 원주민을 잡아왔는데 행색이 꼭 민속촌에서 방아 찧다가 나온 사람처럼 생겼더군. 그 사람이 말하길 자신은 제주도에 귀향 온 이항우이며 지금은 조선 시대라고 떠들어대더군. 그자의 말과 지형, 상황을 토대로 우리가 내린 결론은… 지금이 임진왜란이 잠시 소강 상태인 1594년 4월 28일이라는 것이었네. 어처구니없게도 우린 거의 5백 년이라는 시간을 거꾸로 온 것이지.”

꽤 긴 이야기였지만 핵심은 헐리우드 영화에서나 볼 법한 말도 안 되는 일이 벌어졌다는 것이다. 김영철 단장이 거짓말을 할 사람도 아니니 사실일 가능성이 높았다.

조준옥 사령관은 잠시 현 상황을 정리할 시간이 필요하다고 생각하다가 그보다 시급한 일을 떠올렸다.

“부관, 잠수함과 연락이 끊긴 지 얼마나 됐다고 했지?”

“그러니까 사건 발생 후 10일입니다.”

“잠수함의 생존 키한은?”

잠시 자판을 두드리던 부관은 모니터에 떠오르는 자료를 읽어 나갔다.

"계속 항해한다고 가정할 때 보급없이 20일입니다. 식량은 충분하지만 연료가 부족합니다."

"잠수함 수색은 했나?"

"그것이… 사고 해역으로 해리어를 보내긴 했습니다만, 잠수함 발견에는 실패했습니다."

"그렇단 말이지. 그래도 다시 한 번 수색해 봐야겠지. 정밀 수색을 하라고 해. 광범위하게 하라고 전하게. 벌써 열흘이 지났다면 사고 해역을 상당히 벗어나 있을지도 모르지. 통신실에 연락해서 계속 신호를 보내고 24시간 당직을 세우도록."

"예, 사령관님."

"난 잠시 쉴 테니 나가들 있게. 그리고 그 원주민 좀 데려와."

조준옥은 원주민인 이항우를 만나 직접 확인해 보고 싶었다. 그와 대화를 나누면 좀 더 자세히 상황을 파악할 수 있지 않을까 하는 생각이었다. 하지만 부관의 대답에 그것마저도 뜻대로 되지 않았다.

"그게… 그가 감시를 피해 탈출하다가 사살되었습니다."

"이런 참나. 알았네, 나가들 있게."

병실에 홀로 남게 된 사령관은 머리를 감싼 채 생각에 잠겨들었다. 이런 말도 안 되는 상황에 처하게 되고 보니 이제 어찌해야 좋을지 알 수 없었다.

똑똑똑!

병실문을 두드리는 소리에 눈길이 문으로 향했다. 안으로 들어오란 소리도 없었는데 문이 열리며 한 사람이 병실 안으로 들어왔다.

"김 단장, 무슨 일인가?"

우물쭈물거리는 김영철 단장의 모습에 갑갑함을 느낀 조준옥 사령관이 먼저 말을 건넸다.

"난 지난 이틀 동안 많은 생각을 했네. 지금이 진짜로 1594년이라면 하늘이 한민족에게 준 다시없는 기회가 아닌가 하고 말이야."

"무슨 말인가?"

"우리가 떠나올 때 만찬에서 했던 맹세 기억하나? 이제 그 맹세를 지킬 때가 된 것 같다는 생각이 드네. 자네의 생각은 어떤지 알고 싶네."

처음 들어왔을 때와는 달리 김영철 단장의 목소리에는 잔뜩 힘이 들어가 있었다.

"하지만 지금은 그때와 상황이 다르지 않나? 지금은 조선 시대라고 했네. 신분 사회에다 국력도 형편없지 않나."

"왕이나 제도는 바꾸면 되네. 군사력은 세계 최강이야. 우리가 있으니까. 어떻게 할 텐가? 지금은 왜란 중이니 민심이 흉흉할 거야. 백성들은 이제 더 이상 사대부를 믿지 못할 거란 말이지. 사회 전체가 혼란에 빠져 있으니 새로운 문물이 침투하기엔 아주 좋은 상황이라고 생각하네."

조준옥 사령관으로서는 더 듣기 힘든 문제였다.

"우선 지금 당장 해결해야 할 문제부터 해결해야겠지. 20일 후가 문제로군. 식량 부족이 코앞까지 닥쳤어. 이걸 어찌 해결해야 하나?"

"여의치 않으면 조선으로 쳐들어가면 되지 않겠는가? 그러면 모든 문제가 해결된다고. 어떤가? 오늘 전체 통신을 열어서 우리의 생각을 투표에 붙이도록 하지."

김영철 단장은 서두르는 기색이 역력했다. 결심이 서면 당장 실행에 옮겨야 직성이 풀리는 성격 그대로였다. 반면에 조준옥 사령관은 모든 일을 심사숙고하여 진행시키는 스타일이었다.

"생각해 보겠네. 그런데 지금 몇 시인가?"

"오후 2시군."

"아이고, 배고파! 밥 좀 먹어야 되겠어."

1594년 4월 28일 18:00

―나, 사령관이다. 제군들 모두 잘 알고 있겠지만, 지금 우리는 1594년의 조선 시대로 시간을 거슬러 왔다. 아마도 우리를 덮친 에너지 막이 이런 일을 만들어내지 않았나 생각되어지는데 확실한 것은 아무것도 없다. 우리가 다시 돌아갈 수 있을지도 확신할 수 없다. 지금으로서는 모든 것이 불확실하지만 또한 모든 것이 가능하기도 하다. 지금의 우리에게 중요한 것은 우리가 살아남는 것이고 또 우리의 맹세를 지켜 나가는 것이다. 우리의 맹세를 잊지 않았을 것이다. 선택은 여러분에게 맡긴다. 하지만 어쩔 수 없는 일이 아닐까 나는 생각한다. 살기 위해 우린 뭉쳐야 되고 싸워야 할지도 모르겠다.

모든 함선들이 침묵의 공간 속으로 잠겨든 채 조준옥 사령관의 방송은 계속되었다.

―이에 대해 우리 지휘부의 결정은 다음과 같다. 기존의 명령 체계

는 더욱더 확고히 지켜 나갈 것이다. 이에 반하는 자는 엄한 벌로 다스릴 것이다. 앞으로 우리는 한반도에 대한제국 건설을 기초로 전 세계를 도모할 것이다. 세부적인 안건은 지휘부에서 마련할 것이다. 앞으로 한 시간 후 전 함정별로 투표를 실시하겠다. 투표 안건은 지휘부 신임안과 대한제국 건설안이다.

잠시 뜸을 들인 조준옥 사령관이 다시 입을 열었다.

─혹자는 과거의 변동이 우리의 미래를 바꿀지도 모른다고 했다. 우리가 과거를 바꾸면 우리의 존재가 지워질지도 모른다는 공포가 있다. 하지만 나는 그렇게 생각하지 않는다. 왜냐고 묻는다면 난 이렇게 말하고 싶다. '정말로 그렇게 된다면 우리가 이곳에 오는 일도 일어나지 않았을 거라고'. 이상이다.

발표의 파장은 그리 오래가지 않았다. 모두가 군인이었고 현실에 대한 인식을 열흘 동안 해왔기 때문이다. 그들 가운데 망망대해에서 등대를 발견한 어부의 심정으로 흥분하는 사람도 많았다.

한 시간 후 진행된 투표는 만장일치로 현 지휘부 신임과 대한제국 건설이 가결되었다. 새롭게 참모부를 구성한 그들은 세부 사항을 검토해 나가기 시작했다.

참모부는 최우선적인 문제인 식량 문제를 해결하기 위해 지금의 제주도를 장악하기로 결정하고 함대를 제주도로 이동했다. 제주도를 점령하는 것은 만 명이 넘는 인원의 식량을 해결하려는 것도 있었지만 장병들이 육지에서 휴식을 취하며 이 시대에 적응할 시간이 필요했다. 본격적으로 대한제국의 깃발을 세우는 것은 가을부터 시작할 수 있을 것 같았다.

1594년 4월 28일 18:30 고구려함 아일랜드

"현재 우리의 인원과 장비 현황입니다."
군수참모가 두툼한 서류철에서 서류를 꺼내 설명한 내용은 다음과
같았다.

[육군]
기갑사단을 주축으로 새롭게 편제된 기갑 3개 여단 6,000명
전차 없음. 신형 K-200 300대 보유, K-9 자주포 다수
방공여단 800명, 대공장갑차 20대, 천마발사기 20문, 기타 방공포 다수 보유
공수여단 1,000명, 공격 헬기 10대, 수송 헬기 50대, 지원 헬기 10대
공병여단 1,000명, 건설 장비 다수
기술병과 민간인 1,000명
총 9,800명

[공군]
해리어 15기, 조종사 20명, 정비반 100명
총 135명

[해군]
고구려함 항모 승무원 850명

수송선 15척 450명

카 케리어 2척 60명

상륙함 1척 승무원 45명

지원함 2척 60명

구축함 3척 750명

프리깃 5척 450명

고속정 10척 450명

총 3,115명

총인원 : 13,050명

보유 식량 : 약 15일분

보유 에너지 : 해군용 잔존 약 60일분(미항해 시), 15일분(항해 시)

항공유 15대 기준 150시간

헬기용 70대 기준 50시간

육군용 30,000리터

"문제는 에너지 현황으로, 한시 바삐 에너지원을 찾지 못하면 최소한의 운용을 한다 하더라도 올해 안으로 모든 에너지를 소모할 것으로 예상됩니다. 특히 육군용 유류는 현재 보유하고 있는 장갑차와 건설 장비 자체에 실려 있는 것이 전부입니다. 필요 시 해군이나 공군용 유류를 육군으로 전용할 수도 있을 것이라 사료됩니다만, 유류 소모를 최소한으로 줄여야 되며 각 군의 기계 운용을 최소화하여 꼭 필요한 곳에 투입되어야만 할 것으로 보입니다."

　심각한 표정으로 보고를 듣고 있던 조준옥 사령관은 보고가 끝나자 무겁게 입을 열었다.

　"한시적인 막강 화력이란 말이지. 올해 안에 한반도를 장악해야 한다는 결론인데… 음… 일단 에너지 관리에 신경 쓰도록 하고 제주 접수 후 극도로 에너지 소비를 줄인다. 제주도 점령은 공수여단에게 맡기도록 하지. 공수여단장?"

　"예, 사령관님."

　"세부 계획을 작성해 보라고. 정보참모장이 제주에 대한 정보를 제공할 거네. 가능하면 사상자를 최소화할 수 있도록 작전 계획을 작성하도록. 비살상 무기를 사용하면 어떨까 하는데… 다 우리들 선조니까."

　"알겠습니다."

　김준용 준장은 빠른 걸음으로 아일랜드를 나갔다. 깡마른 체격에 앞머리가 듬성듬성한 김 준장은 빠르게 전개되는 상황을 이해하고 대처하기 위해 노력하고 있었다.

　1594년의 조선군과 싸우는 것은 공수여단에게 있어 10살 먹은 꼬마와 싸우는 것보다 쉬운 임무였다.

　하지만 사상자를 최소화하는 것은 만만치 않은 일이었다. 미지의 세계에 대해 막연한 두려움을 느끼고 있을 병사들의 통제가 제대로 될지부터가 문제였다. 자칫 잘못하면 대량 학살로 이어질지도 몰랐다. 대량 학살을 막기 위해서는 무엇보다도 병력의 신속한 전개와 확실한 점령밖에는 없었다.

정보참모장이 넘겨준 정보를 바탕으로 공수여단 작전참모장은 마치 시위 진압 계획을 짜는 기분으로 이번 작전을 준비하고 있었다. 기본적인 진압 작전을 뼈대로 하고 각 소대의 진입 경로와 접수 시간을 정하여 자료를 컴퓨터에 입력했다.

잠시 후 컴퓨터 시뮬레이션 결과가 나왔다. 작전 개시 30분 안에 주요 목표 지점 침투 완료, 한 시간 안에 점령 종료, 두 시간 안에 상황 종료라는 어찌 보면 당연한 결과가 나왔다. 다만 사상자가 백여 명 이상 나올 것으로 예측되었다.

제주도 접수에 대한 작전 브리핑 후 사령관의 최종 작전 수행 지시를 받은 공수여단 참모부는 각 소대별로 작전 개요를 내려보냈다.

오늘 24시를 기해 작전 개시. 오전 3시에 작전 완료. 오전 6시에 주요 인사 연행 완료. 10시 제주도에 공병 2개 대대와 기갑 1개 여단의 상륙 완료. 육군 병력의 상륙을 끝으로 종료.

1594년 4월 28일 00:00

각 헬기에 분승한 5백여 명의 1차 강습 병력이 항모 갑판과 수송선 갑판을 떠나기 시작했다. 그들은 우선적으로 제주읍성, 정의현성, 대정현성을 점령하고 주요 해안 요충지인 화북진, 조천진, 별방진 등 9개진을 점령하는 1차 작전에 투입되었다.

각 함정의 갑판에는 이번 작전에 참가하지 않은 많은 사람들이 나와 항공 등을 깜박이며 날아가는 헬기를 향해 손을 흔들며 작전의 성공을 빌어주고 있었다.

"첫 단추가 잘 꿰어져야 할 텐데……."

어디선가 우려 섞인 목소리가 들려왔지만 헬기 로터가 일으키는 바람과 함께 흩날렸다.

1594년 4월 29일 00:30 제주읍성 상공

제주목사가 기거하고 있는 제주도에서 가장 큰 성인 제주읍성은 시간이 가져다 준 적막감에 묻혀 있었다. 하늘을 날으며 괴성을 지르는 헬기들이 등장하기 전까지는 말이다.

역사 기록에 의존하여 침투 작전을 펼치고 있는 공수여단 소속 병사들은 불안하기만 했다. 휴대 장비의 우수함에서 오는 믿음과 시끄러운 헬기로부터의 음이 어느 정도 불안감을 밀어내곤 했지만 전투가 주는 원초적인 두려움을 완전히 떨치게 하지는 못했다.

—중대장이다. 1소대는 관청을 빠른 시간 내에 접수하고 제주목사 및 관리들의 신병을 확보하라. 2소대와 3소대는 각 성문과 성곽 주요 지점을 확보하고 자리를 이탈하지 마라. 무단 접근자는 그 신병을 확보하라. 최대한 살상을 자제하도록. 건투를 빈다. 각 소대별 산개!

　네 대의 치누크 편대는 각각의 목표로 흩어지기 시작했다. 뒤따르던 AH-1S 코브라 헬기가 만약을 대비해 1소대를 따라 움직이며 엄호했다.

　제주도에는 왜의 대규모 공격이 없었지만 온 나라가 전쟁 중인 터라 관청 곳곳에 횃불을 환하게 밝힌 채 경계를 서고 있었다.
　"우리가 오는 줄 알고 횃불까지 켜놓고 기다리고 있다니 정말 고마운 사람들이야."
　횃불은 정확성이 의심스러운 500년 후의 지도를 바탕으로 관청을 찾아가고 있던 1소대를 태운 헬기 조종사에게는 충실한 길잡이 역할이 되어주고 있었다. 각 성문으로 흩어졌을 2소대와 3소대를 실은 헬기 조종사들이 착륙 지점을 찾느라 고생하고 있을 것을 생각하면 더욱 기쁘고 반가운 일이었다.
　"정문에 보초가 둘 있습니다."
　아파치의 정찰 보고를 들은 중대장은 곧장 지시했다.
　"1소대장은 곧장 중앙으로 들어가 목사의 신병을 확보하라. 난 정문으로 들어가겠다. 조심하고 살상을 최소화하도록."
　"예, 알겠습니다."
　"전 대원 랜딩 존에 다 왔다. 작계대로 움직이고 상호 무선을 연결시켜 놓기 바란다. 적의 화살에 주의하고 활을 든 자는 무조건 공격하라. 이상이다. 무운을 빈다."

타타타타타타타!

“말뚱아범, 저게 뭔가?”

번을 서고 있던 말뚱아범은 할아범이 가리키는 곳을 바라보았다. 밝은 빛을 내는 뭔가가 요란한 소리를 내며 빠르게 자신들에게 다가오고 있었다.

“그러게 말입니다.”

빛이 점점 가까워지는 가운데 소리도 커지고 바람이 세차게 불어왔다.

“날 보게. 급히 통발을 넣어야 되겠어.”

“그렇게 하세요.”

“억!”

말뚱아범은 가슴에서 느껴지는 격렬한 통증을 이기지 못하고 의식을 잃었다. 멍하니 말뚱아범을 보던 할아범 역시 왜 자신이 이렇게 아픈지 이해할 수 없다는 표정을 지은 채 의식을 잃었다.

“확실히 고무탄도 무서운 거구나! 이것을 잘 활용하면 사상자를 많이 줄이겠는데요, 중대장님?”

“그렇긴 하군. 이 중사는 역시 사격 솜씨가 좋아.”

중대장은 이 중사가 간단히 정문 앞의 보초들을 제압하자 일이 쉽게 풀릴 것 같다는 생각이 들었다. 첫 번째 단추가 잘 끼워지고 있다는 느낌에 조금은 여유가 생겼다.

헬기가 정문에 착륙하자 본부중대 중대장과 요원들이 뛰어내렸다. 대원 서넛이 빠르게 움직여 쓰러진 군졸들을 줄로 꽁꽁 묶어놓고는 문을 활짝 열었다.

안쪽에는 헬기 소리에 놀란 군졸 20여 명이 창을 들고 몰려 나와 있었으나 제정신인 사람은 보이지 않았다. 처음 보는 헬기에 넋이 나갔는지 고개를 든 채 헬기에 넋을 놓고 있어 정문으로 들어오는 본부중대원들을 미처 발견하지 못했다.

"방독면 착용, 최루탄 발사."

중대장은 방독면을 착용하며 헬기에 최루탄 발사를 지시했다. 하늘에서 하얀 꼬리를 달고 내려온 최루탄은 사방에 하얀 연기를 흩뿌렸다.

잠시 최루탄 가스가 퍼지기를 기다리던 중대장은 군졸들이 콜록콜록 기침을 하며 바닥에 엎어지기 시작하자 1소대 대원들에게 진압 명령을 내렸다.

"살살해라."

눈물 콧물을 쏟아내던 20여 명의 군졸들이 우르르 달려드는 병사들이 휘두르는 개머리판에 머리를 두드려 맞고 하나둘 쓰러졌다. 1소대장은 몇 명의 한 개 분대와 함께 관청 내원 쪽으로 달려갔다.

"최루탄 한 방에 스무 명이라… 이거 완전히 장난이구만."

순식간에 제압해 나가는 부대원들의 모습에 중대장은 자신의 부하들이 믿음직스러웠다.

군졸들의 진압이 완료되자 병사들은 쓰러진 사람들을 묶어 한곳으로 끌고 갔다. 아직 정신을 잃지 않은 자들이 반항하였지만 굳센 군화

발과 개머리판 세례에 이내 몸을 축 늘인 채 질질 끌려갔다.

두 명을 포로 감시 및 정문 경비로 남겨두고 중대장은 안으로 깊숙이 들어갔다. 내원 쪽은 1소대장에 의해 제압이 끝난 상태였다.

"두 명을 포로 감시 및 정문 경비로 남겨두고, 2개 분대는 외곽을 순찰하도록."

중대장이 혹시 있을지 모를 탈출자를 잡기 위해 순찰을 지시했다.

관청 접수는 쉽게 완료되었다. 의외로 제주읍성에는 사람이 많지 않았다. 목사를 비롯하여 군졸들이 채 200명도 되지 않았다. 기록대로라면 제주도에 천 명의 상비군이 존재해야 했지만 여러 성과 진으로 흩어진 터라 성에는 많은 군사가 있질 않았다.

진압 완료를 알리자 2진이 도착하여 추가 병력을 내려놓았다.

1대대장인 오종우 중령이 가볍게 인사를 받으며 관청 안으로 들어섰다. 심 대위는 대대장을 보자 잔뜩 군기 깃든 모습으로 경례를 올렸다. 언제 조인트를 깔지 모르는 오 중령이었기에 현황 보고를 올리면서도 내심 조마조마했다.

"충성! 1중대 보고합니다. 현 시각부로 본청을 완전히 장악하였으며 목사의 신병을 확보하고 2백여 명의 포로를 획득하였습니다. 아군 사상자와 부상자는 없습니다. 2~3소대 역시 각 성문을 장악하였으며 포로 150명을 획득하였습니다. 작전 과정에서 3명의 경미한 찰과상을 제외하면 모두 큰 피해 없이 성공리에 작전을 완료하였습니다. 윽!"

보고하던 심 대위가 오른쪽 무릎을 붙잡고 쓰러졌다가 고무줄처럼 퉁겨져 올라왔다. 오 중령의 무지막지한 조인트 까기의 결과였다.

"저들은 포로가 아니다. 우리의 선조다. 알았나, 대위?"

"예, 대대장님."

오 중령의 냉엄한 말과 눈빛에 더욱 얼어버리는 심 대위였다.

"사령부에 작전 완료를 전달하고 이후 항구까지 길을 개척한다. 2중대가 개척, 3중대는 관청 내부 건물을 수색하여 주요 인사 신원 확보 작전을 전개하도록. 누가 누군지 알 수 없으니 큰집에 사는 사람들은 모조리 잡아들인다."

오 중령은 대대원들이 분주히 움직이는 것을 확인하고는 목사가 있었던 방으로 성큼성큼 들어갔다.

1594년 4월 29일 (06:00) 고구려함

"대체적으로 이번 작전은 성공입니다. 약간의 사상자가 발생했습니다만 우려했던 대량 학살은 일어나지 않았습니다. 일부 인사들이 성 밖으로 탈출했다는 보고가 들어왔습니다만 아직 제주도를 탈출하지는 못했을 것으로 파악됩니다."

작전참모장의 보고를 들으며 조 사령관은 밝아오는 아침을 아일랜드에서 맞이했다. 서서히 아침 해가 떠오르는지 어스름이 가시고 동쪽 하늘이 밝아오기 시작하고 있었다.

"그들 때문에 초계를 할 수는 없겠지, 기름을 아껴야 하니까. 잠수함 소식은 없나?"

"예, 아직 없습니다. 그들은 이곳으로 오지 않았거나 다른 시간대로 이동된 건 아닌지…….”

작전참모장이 말끝을 흐렸다.

“당시 잠수함의 심도를 알 수 있나?”

조준옥 사령관은 안타까웠다. 오지 않았다면 또 모를까, 알 수 없는 힘에 이끌려 동시대에 같이 왔다면 자신은 그들을 구해야 할 책임이 있었다.

“잠망경 심도였을 것으로 추측됩니다. 전방의 에너지 막을 관측하기 위해선 올라와야 했을 테니까요.”

“음… 오늘까지만 수색하도록 하지. 우리에게는 기름이 너무 부족해. 그들에게는 미안한 일이지만…….”

1594년 4월 29일 17:00 사고 해역 상공 해리어

두 대로 이루어진 해리어 편대가 사라진 잠수함을 찾기 위해 예상 지점을 수색했지만 아무런 성과도 없었다. 사령부에서 수색 중단 명령이 내려와 있는 시점에서 조종사들에게 주어진 시간은 많지 않았다.

모두 포기해 버린 그들이었지만 수색을 맡은 해군 항공대로서는 그들을 포기할 수 없었다. 오늘 아침에 전달받은 수색 중단 명령은 잠수함 승무원들에게는 사형 선고나 마찬가지였다.

막 마지막 편대가 수색 임무를 마치고 기수를 돌려 회항하려던 참이었다.

─지지직… 여기는 장보고다. 아무나 응답하라. 지이치치이…….

2번기에 기다리고 기다렸던 무전이 들어왔다.

"박 소령님, 통신이 들어오고 있습니다!"

2번기 조종사는 1번기 편대장에게 흥분된 마음으로 반가운 소식을 전했다. 그러나 너무 멀리 떨어져 있는지 응답이 없었다.

"이런 젠장, 누구 없어? 아무나 좋으니까 대답하란 말야!"

오 대위가 수색을 시작한 이래 처음으로 접하는 무선 통신이었다. 어쩌면 저들은 실종된 잠수함일지도 모른다는 생각에 박 소령과의 통신을 포기하고 송신을 시작했다.

"여기는 고구려함 함재기다. 소속을 밝혀라."

─다시 한 번 말해 주기 바란다. 방금 고구려함이라고 했나?

"그렇다. 대한민국 해군 항공대 소속 오상구 대위다."

─와아! 만세! 우린 살았다!

시끌벅적한 소리가 들리다가 곧 주위가 조용해지며 다시 음성이 들려왔다.

─나는 대한민국 해군 잠수함사령부 소속 장보고함 통신장교 이소철 대위다. 무척 반갑다.

"현 위치를 알려주기 바란다. 이곳에서는 보이지 않는다."

─우리도 잘 모르겠다. 모든 항법 장치가 고장나서 이리저리 헤매다가 마지막으로 부상하여 통신을 시도 중이다. 통신기도 망가져서 제 기능을 발휘하지 못하고 있다.

"통신 유지하고 잠시만 기다려라. 고도를 높이겠다."

이번 비행은 그에게도 남다른 의미가 있었다. 현재의 유류 보급 사정으로 볼 때 이번이 마지막 비행이 될 가능성이 높았다. 그래서 조금만 더 조금만 더 하는 마음으로 예정 수색 지역을 벗어나 버렸고, 그 덕에 의외의 소득이 있을 줄은 자신도 몰랐다.

기수를 올려 고도를 높이고는 해상 수색 레이더를 최대로 가동했다. 레이더 상에는 작은 점들이 깜빡이고 있었다. 사고 발생 지점에서 서쪽으로 150㎞ 이상이나 이동되어 있었다.

"여기는 오 대위다. 레이더로 확인했다. 접근하여 육안으로 확인하겠다."

고도를 낮추고 레이더 상의 작은 점으로 빠르게 접근한 오 대위는 빨갛고 파란 신호탄이 연이어 올라오는 곳에서 잠수함 두 척이 떠올라 있는 걸 발견할 수 있었다. 가까이 접근하자 잠수함 갑판에 수병들이 가득 밖으로 나와 손을 흔들어댔다.

—여기는 장보고함 함장이다. 여기가 어디쯤인가?

"현재 위치하신 곳은 제주도 남서쪽 130㎞ 지점입니다."

—함대는 어디에 있나?

"지금 제주도에 있습니다. 제주도까지 항해가 가능하시겠습니까?"

—방향을 잡아주기 바란다. 김좌진함은 찾았나?

"찾지 못했습니다. 죄송합니다."

짧은 침묵이 흘렀다.

"함장님, 죄송합니다만 저는 지금 돌아가야 합니다. 연료가 다 떨어져 갑니다. 구난 헬기와 함정이 곧 도착할 겁니다. 그때까지 조심하십시오."

잠수함들은 이상한 에너지 막을 조사하기 위해 막 부상하던 중에 변을 당했다. 모두 깨어나 보니 잠수함은 엔진이 멈춘 채 해류를 따라 흘러가고 있었다.

잠수함의 장교와 수병들은 수상함처럼 바로 사태를 파악하지 못했다. 단지 기기의 고장으로 추측할 뿐이었다. 부상을 하고 나서야 그들은 이상하다는 것을 알았다. 어떤 전파도 잡히지 않았고 교신에도 응답이 오지 않았던 것이다.

디젤 엔진을 겨우 고쳐 항해를 시작했지만 항법 장치의 고장으로 인해 별자리를 보며 항해해야 했다. 생각만큼 쉽지 않아 몇 번의 시행 착오 끝에 겨우겨우 이곳까지 온 것이다.

1594년 5월 15일

제주도에서 길이가 가장 긴 냇가에 자리 잡은 냇기 마을을 방문한 공병여단 정훈장교들이 마을 주민들이 모여 있는 공터가 보이자 헛기침을 해댔다. 그들은 고구려함 갑판에서 헬리콥터를 타고 이곳으로 오는 중이었다. 기름 소모를 극도로 통제하고 있던 원정단은 제주도민들에게 자신들이 하늘에서 내려왔다는 믿음을 주기 위해 제주도민이 모여 있는 곳에서는 가끔씩 특수 효과를 연출하곤 했다.

"빨리 오시오."

"알았으니 재촉하지 마소."

앞서거니 뒷서거니 하면서 공터에 몰려든 사람들은 어린아이들의 손을 잡고 하늘에서 내려왔다는 천인들을 구경하기 위해 모여들었다.

한 사람도 빠짐없이 모이라는 방이 인근 마을 전체에 붙여졌기에 걸을
수 있는 사람들은 모두 다 모였다. 행여 천신께 불경하여 큰일이나 당
하지 않을까 싶은 주변 마을 사람들이 모두 냇기에 모여들자 족히 천
여 명은 넘었다.

"할머니, 어어어 저기저기."

"왜?"

할망은 누가 옷깃을 자꾸 붙잡아 당기자 오른쪽 다리에 고목나무의
매미마냥 매달려 있는 손자 놈을 바라보았다. 손자는 마을 뒤쪽에 있
는 오름을 가리키며 두려운 눈망울로 할망을 올려보았다.

"뒤에뒤에."

웅웅웅웅——

"이놈의 자식이……."

할망이 손자 놈이 가리키는 오름을 바라보다 그만 그 자리에서 엉덩
방이를 찧었다. 고동오름을 넘어온 헬리콥터 한 대가 웅웅거리며 다가
오더니 이내 소리가 타타타타 굉음으로 바뀌었다.

모여 있던 사람들은 혼비백산하여 주변으로 흩어지느라 난리가 아
니었지만 강력한 바람이 땅 위에 회오리바람을 일으키자 도망가기를
포기하고 그 자리에 엎드려 손을 싹싹 비볐다. 천신들이 화가 나서 자
신들을 데려가지 않기만을 빌고 또 빌었다.

허리에 지고 있던 허벅이 깨져 물이 흘렀지만 그런 것에 신경 쓸 수
없었던 아낙네들이 갓난아이가 든 구덕을 감싸 안고 엎드렸다.

"살려줍소, 살려줍소."

바닥에 바짝 엎드려 있는 사람들 머리 위를 한 바퀴 돈 헬리콥터

가 적당한 공터에 착륙하고는 엔진을 껐다. 한참이 지나자 사람들이 하나둘씩 고개를 들었다. 난생처음 보는 것에 대한 경외심이 가득 찬 그들의 눈망울에 헬리콥터는 거대한 알 수 없는 신의 동물로 보였다.

헬리콥터에 연결된 확성기를 잡고 있는 제주도 출신 천 병장은 자신의 제주도 사투리가 지금도 통용될지 의문이었지만, 정훈단은 그나마 서울 말보다는 나을 거란 생각에 천 병장을 이리저리 데리고 다녔다.

갑자기 들려온 소리에 모여 있는 냇기 마을 사람들이 어리둥절하는 모습으로 소리가 나는 곳을 쳐다보았다. 하늘을 날아온 사람들이 자신들의 말을 하고 있었던 것이다.

"우리는 하늘나라에서 내려온 천인들이다. 백성들의 기도가 하늘에 닿아 우리가 내려왔으니 너희들은 그리 알고 천인의 명을 따르라."

"사는 것에 걱정하지 마십시오. 조금 있으면 잘 살 수 있습니다."

정훈장교의 말을 어줍잖게 통역하던 천 병장은 자신이 지금 똑바로 통역을 하고 있는지 알 수 없었다. 어릴 적 사용했던 말이지만 너무 오랫동안 사용하지 않았던 터라 생소하고 낯설기만 했다.

"가자. 나머지는 육방들이 알아서들 하겠지. 다음은 어딘가? 그래, 모슬포군."

자신이 할 말만 하고 다시 헬리콥터에 오른 정훈장교는 조종사에게 그만 이륙할 것을 지시했다. 헬기 문이 닫히고 엔진이 돌아가자 다시금 일진광풍이 불어와 멍하니 있던 사람들의 고개를 자연스럽게 땅바

덕으로 향하게 했다.

웅웅웅 하면서 헬기가 시야에서 완전히 사라지자 공터에 엎드려 있던 천여 명의 백성들이 천천히 고개를 들더니 웅성거리기 시작했다. 천신이 내려왔다는 소문을 익히 들어왔던 사람들은 직접 천신들이 날아다니는 것을 목격하고 나서는 대한민국인들을 완전히 하늘에서 내려온 천신으로 믿어버리게 된 것이다.

정훈장교들이 그럴싸하게 이야기를 꾸며내어 대한민국인들을 천군으로 둔갑시키는 데 성공하면서 제주도를 완전히 장악했다고 생각한 원정군 사령부는 일단 공수여단, 1기갑여단, 공병여단, 민간인들을 제주도에 상륙시키고 나머지는 선상 생활을 계속해 나갔다.

제주도민과는 간혹 몇 건의 불미스러운 일이 있었지만 대체적으로 큰 무리나 마찰은 없었다. 비슷한 외모에 같은 한민족의 말을 쓰니 거부감이 크게 약화되어 있었던 것이다.

오히려 대부분의 도민들은 천군이라 자칭하는 이들을 하늘처럼 받들었다. 대한민국 군인들이 최우선적으로 모든 지배층들을 잡아들여 가둬 버리고 그들의 재산과 곡식을 도민들에게 나눠줘 인심을 얻었다. 또 새 세상이 도래했음을 제주도 전역에 선포함으로써 민심을 잡은 것이다.

공병여단은 우선적으로 고속정의 접안 시설을 마련하기 위해 임시적인 항구를 건설하였다. 이로써 함대와 제주도 간의 연락 통로를 만들 수 있었다.

다음으로는 제주도를 빙 두르는 도로를 건설하기 시작했다. 아스팔트를 까는 것이 아니라 궤도 차량이 다닐 수 있을 정도로 기존의 길을 넓히는 일이었기에 기술자들과 제주도민들이 합세하자 일은 빠르게 진행되어 나갔다. 중장비를 사용했더라면 훨씬 빨리 끝났을 일이지만 한 방울의 기름이 아쉬운 때에 이런 일에 기름을 허비할 수는 없었다.

모든 유류 소비는 전투 시에만 제공되도록 규정되었으며 중장비의 도움이 필요한 난공사 시에만 투입이 허가되었다.

이런 사정이다 보니 부족한 에너지를 해결하기 위해 기술자들은 모든 함이 장비하고 있는 비상 발전기를 뜯어내 풍력 발전기를 만드는 부품으로 사용했다. 그렇게 아쉬운 대로 전력을 생산하여 사용하고 있었으나 어둠을 밝히는 용도로 쓰기에는 많이 모자랐다. 그래서 대부분의 사병들은 조선 시대에 걸맞게 밤에는 대체 기름을 이용한 등잔불이나 호롱불을 사용하고 있었다.

제주도 어느 마을

'이상한 복장에 말이나 소가 끄는 것이 아닌데도 커다란 쇳덩어리를 움직이는 것을 보니 그들은 틀림없이 하늘에서 내려온 신선이다. 들리는 말로는 진짜로 하늘을 날아다닌다고 한다. 놀라운 건 신선들이 알려준 대로 백록담 물을 끌어다 농사를 지으니 이렇게 쉬울 수가 없다. 백록담을 이용할 생각을 하다니 그들은 틀림없는 천신이다. 아마도 왜놈들에게 어려움을 당하는 조선 백성을 불쌍히 여겨 하늘님께서 보내셨으리라. 학교를 열어 신분에 상관없이 배우고자 하는 자는 다 받아

들인다 하니 나도 한번 가봐야겠다.'

이런저런 생각으로 뜬눈을 새운 개똥아범은 올해로 스물이었지만 허구한 날 빈둥빈둥 노는 게 일이었다. 그런 개똥아범이 하룻밤을 뜬눈으로 세우고 다음날 아침 봇짐을 지고 집을 나서게 만든 것은 어제의 일 때문이었다.

오늘도 개똥아범은 하는 일 없이 동네를 기웃거리며 돌아다녔는데 이방이 마을 담벼락에 풀칠을 하는 것이 보였다.

"나리, 안녕하셨습니까요?"

풀칠을 하던 이방은 개똥아범이 나타나자 내려놓은 종이를 턱짓으로 가리켰다.

"개똥아범이구먼. 저것 좀 집어주게나."

"네, 네. 이것 말씀이시죠?"

개똥아범이 종이 한 장을 조심스레 집어 주자 이방은 들고 있던 붓을 입에 물고는 양손으로 종이를 들어 벽에 붙였다. 이방은 소맷자락을 들어 올려 종이가 찢어지지 않도록 잘 문지르고는 개똥아범을 돌아보았다.

"자네, 요즘 뭐 하나? 이번에 천신들께서 자네 같은 젊은이를 모집한다고 하는데 한번 가보지 않으려나?"

이방이 마침 잘되었다는 듯이 개똥아범에게 운을 띄웠다.

"천신들께서 뭐 하러 저 같은 무지렁이를 모은답니까요, 나리?"

"무지렁이니까 모으는 것이지, 이놈아. 너 같은 무지렁이들에게 천신들께서 글과 신문물을 가르쳐 준다고 야단이시다. 참 고마운 분들이

시지. 이런 기회는 평생 없을 테니 개똥아범도 잘 생각해 보라고. 몇 달 고생하면 떡하니 벼슬 자리도 준다더라."

벼슬 자리를 준다는 말에 귀가 솔깃해진 개똥아범이었지만 금세 자신의 처지를 생각하곤 고개를 절레절레 저었다.

"그런 농이 어디 있습니까? 세상천지에 저 같은 무지렁이에게 벼슬 자리가 가당키나 하겠습니까? 절 놀리시려면 이만 갈랍니다."

씩씩거리며 모퉁이를 돌아가는 개똥아범의 뒷모습을 바라보던 이방이 개똥아범을 뒤쫓아가며 소리쳤다.

"이놈아, 그러니까 천신이시지. 천신이 하시는 일에 농이 있더냐? 잘 생각해 보고 관아로 나올 테면 나오고 말 테면 말아라. 뭐 하러 저런 놈을 모집한다는 건지, 에잉!"

역정을 심하게 낸 탓인지 바람이 휙 불어 종이가 날리자 이방은 사색이 되어 종이를 주워 모았다. 혹여 흙이 묻지나 않았는지 요리조리 살펴보던 이방은 이내 풀통을 들고는 다음 마을을 향해 발길을 옮겼다. 오늘 열 군데는 더 돌아야 했기에 바삐 움직이지 않으면 방을 다 붙이지 못할 수도 있었다.

제주읍성 제주목사 관아

"여기 모이신 분들은 이곳이 앞으로 건설될 새로운 대한민국의 시험장이라 생각하시고 8월까지 3개월 동안 최선을 다해주시기 바랍니다. 짧은 시간이지만 이번에 겪은 시행착오를 바탕으로 다음에 본격적으로 있을 조선의 개혁에서는 시간을 많이 단축할 수 있도록 말입니다."

기술자 단장을 맡고 있는 김영철의 당부였다. 그의 위치는 조금 애매모호했지만 암묵적으로 모두들 조준옥 사령관과 동급으로 대하고 있었다. 전 시대부터 그들은 동급이었고 더군다나 절친한 친구 사이이기도 했다.

"그럼 각자 맡은 분야에 대한 보고를 해주시기 바랍니다."

"오늘부터 학교를 개교할 예정입니다. 3개월 동안 한글과 산수를 각각 두 시간씩 가르칠 예정입니다. 현재까지 참여한 인원은 천 명이 넘어섰기에 각 성에 한 개씩 운영하고 추후에 추가할 예정입니다. 여기에는 정훈장교를 비롯하여 민간인 백 명이 투입됩니다. 군사 학교는 군부에서 별도로 운영할 예정입니다."

"현재 정확한 제주도민의 인구를 파악 중이며 이 일에만 공수여단 전 병력이 동원되었습니다. 이 달 말 중으로 파악이 끝날 것이라고 합니다. 아울러 토지 조사도 병행되고 있습니다. 워낙 문서가 빈약하고 계측도 엉망이라 다음 달이나 되어야 구체적인 윤곽이 나올 것 같습니다."

"제주 순환도로는 어느 정도 윤곽이 나왔고 8월까지 관통도로를 신설할 예정입니다. 여기엔 공병여단이 전부 투입될 것입니다. 길이 없는 구간이 많아서 상당 시간이 소요될 것으로 생각되지만 화약을 이용하면 8월 안으로 한 군데 정도는 공사가 끝날 예정입니다."

"풍력 발전만으로는 원활한 전력을 생산하는 데 한계가 있습니다. 지금 소형 화력 발전소를 건설하고 있습니다만 인원이 부족하여 다음

달에나 완공될 것 같습니다."

　김영철 단장은 각 분야를 맡고 있는 책임자들의 보고가 끝날 때마다 열심히 노트에 뭔가를 적었다.

　민간인 지원단 소속 인원들은 제주도 행정을 완전히 접수하고 제주도 전체를 장악했다. 일부 지배층들이 반란을 도모하였지만 대한민국인들을 천신으로 생각하고 받드는 제주 도민들의 밀고로 대부분 사전에 발각되어 체포되었고 간혹 조각배를 타고 전라도로 탈출을 감행한 자도 있었지만 검거되었다.

　"이제 제주도는 우리가 장악했다고 볼 수 있습니다. 다들 아시겠지만 조만간 군사 작전이 있을 예정입니다. 그때까지 좀 더 확실하게 제주도민들의 신뢰를 구축하는 것이 필요합니다. 지금까지 잘 해왔습니다만 다시 한 번 말씀드리고 싶습니다. 절대로 제주도민들 앞에서 추태를 부리지 마십시오. 하다못해 화장실도 조심해서 가십시오. 한번 무너지기 시작하면 순식간에 무너지는 것이 신뢰입니다. 그럼, 이것으로 회의를 마치겠습니다."

　김영철 단장이 노트를 덮고 자리에서 일어나자 회의 참석자들이 하나둘 일어났다. 그들은 서둘러 자신들이 맡고 있는 부서 사무실로 발길을 옮겼다. 벌여놓은 일이 한두 개가 아니어서 지금 제주도는 어딜 가더라도 시끌벅적했다.

　너무나도 세상이 빠르게 움직였다.

　새로운 체제에 적응하지 못하던 지식인들은 대부분 옥에 갇히는 꼴을 면하지 못했고 모든 토지는 완전 몰수되어 농민들에게 균등하게 분배되었다.

삼 할의 세금을 낸다는 조건이 달려 있었지만 농민들에게는 문제도 아니었다. 자신의 토지를 소유한다는 것 자체가 큰 힘이 되었기 때문이다.

이런저런 정책으로 민심을 완전히 획득한 대한민국인들은 현대화된 행정 조직을 갖추고 앞으로 있을 한반도 경영을 차근차근 대비해 나갔다.

제주읍성의 관아에서 민간인의 회의가 있을 무렵 대정현성에 사령부를 설치한 원정군 사령부에서는 모든 장성들과 사령부 참모진들이 모여 한반도 진주 전략과 명과 금, 왜에 대한 전략을 수립하는 마라톤 회의를 진행하고 있었다.

"일전에 한반도에 투입된 정찰대로부터는 연락이 있었습니까?"

"예, 사령관님. 그들은 현재 한양에 침투해 있으며, 추후 있을 공격에 대비하여 주요 인사 및 주요 지점에 대한 정찰 활동을 개시한다는 보고가 있었습니다. 앞으로 열흘에 한 번씩 보고를 해올 것입니다."

"그들의 체류는 누가 책임지고 있는 거요?"

"제주에서 제법 크게 장사를 하는 김 초시의 도움을 받고 있습니다. 그가 소유하고 있는 한양의 한 점포를 거점으로 이용하고 있습니다."

"각별히 안전에 신경 쓰도록 하시오. 김 초시가 믿을 만한 사람인 건 알겠지만 완전히 우리 사람이라고 할 수는 없으니 말이오."

대면한 적이 있던 김 초시의 얼굴이 떠오른 조준옥 사령관은 그의 얼굴에서 전형적인 장사꾼의 모습을 발견했었다. 시대가 다르다고 장사꾼의 습성이 다를 리 없었다. 필요하다면 양다리 세 다리를 걸치고도 나중에 가서는 태연하게 그런 적 없다고 시치미를 뚝 떼는 것이 장사꾼들이었다.

"그건 그렇고, 작전부에서 기안한 앞으로의 작전에 대해 이제 그만 결론을 내리도록 합시다. 너무 오래 끌었소."

조준옥 사령관이 작전참모장을 바라보자 작전참모장은 자리에서 일어났다. 미리 대기하고 있던 작전참모부 소속의 중령이 작전 개요 지도를 벽에 걸었다.

"일단 9월에 있을 한양 접수 작전입니다. 공수여단이 가장 먼저 투입됩니다. 한강을 고속정대가 거슬러 올라가 내륙 깊숙이 침투합니다. 고속정 뒤에는 2기갑여단이 장갑차 50대와 함께 투입됩니다. 아울러 강화도를 1기갑여단이 장갑차 30대를 대동하고 상륙합니다. 3기갑여단 전 병력이 소총으로 무장하고 한강을 거쳐 2기갑여단을 지원합니다. 9월 1일 22 : 00에 작전을 개시하여 24 : 00에 침투 완료. 익일 03 : 00에 한양을 접수하고 10 : 00에 방공여단 전 병력과 잔여 해군 병력이 마포나루를 거쳐 한양으로 입성합니다. 제주도는 공병여단과 민간인 부대가 도로 건설과 함께 방어에 임합니다. 본 작전에는 수송선 세 척과 상륙함, 지원함 각 한 척이 지원합니다. 헬기가 총동원되며 자주포대 1개 포대가 2기갑여단을 지원합니다. 이 작전의 요체는 1공수여단이 얼마나 빨리 궁을 점령하고 선조 및 광해군의 신병을 확보하느냐에 달려 있습니다. 따라서 최대한 시간을 단축시키기 위해 실탄 장전을 건의합니다."

참모의 작전 설명에 알맞게 지도가 교체되었다.

"한양 접수 완료 후에는 의병과 관군을 규합하여 울산과 부산에 주둔하고 있는 왜군을 공격하여 포로를 최대한 많이 획득합니다. 그 여세를 몰아 바로 일본 대마도와 큐슈를 접수합니다. 한반도에서의 작전과 일본 큐슈 점령전은 거의 동시에 이루어져야 합니다. 큐슈에서 생산되는 식량을 한반도로 수송하여 식량을 바탕으로 우리의 입지를 강화하게 된다면 1차 목표를 성공리에 마칠 수 있을 것입니다. 대마도 접수 작전은 제주도민과 해군으로만 수행할 예정이며 큐슈 접수 작전은 의병과 조선 수군을 이용할 예정입니다. 그간 왜에게 당한 것이 많으니 훌륭한 전과를 이뤄낼 것이라 생각됩니다."

제법 긴 작전참모장의 작전 개요를 듣고 있던 1기갑여단장 노성민 준장이 한 가지 의문을 제기했다.

"사대부들을 어찌 처리할 생각이십니까? 그들을 모두 통제하기는 힘들 텐데. 더구나 의병들이 우리의 통제 하에 들어올지도 의문이고 말입니다."

"사대부는 일단 왕명으로 해결합니다. 모든 관료들을 파직시키고 새로이 임명합니다. 되도록 중인들을 등용하고 명망있는 관료들은 유임시킵니다. 의병들은 왜의 정벌을 희망할 것이기에 크게 염려하지 않으셔도 됩니다. 거기다 왕명이 있으면 크게 문제되지는 않겠죠. 보다 확실하게 하기 위해 이달 말부터 한양에 천군이 내려온다는 유언비어를 퍼뜨릴 예정입니다."

"그런데 지금 선조는 어디에 계시오?"

시큰둥하게 작전참모장의 설명을 듣고 있던 1함대 사령관인 김지영 소장이 입을 열었다.

지금은 해군이 힘을 쓸 일이 거의 없었다. 기껏해야 목선을 상대해야 될 해군으로서는 고속정 한 척만으로도 목선 수백 척을 상대할 수 있었다. 물론 탄약 지원이 계속된다는 가정 하에서지만. 어쨌거나 하릴없는 방관자의 입장에 서게 된 그로서는 쉽게 허점을 발견해 낼 수 있었다.

김지영 소장의 질문에 작전참모장은 잠시 당황한 표정을 짓더니 책상 위에 놓여진 노트북 키보드를 몇 번 두드렸다. 그는 모니터에 나와 있는 정보를 난처한 표정으로 읽어 나갔다.

"6월 14일 영유 출발, 강서 도착. 8월 11일 해주 출발. 임해군, 순화군과 상봉. 9월 22일 한양으로 떠남."

"아니, 그럼 작전 개시일에 한양에는 아무도 없다는 말 아닙니까? 더군다나 작전참모장이 말하는 날짜는 음력일 가능성이 큽니다. 그렇지 않습니까? 이것 참……."

한방 먹은 작전참모장은 할 말이 없었다. 너무도 당연한 것을 그는 고려하지 않은 것이다. 평상시라면 당연히 왕은 한양에 있을 것이지만 지금은 전시였다. 게다가 왜란이 일어난 지 1년이 지난 시점이었다.

"작전을 처음부터 다시 짜든가 아님 선조를 모셔올 부대를 따로 편성해야 되겠군요."

김준용 공수여단장이 작전참모장을 바라보며 말했다. 만약 그의 말대로 왕가를 모셔올 부대를 편성해야 한다면 자신의 부대가 투입될 가능성이 많았다.

"선조를 모셔올 부대를 편성하는 것은 현실적으로 어렵습니다. 차라리 작전 일시를 한 달이나 두 달 뒤로 늦추는 것이 좋을 듯싶은데요."

작전참모가 새로운 작전을 짜는 것에 난색을 표시했다. 제대로 된 지도 한 장 없는 상태에서 헬리콥터를 띄울 수는 없었다. 납치 작전의 특성상 밤에 이루어져야 하는데, 헬기의 야간 비행은 불가능에 가까웠다.

"한두 달 작전을 늦추면 바로 겨울입니다. 우리 군은 겨울에 대한 대비가 취약합니다. 겨울을 준비하는 시간만 해도 족히 서너 달은 걸립니다. 그것도 임시방편으로 말입니다. 다들 아시겠지만 제주도에서 나는 산물로는 우리 군대가 오래 버티지 못합니다."

군수참모는 지금도 각 군에서 소모하는 엄청난 식량을 대느라 별 짓을 다 하고 있었다. 심지어 한라산에 사는 모든 동식물의 멸종을 우려해야 할 정도로 사태는 심각했다.

"일단 정보를 취합하기 위해 해주에 정예의 정찰대를 파견하도록 합시다. 이번 작전에는 잠수함을 투입합니다. 한양에 있는 정보대에게도 선조 일행을 추적하라 하시고요. 일단 정확한 정보가 도착한 이후에 다시 한 번 작전을 검토합시다. 참모진은 다시 한 번 작전을 검토해서 완벽을 기하기 바랍니다."

오늘도 끝내 결론을 내지 못하고 회의가 종결되었다. 막상 일을 시작하긴 했지만 쉬운 것이 하나도 없었다.

조준옥 사령관은 끝내 한숨을 내쉬며 회의실을 나섰다.

1594년 5월 20일 제주도 모슬포 농촌

제주도 서쪽 해안을 따라 모슬포까지, 그리고 서귀포 쪽 속치 지구리와 선반내라 불리우는 지역에 펼쳐진 논에는 벼가 심어졌다. 이곳은 화산 폭발의 영향을 덜 받아 현무암층으로 대변되는 제주도에서도 벼 농사가 가능한 몇 안 되는 지역이었다.

벼가 무럭무럭 자라고 있는 들판을 바라보며 불어오는 바람을 시원스레 맞고 있는 김준영 박사는 두 달간의 기간이 꿈만 같았다.

사막의 열악한 환경에서 수경 벼 재배 연구를 위해 가져온 종자들이 논에서 커가고 있었다. 저놈들이 다 자라 수확할 때쯤이면 원정군은 한양을 확보하고 한반도 장악 작전을 개시할 것이 확실했다.

한반도가 어느 정도 정리가 되면 김준영 박사는 김포 일대의 평야지대에 이곳에서 자라고 있는 종자의 개체수를 늘일 것이고 얼마 후에는 한반도 전역에 뿌릴 생각이었다.

'농업에 신기원을 개척한 김준영! 신농씨가 내려오셨다고 농민들이 나를 얼마나 존경할까. 흐흐흐흐, 아마 내가 죽은 뒤 조선에는 김준영을 위해 제사를 지내주는 사당도 생길지 몰라.'

그렇게 들판을 바라보며 김준영 박사가 즐거운 상상을 하고 있을 무렵 옆에 서 있던 이상진 박사가 옆구리를 콕 찔렀다.

"밥 먹으러 가지."

"어? 응, 그래."

김준영은 움찔하며 엉겁결에 대답하고는 앞서 가는 이상진을 따라갔다. 한껏 들떠 있던 터라 기분을 잡치긴 했지만 배에서 음식 달라는 신호가 장난이 아니었다. 요즘 너나 할 것 없이 소식을 하는 처지라 어쩔 수 없는 일이긴 하지만 허기를 심하게 느끼는 경우가 많아지고 있었다.

앞서 가고 있는 이상진 박사는 대한민국의 최연소 박사이며 최고의 석학임을 자타가 공인했던 사람이다. 그는 학계에 남아 후진을 양성하는 것이 꿈이었다. 하지만 추잡한 줄대기에 연연하는 학계의 더러운 고리가 만들어놓은 높고도 두터운 벽으로 인해 끝내 교수가 될 수 없었다. 그런 그를 부른 것은 대학교의 연구소가 아닌 국방연구원이었다.

교수의 꿈을 접은 이상진 박사는 그곳에서 신무기 개발에 힘썼다. 그리고 그가 새롭게 개발한 휴대용 대공 미사일의 시제품을 들고 사막에서의 효용과 한계를 연구하기 위해 비밀리에 이란 파병단에 승선했지만 운명의 장난은 그를 5백 년 전의 제주도로 보내 버렸다.

요즘 이상진 박사는 완전 농업 사회를 산업 사회로 빠르게 이전하는 방법과 그 부작용을 어떻게 하면 최소화시킬 것인가에 대한 논문을 작성하고 있었다. 이는 사령부에서 그에게 의뢰한 연구였다. 그가 보기에도 현재의 기반으로는 앞으로 백 년이 지나도 동북아를 장악하지 못할 것이라는 결론이 내려졌다. 그래서 뭔가 획기적인 프로젝트가 필요했다.

무기를 시대에 맞게 발전시키는 것은 다른 팀이 받아서 연구 중이었기에 그는 거대한 사회 구조의 틀을 재구성하는 프로젝트를 구상해야만 했다. 그것을 위해 그에게는 대용량 컴퓨터가 제공되었고 모든 정보로의 접근이 허용되었다.

가장 시급한 문제는 자원의 확보였기에 그는 어제까지 전국의 지하 자원 분포를 조사한 표를 작성하였고 그 활용법을 구상했다. 내일부터는 중국과 일본, 시베리아의 지하 자원 분포도를 작성해야 하지만 정보

량의 부족으로 확인된 정보만을 취합하는 수준이었다.

애석하게도 지금 가지고 있는 정보의 대부분은 CD로 저장되어 있는 백과사전과 부수적인 데이터 파일 정도였기에 조잡하기 그지없었다. 자신이 살았던 시대 같으면 인터넷에 접속하여 쉽게 찾을 수 있을 만한 정보들도 여기에서는 하나하나가 많은 시간과 직접적인 노력을 요구하고 있었다. 어렵게 작성된 자료들도 직접 탐색해 보기 전에는 그 진위 여부를 가려낼 수 없다는 것이 가장 큰 문제였다.

집으로 돌아오는 이상진 박사와 김준영 박사들 곁으로 아이들이 산토끼를 부르며 지나가다가 한 아이가 뛰어오더니 김 박사에게 인사를 꾸벅 하곤 까르르 웃으며 다른 애들 쪽으로 뛰어갔다.

새로 개설된 학교에서 공부하고 집으로 가는 아이들이었다. 이달 초부터 각 성에는 8세에서 15세를 대상으로 하는 학교가 개설되어 한글과 산수를 가르치고 있었다.

멀리서 뛰어가는 청년들도 보였다. 군사 학교에서 훈련받는 사람들로 점심때가 되자 훈련을 마치고 학교로 돌아가는 광경이었다. 군사 학교는 1개월 과정으로 군사 훈련을 시키는 곳으로 신분의 차별을 두지 않고 누구에게나 개방되어 있었다. 그 때문인지 어느새 군사 훈련을 받는 젊은이가 천여 명에 육박하고 있었다.

1594년 6월 20일 대정현성 친군부 사령부

미래에서 온 사람들인 대한민국인들을 천신이라며 제주도민을 세뇌

시키던 한 정훈장교의 건의를 받아들여 민간인 지원단을 천인단, 군부를 천군부로 명명한 이후로 두 조직이 바빠졌다. 앞으로 있을 조선의 효과적인 접수를 위해 행정 조직과 군 조직을 개편하는 작업이 한창이었다.

대정현성에서 제주항으로 위치를 이동한 천군부 사령부의 움직임이 바빠졌다. 급히 소집된 장령들이 컨테이너를 여러 개 겹쳐 놓은 천군부 회의실로 속속들이 모여들고 있었다. 오전에 육지 정찰대가 돌아왔기 때문이었다. 그동안 선조의 행방을 몰라 난감해했던 사령부로서는 정찰대를 눈이 빠지도록 기다리고 있었다.

마지막으로 해군 장성들이 들어오자 모든 자리가 들어찼다.

"금일 오전에 접수된 한양 정찰대의 보고에 따르면 선조 일행은 이미 작년에 한양으로 돌아와 월산대군과 계림군의 집에 머무른다고 합니다. 따라서 기존의 작전을 변경없이 시행할 것을 건의합니다."

"그게 무슨 말씀입니까? 며칠 전까지만 해도 영유나 해주에 있을 거라 하지 않았소? 10월에나 한양에 도착한다더니, 정보의 신뢰성에 심각한 문제가 있는 것 아닌지 모르겠소. 이미 우리는 미래의 정보를 바탕으로 작전을 수립하였는데 이렇게 되면 부정확한 정보를 바탕으로 세워진 작전으로 인해 치명적인 결과가 발생하는 것이 아닌지 심히 우려됩니다. 작전참모장은 작전을 처음부터 다시 검토해야 될 것 같은데 어떻습니까? 적어도 정보의 신뢰성에 대한 재검토가 필요하다고 봅니다만?"

1함대 사령관인 김지영 소장의 지적은 누가 보기에도 타당했다. 하지만 그의 목소리에는 육군 주도로 이뤄지는 작금의 상황에 대한 은근한 불만이 실려 있었다. 누구보다도 그 사실을 잘 알고 있는 작전참모장으로서는 절로 얼굴이 찌푸려지는 일이었다.

"물론 지금과 미래의 정보 사이에는 어느 정도 오차가 있을 거라는 생각을 하지 않은 것은 아닙니다. 그렇다 하더라도 우리가 지금 가지고 있는 정보는 충분히 신뢰할 만합니다. 그에 벗어나는 사건들은 그때그때 수정해 나가야 한다고 생각합니다. 이미 세워진 작계에 따라 훈련이 진행되고 있고 민간인들의 건설 계획이 수립되고 있습니다. 이 시점에서 재검토는 현실적으로 무리이며, 결정적으로 연료의 한계치를 생각한다면 당초 세워진 계획대로 계속 진행되어야만 합니다."

"그만 하면 되었소, 장군들. 김지영 소장의 의견도 타당하고 작전참모장의 의견도 타당하오. 하지만 우리의 현실을 감안하지 않을 수 없으니 일단 세워진 작계를 현실에 맞추어 약간 수정하기로 합시다. 그건 그렇고, 요즘 해군 사정은 어떻습니까?"

조준옥 사령관은 해군과 육군 간의 마찰이 걱정스러웠다. 공군은 그 숫자나 고위 계급에 있어서 타군에 비해 월등히 떨어지기 때문에 군소리없이 사령부의 지시에 따랐다. 하지만 해군은 달랐다. 지금 여기에 있는 해군 세력은 21세기에 있다 하더라도 무시 못할 전력을 보유하고 있었다. 화력 면에서는 오히려 육군을 능가하고 있었고 장병들의 병력 수나 지휘관들의 연배도 무시 못했다.

큰기침을 몇 번 터뜨린 김지영 소장이 말문을 열었다.

"지금 세워진 작계에 따르면 해군은 앞으로 두 번 내지는 세 번의 작전을 보조하는 것을 끝으로 지금의 해군력을 유지할 수 없습니다. 물론 잘 아시겠지만 연료와 탄약, 그리고 부품 부족 때문입니다. 이 때문에 수병들이 자신의 미래에 대해 걱정을 하고 있습니다. 이제는 사령관께서 해군의 미래에 대해 확실한 입장 표명을 해주셔야 할 때라고 생각됩니다.”

모두의 시선이 조준옥 사령관을 향했다. 그의 입은 느리고 힘겹게 열렸다.

“모두들 아시겠지만 함대와 항공기는 시간이 지나면 모두 해체되어 산업 기반 시설 건설에 투입되어야 될 운명입니다. 물론 만약을 대비하여 최소한의 기체와 함정을 유지하도록 노력할 것입니다만 언제까지 가능할지는 장담할 수 없습니다. 현재의 해군과 공군의 재건을 위해 빠른 시일 안에 유전을 확보하도록 노력하겠습니다만 빨라야 앞으로 10년, 길면 15년 후가 되지 않을까 합니다. 해군과 공군에게는 죄송합니다만 어쩔 수 없이 육군으로 편입하는 것이 좋다고 생각합니다. 물론 일부는 해군사관학교의 교관으로 임명될 수 있을 것이고, 희망자에 한해서 희망 시설에 투입될 수도 있습니다. 그러나 이것은 우리가 한반도와 큐슈를 장악한 다음의 일이기에 지금 당장 발표하고 결정하기에는 무리가 있음을 이해해 주시고 이런 현실적 문제에 대해 충분한 사전 설득 작업을 시행해 주시기 바랍니다. 어쩔 수 없는 일 아니겠습니까?”

사령관의 차분한 설명이 끝났다.

김지영 소장으로서도 충분히 이해가 가는 일이었지만 심정은 착잡하기만 했다. 모든 해군 장병들이 어렴풋이 느끼고 있을 운명을 사령관으로부터 직접 확인하고 나니 허탈감마저 찾아들었다.

하지만 그런 감정에 머물 수만은 없었다. 언제 다시 지금과 같은 해군의 위상을 휘날릴 그날이 올지 모르지만, 해군이 해체되는 마지막까지 최선을 다해야만 했다. 해군 없이 앞으로의 작전이 성공할 수 없는 만큼 일단 공을 세워놓고 그에 걸맞은 자리를 요구하면 아무도 반대하지 않을 것이다. 그 점을 해군 장병들에게 이해시키면 능력 이상의 전과를 올릴 수도 있었다.

천군부 고위급 작전 회의가 진행되고 있는 컨테이너에서 조금 떨어진 곳에서는 군수 지원에 대한 회의가 열렸다. 그 외에도 제주도 곳곳에서는 매일매일 장교들과 기술 지원단들의 회의가 끊이질 않았다.

"식량이 많이 부족합니다. 지금까지는 관아에 있는 곡식과 지방 유지들의 곡식을 빼앗아 사용했지만, 조만간 일반 백성들에게 갹출을 해야 될 것 같습니다. 앞으로 한 달이 문제인데, 대체 음식이라는 것이 생선밖에 없어서 걱정입니다. 함정을 고기잡이에 사용할 수도 없고……."

군의 보급을 책임지고 있는 보급참모부에서는 식량 문제와 앞으로 닥칠 겨울을 대비하기 위한 회의를 매일 하고 있었지만 뾰족한 수를 내놓지 못하고 있었다.

"일본 놈들 것을 좀 빌려올까요? 지금쯤 대마도에다 엄청 쌓아놨을 텐데요."

장난기 어린 김 중령의 의견에 누구도 호응해 주지 않았다. 김 중령은 지금까지 너무 황당한 의견들만 내놓았다. 한 번은 전라도를 털자고 하더니 다음에는 상해를 털자고 했다. 전직이 도둑이거나 해적 집 안 출신이었을 거라는 농담이 동료들 사이에 오가곤 했다.

"훈련생들의 훈련도 시킬 겸 사냥 훈련을 강화시키고 해산물 채취에 신경을 쓰도록 합시다. 식량 통제를 당분간 철저히 하도록 하고 각 부대별로 식량 절약에 협조하도록 공문을 돌리십시오. 이상으로 회의를 마칩시다. 그리고… 어이, 김 중령은 남아."

김 중령이 일어나려다가 뜨끔한 표정으로 엉거주춤 다시 앉았다.

다들 나가자 보급참모장과 김 중령만이 남아 있는 회의실에 한기가 돌았다. 김 중령이 어쩔 줄 몰라 하며 바닥에 있는 발가락만 쳐다보고 있는데 보급참모장이 입을 열었다.

"아까 자네가 한 말 말이야……."

"예? 아, 예."

"그거 가능할 것 같나?"

"정보만 확실하다면 모조리 빼앗아 올 수 있습니다. 하지만 정보를 구할 수가 없는 데다 사령부에서 허가해 줄지도 의문입니다. 가뜩이나 기름 통제가 심한데……."

"그렇겠지. 하지만 놀고만 있을 수는 없으니까 일단 세부 계획을 짜 봐. 필요 인원과 장비를 조사해서 내일까지 올려보도록. 물론 유류 소비를 최소화해야겠지?"

"예, 알겠습니다."

김 중령이 실실 웃으면서 회의실을 나가자 참모장은 한 손으로 지끈거리는 머리를 짚으며 일어났다. 무려 만 명을 먹여 살리는 살림을 도맡아 하고 있는 그였다. 현재의 물자 부족은 매우 심각해 바닥이 보이는 쌀독을 퍼내는 며느리의 심정처럼 하루하루가 살얼음판 위를 걷는 기분이었다.

1594년 6월 21일

　군수참모부에서 건의한 대마도 습격 작전. 이른바 군수품 탈취 작전은 결국 사령부의 거부로 무산되었다. 한 번쯤 해볼 만한 일이긴 했지만 위험 부담이 너무 크고 비현실적이라는 지적이 지배적이었다. 적진 깊숙이 들어가 보급 창고를 불사르는 것은 쉬운 일이지만, 그것을 빼앗아 가져오기란 어렵고도 위험했다.

　더욱이 대마도에 적의 군수품이 쌓여 있는지부터가 확인되지 않은 상황인데다 설혹 저들이 대마도에 쌓아놓았다 해도 마땅한 운송 수단이 없으니 가져올 수도 없었다.

　다만 사령부에서는 김 중령의 의견을 참고하여 씰(Seal : 육해공 전천후 작전팀) 한 팀을 대마도에 침투시키기로 결정했다. 군수품 확보 작전이 정찰 작전으로 바뀐 것이다. 대마도를 접수할 때 미리 파악한 정보를 바탕으로 확보할 계획이었다.

　식량 문제는 당분간 전 제주도민의 식량을 한군데로 모아 배급제를 실시하는 것으로 결론지어졌다. 길어야 서너 달만 버티면 되었다. 조선을 확보하면 그들의 식량 문제는 단숨에 해결될 수 있었다.

처음이자 마지막이 될지도 모르는 천군의 작전이 시작되기 세 시간 전이었다. 깜깜한 밤하늘을 바라보고 있던 조 대장은 실시간 정보가 디스플레이되고 있는 상황판을 쳐다보며 느긋하게 커피를 마시고 있었다.

"사령관님, 작전을 전파하실 시간입니다. 모든 부대들이 작전선상에서 작전 명령을 기다리고 있습니다."

"작전 개시 명령을 전파하도록."

작전 개시를 알리는 사령관의 어조는 여전히 느긋했다.

"작전 명 '천군의 비상' 을 실시한다. 각 군은 작계대로 움직이고 최대한 시간을 아끼기 바란다. 자유 발포는 허가하나 사상자를 최소화한다."

상황실이 바빠지기 시작했다. 오퍼레이터들이 무선을 개방하고 각급 부대에 작전을 전파했다.

조준옥 사령관은 검푸른 바다를 바라보면서 지난 두 달을 회상했다. 천인단과 천군부에게 있어서는 무척 힘든 시기였다. 군수참모진들과 천인단의 노력이 없었다면 심각한 지경에까지 이를 뻔했다. 식량도 거의 바닥나 있었고, 작물들이 수확되기까지는 시간이 더 필요했다. 지원단에서 가지고 있던 벼가 있었지만 한 톨도 소비할 수 없었다. 그것들은 전량 내년 농사를 위해 비축해야 했다.

"이제 모든 게 잘될 거다. 이제 모든 게 잘된다."

조준옥 사령관은 같은 말을 반복하면서 자기 최면을 걸었다.

1594년 8월 31일 강화도 해안

상륙함과 카 케리어 한 척이 강화도 해안으로 빠르게 접근해 갔다. 최고 속도로 접근한 두 척은 바닥이 선체와 맞닿으며 기분 나쁜 소리를 내자 점점 속도가 줄어들었고 한계 수면에 다다르자 프로펠러의 작동을 멈추었다. 자칫 잘못하면 프로펠러가 바닥과 마찰을 일으켜 동축을 손상시키고 기관실에 해수가 유입될 수도 있었다.

관성의 힘으로 나아가던 배가 멈춰 섰다. 바닥이 뻘이라 선체에는 큰 충격이 몰려들지 않았다. 곧 수송선의 문이 열리면서 바닷물이 안으로 밀려들기 시작했다. 어느 정도 물이 차 올라 선체가 안정되자 장갑차들이 해안가를 향해 서서히 내려가기 시작했다.

"일렬로 움직인다. 최전방을 맡은 소대는 지도와 지형을 파악하여 길을 잃지 않도록 조심하라."

여단장의 지시에 1기갑여단 병력이 장갑차 30대를 앞세우고 강화도에 상륙을 시작했다.

그때 고속정 부대는 한강 입구에 다다르고 있었다. 헬기에서 내려온 공수여단 병력들은 해안 포대를 차근차근 점령해 나갔다. 점령된 포대에는 1개 분대 병력이 내려 후속 병력의 길잡이 역할을 했다.

길잡이 역할을 맡은 헬기의 도움에 힘입어 고속정 부대는 뒤에 장갑차를 한 대씩 실은 급조된 바지선을 이끌며 힘겹게 상류로 올라갔다. 그들이 안전하게 마포에 상륙을 하고 나면 뒤이어 방공여단과 해군 병력이 차례로 올라오게 되어 있었다.

공수여단을 태운 헬기들이 한강 위를 날고 있었다. 구불구불한 강줄기를 따라 상류로 올라온 그들은 2기갑여단이 마포에 상륙하기 전에 한양의 주요 길목을 장악하고 교통로를 확보해야 하며 가장 중요한 선조 임금의 신병을 확보하는 임무를 맡고 있었다.

"선유도를 지나고 있다. 조금 있으면 마포나루에 도착한다. 전원 무장을 점검하라."

공수여단 1대대 김정민 중위의 소대에게 내려진 임무는 마포를 확보하여 2기갑에게 인계한 후 마포부터 서대문까지의 통로를 확보하는 것이다. 다른 소대의 임무에 비하면 그다지 위험하지 않았다. 설사 조선군의 공격이 있다 하더라도 한 시간만 버티면 막강 2여단이 도착할 테니 나름대로 여유가 있었다.

"착지 후 1분대는 주변을 정찰하고 클레이모어를 설치하라. 2분대는 상륙 지점을 확보하고 유도등을 설치한 후 3분대를 도와 주변 수색을 한다. 3분대는 예정대로 교통로 확보를 위해 서대문으로 전진한다. 이상이다. 목숨을 아껴라."

김정민 중위는 작전을 다시 한 번 되풀이하여 설명해 주며 각 분대가 해야 할 임무를 숙지하도록 했다.

늦은 시간이라 마포나루에는 나다니는 사람이 없었다. 심지어 지켜선 병졸도 보이지 않았다.

나루터에 내린 병사들은 숙지한 대로 차근차근 임무를 수행해 나갔다.

순식간에 나루터 주위를 정리한 그들은 주변의 나무를 모아 불을 붙여 2기갑여단에게 등대 역할을 해주었다.

"마포나루 확보."

중대장에게 마포나루 확보를 짧게 보고한 소대장은 주변을 정리한 뒤 다음 지시를 내렸다.

"3분대는 서대문까지의 교통로를 확보한다. 2분대는 3분대 후미를 따라가며 지원하라."

그사이 1분대는 주변에 유도등을 다느라 부산히 움직였다. 열 시간 지속 효과가 있는 유도등을 매단 줄이 길게 늘어섰다.

"주변 정리가 끝난 분대는 기갑여단이 올 때까지 숨는다."

김정민 중위는 매복에 들어갔다. 혹시 있을지 모를 조선군이나 왜군의 공격에 대비하는 것이다. 야밤이라고는 하지만 요란하게 도착했고 여기저기에 불을 피워놓았으니 조선군이든 왜병이든 찾아들 것이 분명했다.

1594년 8월 31일 23:00 월산 대군 저택

훗날 선조로 칭해지는 조선의 왕은 '웅웅웅' 무언가 울려오는 소리에 잠을 깼다. 왜놈들에게 쫓겨 한양을 버리고 몽진을 떠난 이후로 단 하루도 편히 잠자리에 들지 못했었다. 그러다 어찌 된 일인지 오늘은 오랜만에 초저녁부터 잠이 들었다. 한참 단잠을 자고 있던 터에 생전 처음 듣는 소리로 인해 잠을 깨고 나니 은근히 화가 치밀었다.

"게 아무도 없느냐!"

"예, 상감마마. 찾아 계시옵니까."

노기 어린 상감의 말에 내관이 화들짝 놀라 문밖에서 대답했다.

그리고 그 와중에도 '웅웅웅' 소리와 '탕탕탕' 하는 소리가 들려왔다.

"지금 이 소리가 무슨 소리이냐?"

"잘은 모르오나 하늘에서 들려오는 소리인 듯하옵니다, 상감마마."

"나가서 소상히 알아보고 오도록 하여라."

"예, 상감마마."

내관을 보낸 뒤 꽤 시간이 흘렀다. 그럼에도 내관이 돌아오지 않자 선조는 사단이 났다는 불길한 생각에 안절부절못하며 방 안을 서성였다.

한낱 조선의 속방인 왜가 대군을 일으켜 쳐들어오지를 않나, 그 왜적을 막지 못하고 쫓겨쫓겨 의주까지 도망 다니지를 않나, 최근 왕에게 닥친 사건들은 불길하고 불행한 일들뿐이었다.

왕이 도저히 궁금증을 참지 못하고 몸소 방을 나서려 할 때였다. 방문이 거칠게 열리더니 시커먼 복장에 시커먼 얼굴을 한 일단의 무리들이 방으로 들이닥쳤다.

"당신이 조선의 왕이오?"

그들은 예를 취하지 않고 다짜고짜 묻고 있었다.

깜짝 놀란 왕이 주춤주춤 뒤로 몇 걸음 물러나며 한밤의 침입자들을 바라보았다. 하나같이 무서운 얼굴로 눈빛을 번뜩이고 있어 사람을 움츠러들게 만들었다. 하지만 그는 조선의 왕으로서 체통을 지켜야만 했다.

"무엄하다, 이놈들! 감히 과인의 앞에서 허리를 꼿꼿이 세우고 있다니! 어서 썩 무릎을 꿇지 못할까!"

"네 이놈! 너는 만백성의 어버이로서 백성을 잘 보살피고 나라를 부강하게 하라는 천명을 도외시한 채 간신 모리배들에게 휘둘려 이렇듯 왜란이 일어 만백성을 고통의 지옥 불에 밀어 넣었으니 너의 부덕이 참으로 크도다. 어서 무릎을 꿇어라, 이놈!"

왕은 조선의 주인인 자신에게 무릎을 꿇으라고 외치며 능멸하는 자가 있으리라고는 상상도 하지 못했다.

어떤 미친놈인가 싶어 쳐다보니 그자는 훤칠한 키에 머리에는 바가지 같은 걸 뒤집어썼다. 면상은 시커멓게 칠해져 있어 괴이쩍었고 수염이 없는 것을 보면 나이는 그리 많아 보이지 않았다.

"네, 이놈! 과인을 이렇듯 능멸하……."

"난 단군 환제님의 명을 받아 하늘에서 내려온 천군 장수로 그대에게 내려진 옥좌를 회수하러 왔도다. 순순히 무릎을 꿇고 오라를 받으라!"

그자가 당당히 소리치며 위압하자 왕은 불안해지고 다급해졌다.

"여봐라, 게 아무도 없느냐! 여봐라! 모두들 어디로 갔느냐!"

왕은 밖을 향해 고래고래 소리쳤지만 달려오는 자가 아무도 없었다.

"어서 저 죄인을 포박하여 경복궁 터로 압송하라!"

위엄있는 그자의 목소리가 들려오자 병사들이 우르르 달려들어 왕을 줄로 꽁꽁 묶어버렸다.

왕과 왕자들의 신병을 확보한 김준용 준장에게 4대대장으로부터 경복궁 터와 기타 궁궐을 장악하고 외곽 방어망도 형성 중이라는 보고가 접수되었다. 그는 이제 아침이 오길 느긋하게 기다리기만 하면 되는 입장이 되었다.

"경복궁 터에서 2기갑여단 병력을 기다린다. 주변을 철저히 경계하라."

김준용 준장은 선조 대왕과 월산 대군 식솔들을 하나 남김없이 포박하여 끌고 갔다.

1594년 9월 1일 01:00 고구려함 아일랜드

"선조 대왕 및 모든 왕자들의 신병을 확보했다는 공수여단장의 보고가 방금 들어왔습니다."

"2기갑여단의 선봉 부대가 마포에 상륙하여 서대문으로 향했고 공수여단 병력이 각 도성 문을 장악했습니다."

"강화도에 상륙한 1기갑여단이 교두보를 확보하고 문수성으로 진격을 시작하였으며 방공여단 병력이 강화도를 출발하여 앞으로 두 시간 후에 한강을 건너 마포나루에 도착할 예정입니다."

보고가 시시각각으로 들어왔다. 모든 것이 작계대로 이루어지고 있었다.

조준옥 사령관은 겉으로는 태연한 척 바다만 바라보며 한 번도 작전 참모장의 얼굴을 바라보지 않았다. 하지만 보고에 신경을 잔뜩 곤두세우고 있다가 보고가 일단락되자 그제야 입을 열었다.

"전력 손실은?"

"아직까지 전력 손실은 보고되지 않았습니다. 모든 것이 순조롭게 이루어지고 있습니다."

"2기갑여단의 현재 위치는 어디인가?"

"2기갑은 마포나루에서 이동을 시작했습니다. 2기갑여단이 도성에 진입하여 배치가 끝나는 것은 앞으로 두 시간 뒤입니다."

더 이상 조준옥 사령관의 질문은 없었다.

"사령부는 내일 아침에 한양으로 옮길 예정입니다. 커피를 더 가져오라고 할까요?"

"그래 주면 고맙지. 그런데… 이제 커피도 끊어야 되겠군."

원치 않는 일이었지만 앞으로 몇십 년 동안은 커피를 구할 방법이 없었다.

1592년 9월 1일 06:00 한양

한양이 긴 밤에서 서서히 깨어나고 있었다. 남대문에서 바라보는 도성 안팎에서는 밥 짓는 연기가 하나둘 피어올랐다.

헬기들은 이미 한양 상공에서 완전히 철수하였다. 일부는 강화도 1기갑여단을 지원하기 위해 떠났고, 일부는 함선으로 귀환해 있었다.

각 성문에는 장갑차가 세 대씩 배치되었고 중무장한 중대 병력이 성문을 굳게 닫은 채 사방을 경계했다. 경복궁 터에는 1기갑여단 잔여 병력과 해군 병력 방공여단 병력이 배치되었다.

　3기갑여단 병력과 공수부대 병력은 도성으로 흩어져 밤새 주요 인사 검거 작전을 펼쳤다. 그 결과 기와집에 살고 있는 사람이나 갓을 쓰고 있는 사람들은 모조리 잡혀와 경복궁 앞에 무릎 꿇려져 있었다. 그들은 무슨 영문인지도 모른 채 두려움에 떨고 있었다. 그리고 그들 앞쪽에는 왕과 왕자들이 비슷한 처지가 되어 앉아 있었다.

　주위에는 생전 처음 보는 복장의 군인들이 왜의 조총과 비슷한 총에 번뜩이는 대검을 착검하고 경비를 서고 있었다. 그리고 그들 뒤에는 얼룩덜룩한 무늬의 집채만한 철덩어리들이 놓여 있었다.

　타타타타!

　갑자기 하늘에서 어제저녁에 들었던 굉음이 들리더니 바람이 거세게 일어 모래를 흩날리게 했다.

　손으로 눈을 가리며 힘겹게 하늘을 쳐다보던 사람들이 하늘에 떠 있는 커다란 덩치의 기물을 발견했다.

　"우아아악!"

　"저것이 무엇인고!"

　그 기괴한 물건이 천천히 자신들 쪽으로 내려오자 사람들이 비명을 질러댔다. 어떤 자는 그 자리에서 기절했는지 앞으로 고꾸라졌고 어떤 자는 일어나 도망가려다가 경비병이 휘두르는 쇠몽둥이에 맞고 쓰러졌다. 어떤 자는 오줌을 싸며 주저앉아 벌벌 떨어댔다.

　자의든 무의식적이든 일어난 자는 가차없이 개머리판에 맞아 피를 뿌리며 다시 엎어져야만 했기에 자리를 벗어난 사람은 아무도 없었다.

　헬기에서 조준옥 사령관과 김영철 단장이 내리자 경호 부대원들이 그들을 에워싸고는 단상까지 올라갔다. 곳곳에 저격병들이 배치되는 등 경비가 한층 강화되었다.

"왕과 광해군은 일어나 이리로 오라."

하룻밤 사이에 벌어진 변고에 어쩔 줄 몰라 하던 왕과 광해군은 순순히 일어나 김영철 단장에게로 다가왔다.

"우리는 도탄에 빠져 있는 후손들을 모른 체할 수 없어 안타까워하시던 단군 천황의 명을 받아 천계를 벗어나 인간계로 내려왔노라. 너의 부덕함이 하늘에 닿아 피로 그 죄를 씻는다 하여도 모자람을 너는 아느냐! 여기에 있는 선비들 또한 그 죄가 너무도 엄중하여 구족을 멸한다 해도 다 갚지 못함을 아느냐 모르느냐?"

구족을 멸한다는 조준옥 사령관의 엄포에 모두들 벌벌 떨기 시작했다.

"오늘 이후 왕을 폐하고 광해군을 치우 천황으로 임명한다. 대대손손 한민족을 영광되게 하라는 단군 천황의 명을 받들어 우리 천군은 수명이 다할 때까지 치우 천황을 도와 민족 중흥의 기틀을 마련하고자 한다. 알겠느냐?"

아무런 대답이 없었다. 말을 잘못하다간 자신들을 끌고 가는 것을 막아섰던 하인들처럼 가슴에서 피를 뿌리며 나가떨어질지도 몰랐다. 그들은 일단 쏟아지는 소나기를 피해야만 했다. 저들이 진짜 천군인지는 나중에 밝혀도 될 일이었다.

"못난 놈들. 방공여단장, 저들을 모조리 옥에 가두고 그들의 집을 수색하여 모든 재산을 압수하라."

"예, 사령관님."

조준옥 사령관은 줄줄이 끌려가는 자들을 보며 혀를 찼다. 명색이 사대부라는 작자들이 목숨이 두려워 아무도 나서는 자가 없었던 것이다.

그날 옥새가 찍힌 왕명과 치우 천황의 교지를 전하는 파발이 전국 각지로 향했다.

그 내용은 다음과 같았다.

과인이 선조의 음덕을 입어 부덕하기 그지없음에도 왕위에 오른 지 수십 년. 과인의 부덕함이 하늘에 닿아 이렇듯 왜란에 시달리고 백성들을 피폐하게 한 죄 너무도 크도다. 다행히 단군 천황께서 어젯밤 나타나시어 광해군에게 보위를 물려주라 명하시고 천군 1만을 보내시어 백성의 안전을 도모하라 하시었다. 이로써 과인의 부덕함을 사해주신 선왕님들과 천황께 감사의 읍을 올리고 기쁘게 광해군에게 양위하노라. 이에 만 백성들은 새로운 왕을 받들어 섬길 것이며 천군의 왕림을 기쁘게 맞이하라.

짐은 상왕과 선왕, 단군 천황의 뜻을 받아 보위에 올랐노라. 단군 천황의 명을 받들어 천군과 더불어 왜군을 몰아내며 차후 만백성의 안위를 도모할 것이다. 짐은 단군 천황의 홍익인간 정신을 되살려 오늘부로 반상의 제도를 폐하노라. 천군 아래 만민이 평등하며 백성이 주인인 나라가 바로 조선이니라. 각 도의 목민관들은 관직을 그대로 유지하여 혼란을 방지하고 관노를 해방시켜 줄 것이며 백성들 돌보기를 자기 몸처럼 하라.

방이 한양에 나붙자 일반 백성들은 환호성을 지르며 천군 천세를 외치며 거리를 돌아다녔다. 그들에게는 천지개벽의 새로운 세상이 열린 것이다.

한편으로 사대부의 식솔들은 불안을 감추지 못했다. 간밤에 잡혀간 가장들이 돌아오지 않은 상황에서 임금이 교체되고 세상이 뒤바뀌고 있었다.

조선 각지의 군영에서도 대처할 수 없었다. 왜병이 도처에서 돌아다니고 있고 또 군령 없이는 사사로이 군사를 움직일 수도 없었기에 그저 상황을 지켜보기만 했다.

"거기 서라!"

용케 천군들의 검거에서 몸을 피한 한성부 좌윤 김우웅이 휘하 장병 5백 명을 이끌고 덕수궁에 갇혀 있는 왕과 여러 대신들을 구출하기 위해 청개천을 따라 광통교로 향하다가 3여단 2대대 3중대 병력에 저지당했다.

"너희들은 어디 군사들이냐?"

3중대장이 인솔자로 보이는 자에게 다짜고짜 소리쳤다.

"이런 무엄한 놈을 보았나! 난 한성부 좌윤 김우웅이다. 썩 길을 비키지 못할까! 어디 쌍것들이 감히 임금을 능멸하고 양반을 업신여기려 하느냐! 그러고도 하늘이 무섭지 않느냐, 이놈!"

5백 명의 군졸들 때문인지 김우웅의 목소리에는 힘이 잔뜩 들어가 쩌렁쩌렁 울렸다.

"우장과 좌장은 즉시 앞에 있는 반도들을 베어라. 여기서 꾸물거릴 시간이 없다. 어서 덕수궁으로 가야 한다."

"예, 좌윤 영감."

장수들은 칼을 빼 들고 달려들자 군졸들이 창을 세우고는 뒤따랐다.

"참 어이가 없군. 중대 단발 사격 준비. 일제사격 후 뒤로 백 보 후퇴한다. 다리를 조준하라. 발사!"

타다다다당! 타당타당!

앞서 달려오던 장수와 군졸들이 우수수 짚단 넘어가듯 쓰러졌고 그들이 흘린 피로 바닥은 삽시간에 핏물투성이였다.

김우웅은 적에게 다가가지도 못하고 부하들이 쓰러지자 다급히 외쳤다.

"궁수는 뭣 하느냐! 활을 쏴라, 활을!"

탕!

김우웅의 재촉성이 멎었다. 그는 목에서 붉은 피를 콸콸 쏟아내며 그 자리에 쓰러졌다. 저격병이 쏜 총알이 목을 뚫고 지나간 것이다.

탕! 탕! 탕!

계속되는 조준 사격에 나머지 군졸들이 쓰러졌다.

"사격 중지!"

김우웅의 부대는 접촉 5분 만에 모두 부상을 입고 길거리에 쓰러졌다.

이 소식이 한양에 퍼지자 그 후로는 누구도 반란을 꿈꾸지 못했다. 한양에 살던 모든 선비들이 갓을 벗어 던지고 집 밖 출입을 삼갔다. 갓을 쓰고 길을 지나갔다가는 천군에게 끌려가기 십상이었다. 글깨나 읽은 선비들에게는 한양이 커다란 감옥이 되어갔다.

1594년 9월 한양

광해군이 치우 천황으로 등극한 지 하루 만에 정부 조직의 대대적인 개편이 발표되었다.

치우 천황은 각 정부 조직의 수장에 천인을 임명하고 기존의 인물들은 모조리 죄를 물어 감금하였다. 중인들을 대거 승진시켜 남대문 근처에 마련된 교육소에 입소시키고 15일간의 교육을 받도록 했다. 대부분이 언문을 알고 있고 업무에도 능숙한 자들이라 교육 기간이 길지는 않았다. 단지 천인의 한글과 저들이 알고 있는 언문의 차이점이 크기에 그에 대한 이해의 시간이 많이 필요했다.

치우 천황이 밝힌 행정 조직은 다음과 같았다.

[국무회의]
각부 장관, 총리, 천황, 천군 사령관.
[11부]
국방부, 외교부, 천군부, 교육부, 보건복지부, 농업부, 산업자원부, 해양수산부, 건설부, 재경부, 행정부.
[11원]
천황원, 조달원, 통계원, 홍보원, 감찰원, 법제원, 보훈원, 국세원, 기상

원, 특허원, 병무원.

　치우 천황은 도원수 권율을 한양으로 불러들여 국방부 장관에 임명하고 각지에 흩어져 있는 관군들과 의병들을 중앙에서 통제하기 용이하게 조직하라는 명을 내린다.

　이순신을 남해수군 사령관으로 임명하고 군선을 최대한 많이 제작하고 유지하며 수군 3만을 양성하도록 하였고, 원균을 서해수군 사령관으로 임명하여 한강 하류의 강화도에서 수군 1만을 양성하도록 명하였다.

　올해를 단기 3927년으로 기산하고 1년을 12개월, 365일, 한 달을 30일로 하는 새로운 역법을 공포하였다. 매년 연말 5일이나 6일을 13번째 달로 정하여 새해 계획을 세우고 지난일을 반성하는 날을 두어 한 해를 마무리하는 시간을 만들었다.

단기 3927년(1594) 10월 10일 천군 사령부

    정권 장악이 일단락되자 궁궐은 새로운 용도로 사용되었다. 치우 천황은 선조와 함께 덕수궁에서 기거하였고 천군 사령부는 왜란 때 소실된 경복궁 터에 임시로 마련되었다. 1만 명의 천군 군인들은 각 궁의 건물을 새로 보수하여 막사로 사용하였다. 이후 사령부에 필요한 모든 장비와 물품들을 제주도에서 한양으로 이송하여 창경궁에 가지런히 보관하여 두었다.

    기존의 궁 경비 병력은 해체되어 관군에 편입되었다. 덕수궁의 경비는 1기갑여단 1대대에게 맡겨졌다.

    천군 사령부 한 켠에 마련된 회의실에서는 왜를 반도에서 몰아내고 그 여세를 몰아 대마도와 큐슈를 점령하는 작전에 대한 회의가 진행되고 있었다. 여기에는 천황과 권율 대장군 등 기존의 장수들도 대거 참여하여 회의 진행 상황을 지켜보고 있었다.

회의실에는 대형 한반도 지도와 대마도, 큐슈 일대의 지도가 걸려 있었다. 해군에는 예전부터 주변국에 대한 전술 지도와 해도가 구비되어 있었기에 그리 놀랄 일도 아니었지만 그것을 바라보는 조선 장군들의 놀라움은 이루 말할 수 없었다.

지도에 기록된 지명은 당시의 지명과 차이가 있었지만 대개의 지명이 역사적 유래를 가지고 있기에 대개 수백 년은 내려오기 마련이라 꽤 많은 부분에서 일치하고 있었다.

지시봉을 손에 든 작전참모장은 지도를 짚어가며 작전 개요를 설명하기 시작했다.

"이번 작전은 국방부 소속 병력 5만에 수군 3만, 총 8만이 투입됩니다. 천군에서는 헬기 지원과 해리어 지원, 그리고 지주포와 공수여단 전 병력이 투입됩니다. 대마도 작전에는 제주도에 있는 제주여단이 합세하게 되며 구축함 한 척이 지원됩니다. 실제로 전투가 일어난다기보다는 폭격으로 와해된 왜군을 차근차근 접수해 나가기만 하면 될 것입니다. 시간별 부대 이동 상황은 이렇습니다."

"10월 30일까지 전 부대가 작전대기선 상에 도착, 대기합니다. 모든 부대는 자신의 이동 시간에 맞추어 이동하며 이동 시간이 되기 전까지 대기 지점에서 최종 공격 시간을 기다립니다. 각 부대에는 천군 연락관이 파견되며, 상급 부대에는 무전기가 지급됩니다."

그의 설명에 따라 한 시간 단위로 부대의 이동 경로와 지점들이 지도의 길을 따라 움직이고 있었다.

"공격 시간이 되면 제일 먼저 울산에 대한 대대적인 폭격이 개시됩니다. 폭격 후 경주과 초계에 주둔 중인 이원익 장군님과 권율 장군님의 부대가 울산에 진입합니다. 이어 차례로 김해, 기장, 동래, 부산 등이 차례로 수복되고 거제도를 마지막으로 한반도에서 왜를 완전히 몰아냅니다."

5천이라는 숫자를 표시한 두 부대의 이동·경로가 울산에서 부산으로 이어졌다.

"육군의 공격 시점에 맞추어 이순신 장군이 이끄는 2만의 해군은 구축함의 지원을 받아 대마도와 부산의 중간 지점에서 왜 육군의 탈출에 호응하는 왜선을 맞이하여 격멸하고, 원균 장군이 이끄는 수군과 육전병 1만은 곧바로 대마도 해안에 교두보를 확보합니다."

여수에서 출발한 화살표 하나가 부산으로 가고 있었고 강화도에서 출발한 하나는 제주를 거쳐 대마도로 향하고 있었다.

작전참모장의 설명을 듣고 있던 조선의 장군들은 비록 말은 하지 않았지만 다분히 회의적인 표정이었다. 그중에서도 권율 장군의 표정이 무겁게 굳어갔다.

'첩보에 의하면 울산에만 왜군이 3만 이상이 있는 것으로 알려졌는데, 1만으로 공격한다니 말이 되는 소리인가?'

실질적인 군권을 모두 장악한 천군부에서 내놓은 작전은 장군이 생각하기에는 현실적으로 불가능해 보였다. 다만 천황이 계시고 천군 사령관이 있는 자리이기에 함부로 나서지 못하고 있었다.

권율은 천군들이 가지고 있는 신무기의 위력을 직접 접해보지 못했

다. 기껏해야 조선의 화포보다 포신이 약간 긴 대포를 본 것이 전부였
다.

'그 모양새가 특이하기는 하였지만 그 효용에 대해서는 알 수 없는
노릇이다.'

그렇게 판단 내리면서, 한편으로 작전 지도를 보며 다른 생각을 하
고 있었다.

'전 부대의 작전대기선은 경상도를 빙 둘러싸는 형상을 하고 있고
몇 개의 화살표가 한양에서 대구 쪽으로 이어져 있다. 아마도 저들
의 공수여단이라는 이름도 희한한 부대가 지금 대구에 있는 것 같
다. 나라가 난을 당해 지금은 저들의 도움을 받고 있지만 머지않아
왕실을 욕되이하는 저 무리들을 모조리 처단할 것이다. 우선은 왜놈
들을 몰아내는 것이 시급하다. 아직은 전국적으로 천군을 지지하는
백성이 많으나 시간이 지나면 저들의 정체를 의심하기 시작할 것이
고 그때가 되면 천군이라 자칭하는 저 무리들을 처단할 수 있을 것
이다.'

천군부와 국방부 소속 장군들 간의 동상이몽이 계속되는 와중에도
작전 설명은 계속되었고 이어 각 부대별 세부 임무가 부여되기 시작했
다.

단기 3927년 10월 29일 울산 부근

공수여단은 대구에서 잠시 휴식을 취하고는 울산 전 지역을 사정 거

리 안에 두는 부근에 자리했다. 1개 소대를 차출하여 정찰을 내보내고 는 자주포를 배치하고 여단 지휘소를 설치하였다.

그 무렵 조선군 1만의 병사가 공수여단 야전 주둔지 주변에 도착하였다.

한창 여단 지휘소 부근에 클레이모어를 설치하고 초소를 세우기에 바쁠 때쯤 전령이 달려와 이원익 장군과 권율 대장군이 도착하였다는 소식을 김준용 공수여단장에게 전했다.

김준용 공수여단장은 직접 그들을 맞이하러 나갔다.

조선의 장군들이 끌고 온 병사들의 수가 무려 1만이나 되었기에 그는 긴장하지 않을 수 없었다. 지금은 저들이 천군부의 명을 받들고 있지만 완전히 장악된 것은 아니었다. 언제든지 아군에서 적군으로 돌변할 수 있는 군사인 것이다. 한순간의 실수가 천 명의 부하들뿐만 아니라 1만 천인들의 생명을 좌지우지할 수도 있었다.

"어서 오십시오, 국방장관님. 먼 길 오시느라 고생 많으셨습니다."

권율 대장군은 김준용 장군을 빤히 쳐다보았다. 수염도 나다 말고 머리카락도 나다 만 것 같은 놈이 장군이랍시고 모자에는 반짝반짝거리는 별이 하나 붙어 있었다.

"다 나라를 위해 수고를 마다 않는 것 아니겠습니까? 저렇게 무거운 철마를 끌고 오신 천군부 장수들이 더 힘들었겠지요. 그래, 오시는 중에 불편함은 없었습니까? 모든 것이 생소한 곳일 텐데요."

눈앞에 보이는 천군 장수가 마음에 들지 않았지만 자신이 그들의 진영에 있는지라 경거망동할 수는 없었다.

"불편함이라니요. 각 고을의 목민관들과 백성들이 환대해 주셔서 큰

무리 없이 올 수 있었습니다. 그리고 저희 천군들이야 모두 힘이 장사
가 아니겠습니까? 하하하."

말은 그렇게 했지만 김준용은 그들이 말하는 철마라는 자주포를 끌
고 오느라 죽을 고생을 하였다. 기름을 아낀다는 명목으로 자주포가
소가 끄는 견인포가 되었는데 무게를 줄인다고 이것저것 떼어냈음에도
불구하고 엄청난 무게여서 도저히 소가 끌고 갈 수 없는 곳도 간혹 나
왔다. 그때는 어쩔 수 없이 엔진을 돌려야만 했다.

그렇게 고개는 그럭저럭 넘었는데 하천을 건너는 것은 정말 만만치
않았다. 한양 진입 작전 때 쓰던 바지선 두 척을 가져온 것을 조립하고
해체하는 데만도 한나절이 걸리곤 했다.

그렇게 해서 한양에서 여기까지 오는 데 꼬박 스무 날이 걸렸으니,
하루에도 한반도를 두세 번 오가던 공수여단으로서는 체면이 말이 아
니었다.

"내일 정해진 시간에 작전이 시작됩니다. 저희 천군이 먼저 공격을
시작하고 천군이 빠지면 장군님께서 후위에서 들이쳐 성을 함락해 주
시기 바랍니다."

"부디 성문을 깨주시길 바랍니다. 그때는 질풍처럼 달려가겠습니다.
그럼 이만."

권율 대장군은 정중히 예를 표한 뒤 일어났다. 회의를 마친 뒤 열흘
만에 여기에 다다르고 보니 장군이고 병졸들이고 모두 피곤에 절어 있
었다.

권율 대장군이 천군의 장군과 대화를 나누는 동안 이원익 장군은 천
군의 진영을 살펴보면서 고개를 갸웃거렸다. 천군의 진영은 허술하기

그지없었다. 목책도 없이 군데군데 사람들이 구덩이를 파고들어 가 잡담을 나누고 있었다.

저런 구덩이에 왜 사람이 들어가 있는지 이해할 수가 없었다. 저런 곳에 있으면 싸우는 데 아무런 도움이 되질 않았다. 달려오는 왜놈들이 구덩이에 빠지길 기다리는 것이라면 더없이 어리석은 짓이다. 밖에서 긴 창으로 쑤욱 찌르면 꼼짝없이 죽게 될 것이기 때문이다.

'무덤을 미리 파놓은 것인가?'

이원익이 황당한 생각을 하다가 어이없음에 피식 웃으며 주변을 둘러보았다.

천군 진영 한쪽에는 철마 10여 대가 놓여 있었다. 여기서 울산까지의 거리를 감안하면 지금부터 움직여야만 예정된 작전 시간에 도착할 수 있을 것 같았지만 어디를 봐도 떠날 준비에 부산스럽지는 않았다.

그때 이원익의 귀에 권율 대장군이 이복남을 부르는 소리가 들려왔다.

"이복남 장군."

"예, 대장군."

"자네는 이곳에 남아 저들의 동태를 살피게. 저들의 진정한 의도가 무엇인지, 그들이 지닌 힘은 어느 정도인지에 대해 소상히 살펴야 하네. 알겠는가?"

"예, 대장군."

이복남 장군이 대열에서 이탈하여 다시 공수여단 진영으로 되돌아가자 권율과 이원익은 자신의 진영으로 서둘러 움직였다.

걷는 동안 권율 대장군이 근심스런 어조로 입을 열었다.

"이보게, 이원익 장군. 이번 싸움에 승산이 있겠는가? 잘못하면 그나마 있던 군대도 모조리 잃어버리게 되는 건 아닌지 걱정이야."

"길고 짧은 건 대봐야 되지 않겠습니까. 우리 병사들의 사기가 충만합니다. 저들은 하늘님이 돌봐줄 거라 굳게 믿고 있습니다. 그리고 천군의 힘이 있으니 쉽게 지지는 않을 것이라 사료됩니다, 대장군."

의외로 이원익 장군이 천군에 대해 호의적인 반응을 보이자 권율은 내심 언짢았지만 본심을 숨기며 떠보기 시작했다.

"장군은 저들의 정체가 무엇이라 생각하는가? 저들이 진짜로 단군천황의 명을 받고 내려온 천군이라 생각하는가?"

"오늘이 지나면 알 수 있겠지요. 지금은 무엇보다 내일의 전투가 중요합니다. 전투가 끝나고서 마저 이야기를 나누시지요. 이제는 과거처럼 뒤통수를 맞을 일은 없지 않습니까."

"그래, 그 말이 옳네. 나중 일은 나중에 따져 보도록 하지."

이원익 장군의 말에 권율 대장군도 동감했다.

이전에는 왜란 중임에도 문관과의 탁상공론에 많은 시간을 빼앗겨야 했고 모함과 권모술수 때문에 잘 싸운 전선의 장수들이 옥에 갇히는 일이 적지 않았었다. 전투에만 매진할 수 없게 하는 근심와 우환이 늘 잠복해 있었다. 하지만 지금은 한양의 조정이 안정되어 있어 전선에 나가 있는 장수들이 뒤를 걱정하지 않고 전투만 생각할 수 있었다. 그리고 전투 이후의 일에 대해서도 생각할 수 있는 여유를 얻을 수 있었다.

공격 시간이 다가오고 있었으나 천군부의 철마는 움직일 생각을 않고 있었다.

이복남 장군은 휘하 장수들과 잡담을 나누면서도 그 점을 궁금히 여겼다. 자신들을 감시하고 있는 벽돌 모양의 띠를 두 개 달고 있는 천군에게 물어보았으나 아무런 답도 들을 수 없었다.

이곳에 남기 전 권율 대장군으로부터 천군의 허실을 파악하라는 밀명을 받은 바 있는 그였기에 여기저기 돌아다니며 탐문하였으나 어느 누구도 대화를 꺼렸다.

천군은 이 작전에 투입되기 전 모든 장병들에게 조선인과 접촉하지 말라는 엄명을 받았다. 행여 작은 실수 하나로도 만 명의 목숨을 잃을 수 있기 때문이었다.

사실 천군에게는 엄청난 약점이 하나 있었다. 천군의 생명과도 같은 탄약 보급과 유류 보급에 문제가 있는 것이다. 현재의 천군으로서는 화력과 기동력, 하늘에서의 제압이 불가능해지면 전직 조선군 병사들의 반란을 막아낼 수 없었다. 물론 조만간 천군부에서 소총탄과 일반 포탄의 개발에 성공할 것이지만 기름을 만들어내는 데는 너무나 많은 시간이 소요될 것이다. 그것이 해결될 때까지 이런 문제는 기밀 사항에 속해야만 했다.

공격 시간 몇 분 전이었다. 갑자기 철마 주위로 천군들이 모이고 포탄을 나르며 여기저기서 고함치는 소리가 들렸다. 천군 모두 이리저리 뛰어다니고 있었다.

이런저런 상념에 젖어 있던 이복남은 공격 시간이 다 되었음을 알고는 황급히 천군부 지휘소로 뛰어갔다. 천군의 허실을 파악하는 데 지휘소만큼 좋은 곳이 없었다.

지지익!

"여기는 정찰대다. 적 대규모 집결지 030 200 하나, 둘, 셋. 아직 하늘은 조용하다. 하늘과 연락이 안 된다. 이상!"

—현 지점 대기하라. 각 대대는 공격 지점을 확보하고 명령을 기다린다. 경계에 만전을 기한다. 이상!

"하늘은 언제 열리는가?"

—앞으로 10분 후다.

"정찰대?"

—정찰대 대답하라. 여기는 지휘소.

"여기는 정찰대. 말하라."

—10분 후 하늘이 열린다. 폭격 유도하기 바란다.

"알았다."

듣고 있던 이복남의 눈이 커다래졌다.

'작은 철 가방에서 사람 목소리가 들리고 말을 주고받다니! 정말이지 놀랍기 그지없구나! 그런데 하늘이 열린다니? 그건 또 무슨 소리일까? 철마 주위에 탄들이 가득 쌓이긴 했지만 설마 여기서 쏜다는 걸까?

이복남은 입을 꾹 다문 채 주위에서 벌어지고 있는 모든 상황을 머리에 담으려고 노력했다. 지필묵이 있으면 좋으련만 어찌 된 일인지 천군들은 그런 걸 가지고 다니지 않았다. 다만 막대기 같은 것으로 종이에 깨알 같은 글씨를 써 내려가긴 했다.

'저런 것이 있으면 참으로 편리하겠구나. 가지고 다니기 편하고 종이도 많이 필요없을 테니. 나중에 하나 얻었으면…….'

천군들이 쓰는 볼펜에 대해 생각하던 이복남은 갑자기 천지를 뒤흔드는 소리에 상념에서 깨어났다.

울산 서생포에 축성된 왜성에는 가토 장군이 3만의 병사를 거느리고 주둔하고 있었다.

"첩보에 의하면 권율이 이끄는 1만의 병사가 몰려들고 있다고 합니다. 조만간 공격이 있을 듯합니다만, 어찌하오리까?"

부관은 가토 장군에게 보고를 하면서도 큰 걱정이 없었다. 조선군 1만으로 이곳을 어찌할 수는 없었다. 이곳에는 3만의 부대가 있었고 조총이라는 신무기로 무장한 총병이 3천이 있었다. 조선군이 싸움을 걸어온다면 적당히 성벽에서 싸우다가 성문을 열고 나가 모조리 척살해 주면 되는 것이다.

"본국에서는 최대한 싸움을 자제하라 하였다. 하지만 걸어오는 싸움에 대해선 응당 맞서 싸워야 하겠지. 어디 한번 얼마나 왔나 볼까?"

성에서 제일 높은 곳에 올라온 가토는 성 주위로 1만 명의 조선군 병사가 공격 준비를 하고 있는 모습이 들어왔다.

가토 장군은 기가 찼다. 조선이 자랑하는 신기전이며 화포들이 제법 동원된 듯 보였지만 공성기도 없고 사다리도 없는 조선군의 모습이 자살 공격을 하려는 것으로 보일 수밖에 없었다.

여기저기서 병사들이 조선군을 바라보며 조롱하는 소리를 질러댔다.

"올 테면 와봐라!"

"어이, 조선 놈들. 조총이 무섭지도 않더냐! 하하하하하!"

"어어? 그런데 저기 저건 뭐야?"

지껄이느라 정신이 없던 왜병들이 하늘을 가리키는 병사의 손가락을 따라갔다. 작은 새 같은 것이 빠르게 다가오는데 그 소리가 점점 커지고 있었다. 마치 성에 내려앉을 듯 가까이 다가온 새들이 무언가를 떨어뜨렸다. 점점이 커지던 그것이 땅에 부딪쳤고 곧 굉음이 울리더니 뜨거운 열기가 온몸을 휘감으며 왜병들의 몸을 불태웠다.

서생포 왜성에서 멀리 떨어진 곳에서 곧 있을 전투에 대비하여 대열을 유지하고 있던 조선병들도 그 광경을 접했다. 그들은 너무나 놀라운 광경에 입을 딱 벌리고는 멍하니 불길이 치솟는 왜성 위쪽의 하늘을 빠르게 지나가고 있는 비행기를 쳐다보았다.

서너 차례의 폭격이 있은 후 해리어는 북쪽으로 날아가 버리고 새로운 폭음이 들려오기 시작했다.

상공에 대기 중이던 공수여단 소속 헬기들이 왜성을 넘어가 보유 화기를 모조리 쏟아 부으며 휘젓고 다녔다. 헬기 조종사들은 어디가 어디인지 알 수 없었지만 어차피 왜성에는 왜군들로 득시글거렸다. 아무데나 쏘고 떨어뜨려도 다 맞고 알아서 쓰러졌다.

상공에 정지한 상태에서 주변을 초토화시킨 헬기들이 모든 무장을 소비하고 단 한 대만을 남긴 채 모두 해리어가 사라진 방향으로 날아갔다.

뒤이어 왜성 상공에 높이 뜬 정찰 헬기의 유도에 따라 자주포들의 포격이 시작되었다. 분당 60발의 포탄이 쏟아지고 그 후로는 분당 30발씩의 포탄이 울산 왜성을 강타했다.

난데없는 하늘로부터의 공격에 이리저리 뛰어다니던 왜병들은 또다시 하늘에서 떨어져 내려오는 불탄을 온몸으로 맞아야 했다. 성 밖 어디에서 포를 쏘는지 알 수 없었다. 포를 쏘면 당연히 생기게 되는 포연을 볼 수 없었던 것이다.

왜장 가토 기요마사는 도요토미 히데요시와 같은 나카무라에서 태어났다. 도요토미 히데요시와는 인척 관계로 어머니 사촌 여동생의 아들이다. 세 살 때 아버지가 죽어 홀어머니 밑에서 자라다가 도요토미 히데요시의 부하가 된 후 많은 전공을 세워 구마모토 성주가 되었다. 왜란 초기엔 함경도까지 진출하여 큰공을 세웠던 가토가 이곳 울산에서 가장 큰 위험을 맞이하고 있었다.

성내에 계속 떨어지는 포탄은 그칠 줄 몰랐다. 차라리 성 밖으로 나가 적을 몰아내는 게 더 좋을 듯싶었던 가토가 부장을 불러 출동 명령을 내렸다. 그는 멀리서 환호성을 지르고 있는 조선군을 보며 이를 부득부득 갈았다.

가토는 급히 말에 올라타고는 남문으로 향했다. 성내에 내리던 불벼락은 순식간에 그치고 남문 쪽에서 소리가 들려왔다.

매캐한 냄새가 성안 곳곳을 휘감은 가운데 남문까지 가는 길에는 죽은 병사들과 부상병들의 신음 소리가 넘쳐 났다. 너무나 참혹한 상황을 뒤로하고 남문과 북문으로 빠져나온 왜병은 1만 5천도 되지 않는 듯 보였다.

그들이 불지옥에서 온전히 빠져나왔다는 안도도 잠시였다. 또 다른 죽음의 위협이 그들을 기다리고 있었다.

"여단장님, 왜놈들이 성을 빠져나오고 있습니다."

홍승표 대령이 헬리콥터에서 전해오는 통신을 받아 김준용 여단장에게 상황을 보고했다.

"잘되었군. 싹 쓸어버리라고 해. 우리도 왜성으로 이동한다."

가토가 이끄는 왜병 1만 5천이 왜성에서 5백 보 이상을 나왔을 때 밖에서 준비하고 있던 공수여단 천여 명의 소총과 기관총에서 총알이 쏟아져 나왔다.

순식간에 대열의 선두가 무너지면서 일제사격 개시 몇십 초 만에 수천 명이 쓰러졌다. 거기에 공수여단 후미에서 대기하던 천자총통이 불을 뿜자 서생포 왜성 주변은 살이 튀고 피가 난무하는 대학살장으로 변해 버렸다. 공수여단의 막강한 화력에 왜병은 전의를 상실하고는 성 안으로 후퇴하기 시작했다.

"전군 진격하여 적을 모조리 베어라!"

마침내 권율 대장군은 휘하 군대에 진격 명령을 내렸다. 그동안 복수심으로 가득 찼던 조선군은 일제히 함성을 지르며 왜성을 포위한 채 달려들었다.

공수여단은 한차례 일제사격을 가하고는 조선군의 진군과는 반대로 후미로 후퇴하여 혹시 있을지 모를 왜의 지원군을 차단하기 위해 빠르게 방어진지를 구축해 나갔다.

이복남 장군은 지금 눈으로 보면서도 자신의 눈을 의심해야만 했다. 천군의 포가 굉음을 울리며 포탄을 하늘 높이 쏘아 올렸다. 족히 100리를 날아간다는 말이 허언이 아니었다. 날아간 포탄이 어떤 화력을 보여주었는지는 알 수 없지만 상상을 초월하는 비거리만으로도 조선의 화포와는 비교도 되지 않을 위력임이 분명했다.

"아니, 장군. 벌써 움직이는 것입니까?"

아직 포탄은 많이 남아 있음에도 천군 지휘부가 이동을 준비하자 이복남이 김준용 장군에게 다가가 물었다.

"이 정도면 충분합니다. 왜놈들 태반은 혼이 빠졌을 것입니다. 지금쯤 권율 대장군님의 부대가 적들을 소탕하고 있을 것입니다."

김준용 장군에게도 안타까움이 있었다. 생각 같아서는 포격을 더 하고 싶었지만 포탄이 모자랐다. 이미 울산에서만 300발 이상의 포탄을 써버린 터였다. 하루에 한 번씩 수송되는 탄약은 언제나 부족했다. 다음 수송대가 올 때까지는 탄을 아끼면서 포탄이 부족해 포격을 중지시킨 사실을 감춰야만 했다.

여단 지휘부가 이동하자 자주포대도 같이 이동하기 시작했다.

공수여단이 전면에서 철수하고 난 뒤, 1만의 조선군이 왜병을 물리치며 성내로 진입하여 본 광경은 생지옥 그 이상도 그 이하도 아니었다.

병졸들은 모두들 천군의 강력한 힘을 느끼며 치우 천황과 천군 만만세를 외쳐 댔지만 권율 대장군은 내심 허탈하기만 했다. 저들의 힘에 비하면 그가 가지고 있는 힘은 태양 앞의 반딧불에 불과했다. 저들에게 대항해야 할 사명을 지닌 그의 어깨가 한없이 무거워졌다.

그날 하루 만에 울산, 웅천, 김해가 조선군의 수중에 떨어졌다. 해리어의 맹폭에 힘입어 큰 피해 없이 왜군과의 공성 전투에서 승리할 수 있었던 조선군은 마지막 결전장인 부산으로 집결하고 있었다.

단기 3927년 10월 30일 가덕도 앞바다

둥둥둥!

아침 햇살을 맞으며 이순신이 이끄는 대선단이 가덕도 앞바다에 나타났다.

둥둥둥!

판옥선과 귀선이 뒤섞인 2백여 척의 함대는 거대한 천군의 철선을 앞세우고 북을 울리며 천천히 가덕도로 진입해 들어갔다.

이미 조선의 대함대가 가덕도 앞바다에 나타났다는 보고를 접한 구기 요시다가가 왜선 3백 척에게 전투 준비를 시켰다.

하지만 요시다가의 함대는 포구 밖으로 멀리 나가지 않았다. 조선 수군의 화력에 훨씬 못 미치는 왜로서는 가덕도에 설치된 요새포의 도움 없이는 상대할 수 없었다. 왜란 중의 숱한 해전에서도 왜의 수군은 단 한 번도 승리하지 못했다.

화력에서 밀린 왜군이 택한 전술이 바로 해안포와 요새포의 도움을 받는 것이다. 왜 수군은 바다에서의 해전을 피하고 내륙 가까운 곳으로 조선 수군을 유인하여 해안포와 요새포로 상대한다는 전술을 펼친다.

광개토대왕함 함장 김세일 대령은 함교에 올라 가덕도 포구에 떠 있는 조각배들을 바라보았다.

"조각배들을 상대로 하픈을 쓰기는 아깝고, 함포를 쏘자니 포탄이 너무 많이 소모될 것 같고… 갑갑하구만, 이거……."

수억 원씩 하는 데다 이제는 보충할 수도 없는 하픈을 고작 저런 누각선에게 발사해야 한다는 사실이 김세일 대령을 고민스럽게 했다.

그러나 하픈을 아낀다고 해도 언제까지 보수 유지할 수 있을지는 누구도 장담할 수 없었다. 몇십 년이 흐르면 조선 함대는 그 전력이 지금보다 후퇴해 있을 것이 뻔했다. 21세기 군함은 녹슬어 폐기 처분될 것이고 기껏해야 함포를 장착한 철선이 주력함이 될 공산이 컸다.

"어차피 소모시켜야 할 무기라면 최대 효과를 위해 공중에서 폭파시키는 것이 좋을 듯싶습니다. 파편만으로도 다수의 누각선에 심각한 피해를 입힐 수 있습니다."

함장의 고민 아닌 고민을 듣고 있던 무기사관이 좋은 아이디어를 냈다.

"그거 좋은 생각이군. 가능하면 전투를 빨리 종결시켜서 적의 항복을 받아내야겠지. 강력한 화력 투사로 적의 전투 의지를 빼앗고 조선 수군에 우리의 힘을 보여줘서 다른 생각을 못하도록 하는 일석이조의 효과를 노릴 수 있겠군. 아주 좋은 생각이야."

무기사관을 칭찬한 함장은 곧장 지시를 내렸다.

"하픈과 필요없는 대공 미사일을 저들의 머리 위에서 자폭시킨다. 살상 범위를 최대한 넓게 잡아서 발사하도록."

화력에서 너무 차이가 나는 이번 전투는 처음부터 싸움이 아닌 학살이 될 것이다. 조선 함대와 왜 함대가 점점 가까워지자 광개토대왕함 좌, 우측에서 하픈과 대공 미사일들이 흰 연기를 내며 날아올라 왜선으로 날아가기 시작했다.

콰과과광!

이순신 장군은 갑자기 천군함에서 흰 연기가 치솟으며 굉음이 울리자 판옥선에서 놀란 눈으로 바라보았다. 저 큰 배가 돛이나 노도 없이 움직이더니 이제는 적선과 20리 거리에서 뭔가를 하늘로 쏘아 올리고 있었다.

천군함에서 치솟은 기다란 것이 불빛을 달고 날아가더니 왜선 머리에서 화려한 불빛을 내며 폭발했다. 그리고 아래쪽 왜선들이 파편에 맞아 불이 붙으며 순식간에 가덕도 앞바다는 왜선이 불타면서 내는 연기로 가득 찼다.

"후퇴하라! 포구 안으로 들어간다!"

생각지도 않았던 먼 거리에서의 공격에 당한 요시다가는 함대를 포구 안으로 후퇴할 것을 명령했다. 일단은 조선 수군을 안으로 끌어들여야 했다.

다행히 의도대로 2백여 척의 이순신 함대가 거대한 철선을 뒤로하고 포구 안으로 들어왔다. 입구를 완전히 봉쇄하면서 들어오는 이순신 함대의 모습은 장관이었다.

"해안포 발포하라!"

요시다가가 해안포의 발포를 알리는 깃발을 올렸다.

가덕도 포구에 설치된 10문의 포에서 연기가 일면서 포탄이 조선 수군의 전방에 떨어져 내렸다. 위협적인 포탄이 함대 진행 방향에 떨어지자 이순신 함대가 서서히 뒤로 물러났다.

"적 해안포 포착. 080 232."

광개토대왕함에 장착된 127미리 함포가 빙글 돌더니 목표 지점에 무차별 발포를 하기 시작했다.

펑! 펑! 펑!

포탄이 탄착점을 수정하며 점점 해안포 가까이로 다가오자 겁에 질린 왜병들이 포대를 버리고 줄행랑을 쳤다.

"도망가지 마라! 자리를 지켜라! 어서 화약을 재라!"

왜장이 칼을 빼 들고 도망가는 왜병의 등을 갈랐지만 아주 빠르게 다가오는 죽음의 공포에 모두들 넋이 나가 도망가기에 바빴다. 왜장이 도망치는 다른 왜병의 앞을 가로막고 칼을 높이 쳐들었다가 내려칠 때 주위에 포탄이 작렬하며 주변의 생명체들을 죽음으로 몰아갔다.

"명중! 다음 목표 077 372."

펑! 펑! 펑!

왜의 해안포 대부분은 재탄을 날리기 전에 광개토대왕함에서 발사하는 함포에 의해 모조리 제압당했다. 위치를 노출당한 해안포는 단 하나도 살아남지 못했다.

"해안포가 모조리 당했습니다, 장군."

옆에서 말해 주지 않아도 해안포가 당했다는 것을 요시다가는 눈으로 잘 보고 있었다.

이제 포구 안으로 들어온 왜군의 함대가 꼼짝없이 갇힌 형상이 되어 버렸다. 지금 포구에 배를 대고 뒤로 물러나면 병사를 살릴 수 있겠지만 배를 잃게 될 공산이 컸다. 배를 잃으면 부산과 울산에 있는 왜의 육군 역시 힘겨운 싸움을 해야만 했다. 어떻게든 조선 수군과 싸워 이기거나 탈출해야만 했다.

"전 함대에 알린다. 전속력으로 전진하여 조선 수군을 격멸하라!"

이판사판인 절망적인 상황에서 그는 어쩔 수 없이 전 함대에 공격 명령을 내렸다.

속도 면에서는 판옥선을 압도하는 왜선이 앞으로 죽어라 달려왔다. 그러나 조선군 함대에 접근하기도 전에 함포 사격과 미사일 공격에 의해 차례차례 수장되어 갔다.

"북을 울려라! 전 함대 진영을 유지한 채 공격하라!"

포격을 뚫고 부딪쳐 오는 왜선을 발견한 이순신 장군이 몸소 공격 명령을 알리는 깃발을 걸어 올렸다. 사기가 충천한 조선 수군이 만신창이가 된 왜 수군과 맞붙기 시작했다.

멀리서 판옥선과 누각선이 합쳐지는 모습을 바라보던 김세일 대령이 이제 할 일이 없어진 광개토대왕함을 정선시켰다. 가끔씩 격전지를 빠져나오는 왜 누각선을 향해 함포를 발사할 뿐이었다.

왜 함대의 궤멸로 이곳 가덕도의 대세는 기울었다. 아직도 포구에 남아 있는 왜선을 깨부수기 위해 2백여 척의 판옥선을 이끌고 가덕도로 들어간 이순신은 그 특유의 전투 지휘력을 발휘하여 흩어지고 있는 왜 수군을 빠르게 격파해 나갔다. 그는 한시라도 빨리 이곳을 정리하고 원균을 도와주어야만 했다.

"대마도로 간다."

김세일 대령이 함의 이동을 명령하자 서서히 선회하기 시작했다. 광개토대왕함 주위에 있던 판옥선 10여 척이 그 자리에서 선회하며 광개토대왕함의 앞길을 인도하기 시작했다.

다음날, 부산에 주둔하고 있던 고니시 왜장은 조선군에 쫓겨온 패잔병과 휘하의 병력을 수습하던 중 가덕도에 있던 수군이 대패하여 함선이 대부분 파괴되었다는 믿지 못할 소식을 전해 들었다.

조선군은 부산으로 점점 다가오는데 본국으로 후퇴하고 싶어도 타고 갈 배가 없어졌다. 게다가 지금쯤이면 대마도에서 출발한 지원선들이 부산에 도착해야 했지만 어찌 된 일인지 아직도 보이지 않고 있었다.

동래성을 중심으로 모여든 왜병들은 어제의 참화로부터 도망쳐 온 병사들로부터 조선군의 놀라운 위력을 전해 듣고는 모두들 겁에 질려 있었다. 거기에 가덕도 수군의 전멸 소식이 전해지자 왜병들의 사기는 바닥으로 곤두박질쳤다. 퇴로를 잃은 군대는 죽기살기로 싸우거나 항복하는 길밖에 없었다.

단기 3927년 11월 1일 대마도

광개토대왕함에서 이륙한 대잠 헬기가 대마도 앞바다에서 고바야가

와의 함대를 발견하고 원균 함대의 진로를 수정해 주었다. 원균 함대
는 상륙병이 타고 있어서 적 함대와 조우하는 것은 바람직하지 못했
다.

"여기는 가마우지다. 지금 들쥐들이 집에서 나온다. 3시 방향에서
부산으로 향하는 것 같다. 적 함대는 지원 함대에게 맡기고 094로 우
회하라, 이상."

"알았다. 지원 함대는 어디쯤 있나?"

"함대 후미 50㎞에 있다."

함대에 파견된 연락관들이 통신을 하는 동안 원균은 잔잔한 바다를
바라보며 전의를 불태웠다. 조선이 대마도 정벌을 나서는 것은 세종대
왕 때 이후 처음이 아닌가 싶었다. 이순신이 오기 전에 자신의 힘으로
대마도를 꼭 정벌해야만 했다.

조선 출병의 예비 병력과 조선에서 철군한 병력이 잠시 머물다 가는
대마도에 어제 조선에서 있었던 전투 상황과 결과를 전하는 전령이 속
속 도착하여 전황을 전했다.

연이은 패전의 급보를 받은 고바야가와 다다가게가 도요토미 히데
요시에게 전령을 보낸 후 급히 대마도에 정선하고 있는 전선 2백여 척
을 이끌고 부산을 구원하기 위해 출항한 것이 어제였다.

서둘러 부산으로 향하고 있던 고바야가와는 전방에 나타난 대함대
를 보고는 덜컥 겁을 먹었다. 함대 전방에는 가덕도 해전에서 대승을
거둔 이순신이 타고 있음을 알리는 장군기가 펄럭이고 있었던 것이
다.

수평선 위로 나타났던 판옥선 백여 척이 무서운 속도로 빠르게 함대 앞으로 다가왔다. 고바야가와가 함대를 돌려 다시 대마도로 돌아가야겠다고 생각하는 순간 갑자기 조선 함대 너머에서 굉음이 울리며 괴상한 물체가 날아왔다. 눈 깜짝할 사이에 함대 바로 위까지 날아온 물체에서 알 수 없는 뭔가가 떨어져 내렸다.

평펑!

하늘에서 폭음이 들리더니 불벼락이 떨어져 내렸다. 함대 곳곳이 파괴되고 불이 붙기 시작했다. 일부 수병들은 온몸에 불이 붙어 바다에 뛰어들었다.

고바야가와 함대가 공중으로부터의 폭격에 정신없는 사이 급속히 함대 간 거리를 좁힌 이순신은 고바야가와 함대를 감싸 안으려는 듯 판옥선을 정렬시켰다. 불어오는 북서풍을 받아 한껏 부풀어 오른 돛들이 함에 힘을 불어넣어 주었다.

왜 함대가 전열을 가다듬기도 전에 최선두인 이순신함에서 빨간 깃발이 오르며 적 함대를 향해 함포를 쏘았다.

"좌현포 발사!"

판옥선 좌현에 배치된 20문의 총통이 불을 뿜자 시커먼 연기가 판옥선을 가렸다.

꽈광!

포탄이 날아가 적 함대 근처 해상에 떨어졌다.

"선회!"

"우현포 발사!"

꽈광!

다시 한 번 포탄이 날아갔다. 판옥선의 함포는 최소한 10여 발의 명중탄을 맞아야 왜의 누각선을 전투 불능으로 만들 수 있었다.

고바야가와는 일찍이 조선 수군의 막강한 화력과 충각력을 경험한 적이 있어 섣불리 총공격을 명하지 못했다. 지금까지 이순신과 싸워서 한 번도 이긴 적이 없는 것이 왜 수군의 현실이었다.

그는 불패의 신화를 만들고 있는 이순신에게 자신의 함대를 희생물로 제공하고 싶지 않았다. 자신의 함대 선봉이 여지없이 깨어지는 모습을 보던 그는 마침내 후퇴를 명령했다.

"대마도로 돌아간다. 육지의 힘을 빌려 적을 물리친다."

고바야가와가 생각하기에 대마도에서 며칠만 버티면 조선 함대는 저절로 물러날 것이 자명했다.

만약 그가 대양에서 이순신 함대와 맞붙었다면 어쩌면 승리할 수도 있었다. 지금까지 조선 수군은 넓은 대양에서 해상전을 치르지 않았다. 판옥선의 특성상 거친 파랑이 이는 바다에는 적합하지 않아 섬과 섬 사이의 지형을 이용한 전술만을 활용했을 뿐이었다. 그가 이 사실을 알았다면 이순신 함대는 괴멸당할 수도 있었다.

"장군, 적들이 물러날 기미를 보입니다."

"적선이 완전히 돌아서면 우리가 따라잡기 힘들다. 진영의 날개를 전진시켜 모든 퇴로를 막는다."

이순신의 명령에 기함의 돛대에 붉은색과 푸른색 깃발이 동시에 오르고 함대 날개의 진격을 알리는 북소리가 일정한 간격으로 울려 퍼졌다.

둥둥둥! 둥둥둥! 둥둥둥!

대평원에서의 육군 전술이 이순신에 의해 바다에서 펼쳐지고 있었다.

고바야가와는 조선 함대가 감싸듯 빙 둘러 퇴로를 막으려 한다는 의도를 간파하고 서둘러 선회를 명했다. 하지만 왜 선박의 고질적인 선회 능력의 한계로 인해 많은 전선들이 빠르게 선회를 마치지 못하고 있었다. 우선 급한 대로 먼저 선회를 마친 전선으로 적의 포위망을 뚫어야만 했다.

"사이또 함대는 포위망을 뚫어라! 사이또를 따라 대마도로 전속 후퇴한다!"

명령은 떨어졌지만 아직도 우왕좌왕하던 왜 함대 중앙을 이순신이 직접 지휘하는 판옥선이 치고 들어왔다. 함대 최선봉에 섰던 이 판옥선은 적이 선회를 시작하자 함포 사격을 계속하면서 적 함대 중앙으로 깊숙이 파고들었다. 판옥선 수 척이 기함을 보호하기 위해 따라 들어왔다. 양 옆으로 왜선이 위치해 있었기 때문에 이순신함은 선회할 필요도 없이 양 옆으로 배치된 함포 20문을 무차별 발포할 수 있었다.

펑펑펑!

막 선회를 마치고 대마도를 향하려던 왜선 한 척이 이순신함의 포격을 받아 불타올랐다. 이순신함을 뒤따라 들어온 함들이 왜 함대 중앙을 휘저으며 도망치는 고바야가와가 승선한 함을 쫓아 적 함대 중앙을 관통하고 있을 때, 바깥에서 포위망을 형성한 조선 함대의 공격이 개시되었다. 판옥선에 타고 있던 궁수들이 일제히 화살에 불을 붙이고 적선을 향해 쏘아 올렸다.

쉬시시시시!

난전의 시작이었다. 함선 간의 거리가 가까워지자 왜선에서 조총을 든 병사들이 총을 쏘아댔다.

탁탁탁탁!

여기저기서 병사들이 쓰러져 신음하고 옷에 불이 붙은 이들이 바닥을 구르거나 바다로 뛰어들었다.

하지만 두 함대 간의 해전은 함포의 성능에서 현저한 차이를 보인 탓에 이순신 함대의 완승으로 끝이 나고 있었다. 왜 함대는 중앙을 돌파당하며 진영이 양분되면서 붕괴되었다. 광개토대왕함이 이순신함과 상당히 떨어져 있다는 것을 고바야가와는 감사해야만 할 처지였다.

고바야가와를 비롯한 몇십 척의 왜선이 포위망을 벗어나자 이순신 함대는 최고 속도를 내며 바다 위에서의 추격전을 벌였다. 그때 때마침 전방에 원균 함대가 나타나는 바람에 고바야가와 함대는 빠르게 혼슈 방면 북쪽으로 방향을 틀어야만 했다.

—이봐, 김 대위. 이거 너무 싱거운 거 아냐? 그냥 가서 폭탄만 떨어뜨리고 기관총 좀 쏘다가 오는 일이라니. 그냥 함포로 갈기면 될 것을 왜 우리까지 끼어드는 걸까?

그때 편대원들은 고바야가와 함대 위에 클러스터 폭탄을 떨어뜨리고 다음 폭격 장소로 이동하면서 통신망을 개방하여 떠들어댔다.

—바보야! 앞으로 우리가 얼마나 하늘을 날 수 있을 것 같냐? 아마 2년 안에 우린 말만 조종사지 땅개보다 더 비참한 모습이 될 거다. 기

회 있을 때 전공을 많이 쌓아야 된다 이 말이야. 그래야 나중에 할 말이 있지. 그리고 지금 이렇게 무지막지하게 조져 놔야 왜놈이나 조선 사람들이 우리를 깔보지 않지.

　―편대장이다. 잡담 그만 하고 연료나 잘 챙겨. 오늘은 대마도와 후쿠오카를 폭격하고 내일은 시모노세키, 오사카, 요코하마를 폭격한다. 이번 임무를 끝으로 공군은 잠정적으로 해체될 수 있다는 대장의 말씀이 있었지만 또 모르는 일이지. 폭탄 한 개라도 헛되이 버리지 말고 정확히 떨어뜨리도록. 정찰대가 유도하는 곳으로 떨어뜨려. 잘못하면 아까운 식량 다 탄다. 알았나?

　―예, 편대장님.

예전에 제주도에서 파견했던 정찰대가 적의 군량미 위치를 파악하여 폭격 편대에 그 위치를 알려주고 있었다. 일반 폭격기로는 힘겨운 고도의 폭격 기술이었지만 해리어 특유의 장점인 정지 비행을 이용하면 그렇게 어렵지도 않았다.

카미아카타 앞바다에 떠서 대마도를 순찰하고 있던 오키라 수병은 한가로이 바람에 배를 맡기고 수평선 너머를 바라보았다. 고바야가와의 명령으로 대마도 앞바다 주위에는 조선을 감시하기 위한 조각배들이 널려 있었다.

오키라는 출병한 군사들이 조선을 초토화시켰고 빼앗을 것은 다 빼앗아 왔기에 이번 전쟁은 조만간에 끝날 것이라 생각했다. 어제 조선에서 큰 싸움이 벌어져 왜군이 대패를 당했다는 소문이 떠돌았지만, 대마도에서 대대로 물고기를 잡아 생활하고 있는 오키라는 걱정없었다.

조선 놈들이 여기까지 올 턱이 없었다.

멀리 조선 쪽을 바라보던 오키라는 수평선 너머에 돛대가 보이는 것 같은 착각에 빠졌다. 가끔 한곳을 계속 보고 있으면 착시 현상이 일어난다는 것을 잘 알고 있는 오키라는 다른 곳으로 눈을 돌렸다가 다시 쳐다보았다.

다시 눈에 들어온 광경에 정신이 퍼뜩 들었다. 그가 지금 보고 있는 것은 착시 현상이 아니었다. 이미 수평선을 넘어온 돛의 수가 10여 개가 넘었고 점점 수가 늘어가고 있었다.

처음에는 부산으로 갔던 고바야가와가 회군하는 줄 알았다. 하지만 곧 그 모양새가 조선의 판옥선과 흡사하다는 것을 알아채고는 서둘러 선미에 세워둔 화살에 불을 붙여 하늘 높이 쏘았다. 화살 꼬리에서 연기를 내며 높이 올라가는 것을 확인한 그는 급히 선수를 돌려 대마도로 배를 몰기 시작했다.

오키라는 정확한 보고를 위해 한시라도 빨리 도착해야만 했기에 노 젓는 손에 잔뜩 힘이 들어갔다.

“빨리 저어라! 시간이 없다!”

오키라는 다른 노군에게도 연신 소리쳤다. 그러나 그렇게 재촉하지 않아도 모두 죽기 살기로 노를 젓고 있었다.

오키라가 올린 화살은 이순신 함대에서도 관측되었다. 물론 주변에 있던 왜의 정찰선에서도 적 발견 신호를 대마도로 전달하고 있었지만 먼저 신호 화살을 올려 주목당하게 되었다는 것이 문제였다.

쿵! 펑!

멀리서 포성이 울리더니 오키라가 탄 배 바로 옆에 물기둥이 솟구쳐

올랐다. 아직 조선 함대와의 거리가 상당한데도 포탄이 날아오자 오키라는 혹시나 하는 마음에 주변을 둘러보았다. 하지만 조선군의 판옥선과는 20리 이상 떨어져 있었다.

쿵! 펑!

다시 물기둥이 솟구쳤다. 배의 균형을 간신히 유지한 오키라의 눈에 대마도 포구 쪽에서 굉음이 울리고 연기가 치솟는 것이 보였다. 그와 동시에 자신의 몸이 공중으로 솟구치는 것을 느끼며 정신을 잃었다.

"참나! 저런 쪽배에 세 발이나 쏘다니. 어이, 포술장. 실력이 많이 줄었어."

광개토대왕함의 무장관이 갑판에 나와 포술장을 보며 실실 웃었다. 배가 너무 작아서 잘 맞지 않음은 무장관인 그도 잘 알고 있었다.

고속정도 한 방에 잡던 포술장이 계면쩍은 듯 씩 웃고는 들어가 버렸다.

김세일 대령은 멀리서 하늘 높이 뛰어올라 산산이 부서지는 왜의 정찰선을 바라보며 이순신 함대에 다음 작전을 전파했다.

"우린 대마도를 거쳐 바로 후쿠오카로 간다. 이순신 함대는 바로 후쿠오카로 이동하라."

"후쿠오카가 우리의 무덤이 될 것이다, 젠장!"

김세일 대령은 아쉽기만 했다. 그에게 내려진 임무는 후쿠오카에 상륙하여 함포를 뜯어낸 다음 상륙군을 지원하는 것이다. 이번 작전을 마치면 그의 수병은 해군에서 천군 1포병연대로 부대 명칭이 바뀌게 된다.

"지원함은 언제 오나?"

함장의 욕지거리를 들으며 포탄 재고표를 확인하던 무장관이 통신병에게 물었다.

"내일 아침에 후쿠오카에 도착할 예정입니다. 제시간에 도착할 것입니다."

고바야가와 함대를 피하기 위해 한참을 돌았던 원균 함대는 총 백 척으로 전라수영에서 빌리고 강화도에서 모집한 1만 수군과 2만 육군이 타고 있었다. 거기다 제주에서 지원 온 제주여단 소속 총병 천 명이 더 오고 있었다.

상륙 지점은 이미 항공 폭격과 함포 공격으로 초토화되어 있었다. 주로 경기 이북 지역 지방군으로 구성된 대마도 정벌군은 김영원, 이빈, 허욱, 양천, 조대곤, 우성전들이 각각 3천 명의 병력을 이끌고 참여했다. 이들은 강화도에 집결하여 원균의 함선에 분승한 후 대마도까지 쉬지 않고 왔다.

그러나 그들이 대마도에 상륙하여 본 것은 사방으로 흩어진 시체 조각들뿐이었다. 왜병들은 이미 멀리 도망가 버렸는지 찾아볼 수도 없었다.

"조대곤 장군과 이빈 장군은 주변을 수색하여 왜군을 섬멸하고, 허욱 장군과 양천 장군은 주변을 정리하라."

이후 김영원 장군은 연신 지시를 내리며 주변을 정리해 갔다. 그리고 왜가 쌓아놓은 군량미는 원균 함선에 실어 조선으로 보냈다.

어느 정도 정리 작업이 끝나 잠시 쉴 때쯤 해서 제주여단 병력 천이 대마도에 도착했다. 대마도 정벌군 사령관인 김영원은 그들을 극진한 예로 맞아들였다. 김영원은 이미 그들의 놀라운 힘을 보았기 때문에 사사로이 대할 수 없었다.

천군부는 제주도민을 대상으로 제주여단을 창설하고 그들에게 천군 의식을 고취시키며 기본 훈련 및 포병 훈련을 시켜왔다. 하나, 의외로 조선을 쉽게 장악하게 되자 그들을 좀 더 요긴하게 이용하고 싶어 지난 6개월 동안 본격적인 사격 훈련을 감행했고 그 결과는 성공적이었다.

후쿠오카로 향하는 이순신의 심정은 복잡했다. 선조 대왕이 천군에게 강제로 폐위당하고 치우 천황 역시 감금이나 마찬가지인 생활을 한다는 소문이 들려온 때문이다.

이순신으로서는 천군부에서 내린 대장군의 칭호가 부담스러웠다. 그렇다고 한창 외적과 전쟁 중인 상황에서 치우 천황의 이름으로 내려오는 명령을 거스르고 천군을 칠 수도 없었다. 설혹 자신이 그럴 마음을 품는다 해도 군사들이 따를지는 미지수였다. 민심이 천군에게 기울고 있음은 그도 잘 알고 있었다. 지난 2백 년 동안 임금과 사대부들이 민심을 헤아리지 못하고 사리사욕에 눈먼 결과였다.

"저들이 군주를 심하게 핍박하지 않는 것이 그나마 다행이지."

이순신이 길게 한숨을 내쉬었다. 이순신의 깊은 시름을 아는지 모르는지 마냥 들뜬 장수들은 오늘 보여준 천군의 무위를 두고 입에 침이 마르도록 칭찬해 대고 있었다. 이순신 역시도 천군의 무위에는 몸서리를 쳤다. 누구도 천군과 대적하여 살아남을 수 없을 것 같았다.

"각 함대에 알려라. 조만간 후쿠오카에 도착한다. 적의 공격에 대비하라!"

둥둥둥!

그러나 이순신이 도착한 시점의 후쿠오카는 한차례 폭격으로 검은 연기가 모락모락 피어나는 파괴된 조그만 포구에 불과했다.

원균이 대마도에서 쌀을 가득 싣고 부산으로 돌아왔을 때는 이미 한반도의 왜군들이 모두 항복하여 포로로 잡혀 있었고, 각 지방에서 몰려든 왜 정벌 지원군으로 북적댔다. 그들 중에서 선별된 2만을 태운 원균의 함대가 다시 시모노세키로 출항하는 것은 다음날 아침이었다.

한양으로 장계를 올리는 원균은 이러한 현실이 꿈만 같아 눈물이 앞을 가렸다. 무엇보다도 그는 이순신의 도움도 받지 않았거니와 단 한 척의 손실도 없이 단독으로 대마도를 점령한 것이다.

그가 올린 장계는 파발마를 타고 빠르게 한양으로 올라갔다.

삼가 아뢰옵니다.

황은에 힘입어 왜적을 물리치고 대마도를 정벌하였사옵니다.

이렇게 시작된 원균의 장계를 읽는 치우 천황의 눈에서는 눈물이 주룩주룩 흘러내렸다.

'의주로 몽진을 떠나고 그 처참한 피난 생활을 하면서도 끝내 포기하지 않으시던 상황(上皇)이 이 소식을 들으면 얼마나 기뻐하실까. 천군의 힘을 빌어 외적을 물리쳤지만 그들 역시 단군의 자손이라 하였으니 나를 핍박하지는 않을 터. 내 성군이 되어 만백성을 배불리 먹이고 태평성대를 이루리라.'

덕수궁에서 승정원이 올린 장계를 읽던 천황은 마음을 다잡았다. 그러나 그에게는 아직 세력이 없었다. 또한 천군의 의도도 알 수 없었다. 모든 것이 안개에 싸여 있는 상황을 생각하니 전승을 알리는 장계에서 오는 기쁨도 점점 사그라졌다. 마음이 답답해진 치우 천황은 상황을 뵈러 가기 위해 자리를 털고 일어났다.

단기 3927년 12월 오사카 항

과거 도요토미 히데요시가 조선 정벌을 준비하면서 새롭게 쌓았던 오사카 성은 지난달에 있었던 천군의 공격으로 폐허나 다름없게 변해버렸다. 반면에 그 뒤에 자리한 항구는 활기로 넘쳐 나고 있었다.

조선의 판옥선들이 화물을 싣고 들고 나길 반복하며 짐을 부리는 인부들과 그들을 통제하는 사람들, 창을 들고 경비하는 조선 병사들로 항구는 혼잡하기 그지없었다.

"이보게, 이 서방. 셈은 다 끝났는가?"

"예, 나리. 이번 것까지 실으면 3백 석입니다. 인수증을 써주고 바로 출항 준비를 할 예정입니다. 앞으로 백 척만 더 실으면 올해 물량은 다 끝나는가 봅니다."

"그래, 이 많은 곡식이 한양으로 들어가니 이제 조선도 굶어 죽는 사람은 없게 되겠지."

"예, 나리. 모두가 천황 폐하와 천군의 은덕입니다요."

"허허, 그래. 수고하게. 난 이만 처소로 가야 되겠네. 작업이 끝나면 인부들에게 술이라도 대접하게나."

이곳에 있는 조선인 모두가 즐겁고 넉넉한 모습이었다.

지난번 천군의 무시무시한 공격에 오사카 성에 머물고 있던 도요토미 히데요시와 그의 애첩, 그리고 하나밖에 없는 아들 등 그의 가문이 깨끗이 제거되었다.

그가 죽고 조선 정벌군이 한 명도 살아 돌아오지 못했다는 소식을 접한 혼슈의 많은 다이묘들은 처음에는 군사를 일으켜 조선과 대적하려 하였다. 곧 이어 대마도가 점령되고 큐슈에 수만의 조선군이 상륙했다는 소식이 들어왔을 때까지도 괜찮았다.

그러나 조선의 신무기로 인해 많은 항구가 한순간에 완전 폐허에 가까운 피해를 입게 되자 그들은 도쿠가와 이에야스를 대표로 내세워 화의를 요청하게 되었다.

조선의 야전 사령관들은 이번 기회에 왜를 완전 정벌하여야 한다며 극구 반대하였다. 하나 조선은 2년여 동안의 전란으로 인해 국토가 피폐해진 터라 더 이상 전쟁을 지속시킬 능력이 없었다. 또한 북방 여진족의 발호도 염두에 두어야만 했다.

천군부에서는 다음을 기약하며 내년 농사에 힘쓰기로 하고 화친을 맺기로 한다. 조건은 대마도와 큐슈 및 우베나가토 야마구치현을 조선에 할양하고 매년 백미 30만 석을 조공하는 것으로 이에야스와 화친을 맺게 된다.

지금 오사카에서 조선의 판옥선에 실려 옮겨지고 있는 것이 그 화친의 대가였다.

단기 3927년 12월 가미야카타 포구

"이봐, 빨리빨리 실으라고!"

"어이, 조심해. 이런 참!"

"야, 빨리빨리 안 해?"

제주여단 소속 김해도 일병은 서툰 일본어로 일본인 잡부들을 다그쳤다.

포구에는 철제 농기구부터 칼, 화살촉, 무사의 도에 이르기까지 잡다한 철 제품들이 포구 한 켠에 가득 쌓여 배에 실려지기를 기다리고 있었다.

대마도와 큐슈 지역에는 올해 안으로 모든 금속을 회수하여 조선으로 보내라는 천군부의 명령이 내려졌다. 쇠붙이로 무기를 만들어 대항하려는 왜인들의 시도를 처음부터 제거하려는 천인들의 의도였다.

수거를 맡은 조선 병사들은 지역 내 모든 마을을 돌아다니며 솥을 뺀 모든 쇠붙이를 회수했다.

무기의 회수는 그나마 쉬운 편이었다. 생활에 있어 반드시 필요한 부엌칼이며 일부 농기구를 회수할 때는 꼭 충돌이 일어나 무력을 사용해야만 했다.

예외적으로 제외된 물품은 불교 사찰에 있는 불상과 특별히 예술적 가치가 있는 물품들이었지만 그 외에는 여지없는 수거 대상이었다.

조선 병사들이 얼마나 악착같이 쇠붙이를 회수하였던지 화친 후 한 달이 지난 지금에 이르러서는 대마도와 큐슈의 금속 가격이 천정부지로 치솟아 있었다.

단기 3927(1594)년 12월 한양 어전 회의실

"지금 마포에는 왜에서 들어온 백미가 매일 3천 석씩 들어오고 있고, 전라도와 평안도에서의 수확이 늘어나 겨울나기에는 무리가 없을 듯하오. 그러나 차후를 대비하여 천군부에서 식량을 관리하며 식량 통제는 계속 실시할 예정이오."

높은 단상에 올라 각부 장관들과 처음으로 회의다운 회의를 주재하는 천황은 사뭇 상기된 얼굴로 말문을 열었다.

천군부가 제주도에서 처음 실시한 식량 통제는 조선 반도를 완전히 장악한 지금도 계속되고 있었다. 앞으로 계속될 전쟁을 위해서는 군수 물자의 확보가 절실했다.

"오늘 이 자리는 지난 왜란 동안 고생한 백성들의 노고를 치하하고, 여진족에 대한 경계의 수위를 정하며, 천인단과 천군부가 마련한 앞으로의 정책 방향을 추인하기 위한 자리이오."

치우 천황은 천군부에서 하자는 대로 모든 것을 허락해 줄 요량이었다. 지금은 성공 일로를 걷고 있지만 언젠가는 그들도 실패할 때가 있을 것이고 내부적으로 분열하거나 빈틈을 보일 것이라 생각하고는 그때를 기다릴 참이었다.

"공을 세운 모든 장수들과 병사들에게는 이번에 병합한 큐슈 지방의 땅을 충분히 분배하도록 하고 능력있는 자는 지방관으로 임명하도록 하시오. 이 일은 내무부와 국방부에서 협의하고 일부 사대부와 고위 장수들에게 치우치지 않도록 각별히 살펴 시행하도록 하시오."

"천황 폐하의 명을 받드옵니다!"

내무부 장관과 국방부 장관이 큰 소리로 대답했다.

"왜의 포로들은 부산에 수용소를 만들고 그들의 관리를 건설부에 일임하니 그들에게 부산과 한양을 거쳐 의주를 잇는 대로와 목포에서 한양을 거쳐 원산을 잇는 대로를 내도록 하시오. 함경도 지사에게는 명과 여진족에게 밀정을 파견하여 그들의 동태를 파악하게 하시오. 아울러 이항복을 사면하여 대마도주에 임명하고 큐슈를 남반도라 칭하겠소. 남반도주에 유성룡을 사면하여 임명하니 앞으로 있을지도 모르는 왜와의 전쟁을 준비하라 명하시오. 또한 대마도와 남반도에 거주하는 왜 귀족들을 모조리 포박하여 부산의 포로 수용소에 수용하고 그 신병을 건설부에 인계하도록 하시오."

회의라기보다는 천황의 일방적인 명령이 계속 이어졌다. 그것 역시 미리 천군부에서 작성하여 천황에게 읽게끔 한 것에 불과했지만 형식은 천황의 입을 통해서 이루어졌다.

어느 누구도 반대 의견을 내놓지 않았다. 참석자 대부분이 천인들로 이루어져 있었고 천인이 아닌 몇몇 관리들은 이런 장소에서 말문을 열

만큼 간이 크지 못했다.

　그해 겨울, 조선 각지에서는 전후 복구와 사회 기반 시설 건설이 한창이었다. 건설부에서 주관하는 도로 건설과 천인단의 도움을 받은 소형 화력 발전소, 각 하천 상류에 지어지는 소형 댐과 수력 발전소가 전국 곳곳에 세워졌다.

　건설 현장에는 조선인들이 노임을 받고 겨우내 일했다. 농번기에 놀고 있는 백성들에게 일거리를 줌과 동시에 그들에게 천인들의 정신 교육이 병행되었다.

　왜에서 가져온 철들은 건설 재료로 쓰여졌다. 대장간에서 만들어내는 철 제품으로는 대형 공사에서 요구되는 수준의 제품을 만들어내지 못했고 작업 시간도 오래 걸려 공사가 그만큼 지연되곤 했다.

　천인단에서 가장 역점을 둔 도로 건설은 왜인 포로들이 담당했다. 왜인 포로들에게는 도로 건설이 끝나면 왜로 돌려보낸다는 약속을 해주었기에 별다른 소요는 없었다.

　도로 공사 초기에는 병드는 자들이 부지기수였고 죽어 나가는 자도 하루에 수 명에 달하다 보니 진척이 늦어져 12월에 시작한 도로가 이제 겨우 밀양에 다다르고 있었다. 하지만 내년까지는 의주까지 폭 10m 정도의 길을 낼 수 있을 것 같았다.

　건설된 도로 중앙에는 50보 간격으로 통나무를 박아 중앙분리대로 삼았고 도로 양 옆으로는 도랑을 깊게 파 배수에도 신경을 썼다. 훗날 왜도라고 불리게 된 이 도로는 산업화와 고속 성장을 지원하는 조선의 대동맥이 되어주었다.

천군부 사령실

실로 오랜만에 천군부의 각 장령들이 모인 회의가 진행되었다. 왜란을 일단락시킨 후 조선이 전화를 딛고서 활기 차고 역동적으로 움직이게 만든 업적과는 상반되게 회의실 분위기는 착 가라앉아 있었다.

"지금까지 정보참모장이 보고한 정세 분석을 들어보면, 아직까진 불만 세력들이 전국에 산재해 있고 언제 저들이 연합하여 우리를 공격할지 모른다고 합니다. 어쩌면 저들은 명이나 여진족과 손을 잡으려 할지도 모르는 일입니다. 특히 국방부 소속 장성들의 움직임을 잘 파악해 두어야 합니다. 당분간 전쟁이 없을 테니 모든 역량을 정보부에 투입하여 사태를 미연에 파악하고 대처할 수 있도록 하고, 특별기동대대를 편성하여 항시 대기시키도록 해야 할 것입니다."

"예, 장관님. 이미 조치가 취해지고 있습니다."

"그럼 이제 각 부서의 보고를 듣겠습니다. 앞으로가 중요합니다."

천군부 장관으로 취임한 조준옥 장관이 앞으로 필요한 것들에 대한 보고를 듣고자 했다. 가장 먼저 군수 보급을 책임지고 있는 참모의 군수품에 대한 보고를 시작으로 계속해서 보고가 이어졌다.

"포탄과 총탄의 재고가 급격히 줄어들었습니다. 유류 재고량은 절망적입니다. 이를 보충하고 대체하기 위한 조치가 절실합니다. 전국에 발전소가 건설 중이니 그때를 맞추어 전기로 움직이는 기관을 생산하든가 아니면 기동성 확보를 위한 대체 운반체를 만들어내야 합니다."

"그 점은 천인단에서 노력하고 있으니 좀 더 기다려 봅시다."

"천인단에서 공병여단의 지원을 거듭 요청하고 있습니다. 교량 건설에 많은 어려움이 있나봅니다만, 천군부에서 벌여놓은 공사도 아직 끝나지 않았으니 내년 봄이 되어서나 지원이 가능할 것 같습니다."

"그렇게 통보하도록 합시다. 천군부에서 진행시키고 있는 것이 더 급합니다."

"좋습니다. 이제는 전국의 병력 배치도를 한번 봅시다."

조준옥 장관은 어느 정도 제기된 현안들이 정리되어 나가자 각지에 흩어져 있는 군 병력을 확인하고자 했다.

"빨간색은 국방부 소속 조선군이고 파란색은 천군 소속입니다. 남반도에는 2기갑여단 병력과 공수여단 병력이 주둔 중이고, 제주여단 1, 2대대와 1함대 소속 수병들로 구성된 1포병여단이 주둔 중입니다. 대마도에는 제주여단 3대대가 맡고 있습니다. 조만간 2기갑여단을 사단으로 승격시켜 인원을 보충할 예정입니다. 그리고 각 도에 1개 중대씩 1기갑여단 병력이 주둔해 있으며, 한양에는 3기갑여단, 공병여단, 강화도에 방공여단, 고속정단, 김포에 2포병여단이 주둔 중이고 부산에 고구려 항모가 있으며, 원산에 잔여 함정이 정박해 있습니다. 국방부 소속 병력은 1보병사단이 대마도에 주둔하고 2, 3보병사단이 남반도에 주둔 중입니다. 각 도에는 지방군이 약 2만 정도 흩어져 있고 모두 도지사 휘하에 있습니다만 고령화되고 상비군이 아니기에 무기를 대부분 반납하고 전란 복구에 투입되어 있습니다."

조선이 현 시점에서 가용할 수 있는 대부분의 관군은 대마도와 남반도에 넘어가 있었다. 조선 한반도는 천군부 소속 병력이 전부였다. 이럴 때 명이나 여진족이 국경을 넘는다면 꼼짝없이 한양 북쪽 평양까지 내주어야 할 형편이었다.

"병력이 너무 부족하군. 앞으로 왜와는 전쟁을 한 번 더 해야 하고, 어쩌면 먼저 명과 전쟁을 해야 할 사태가 벌어질지도 모르는데 말이야. 지금쯤 명에도 소식이 들어갔다고 봐야 하지 않겠나? 명을 잘 다독거리지 않으면 뒤통수를 맞을 수도 있으니 요동에 주둔하고 있는 명군에 대한 정보 수집에 특별히 신경 써야 되겠어."

조준옥은 임진란 때 이여송이 이끌고 온 10만의 대명군이 아직 만리장성을 넘지 않고 요동에 주둔하고 있는 것을 알고 있었다. 그들의 보고 체계로는 조선의 상황이 명 황실에 알려지고 다시 조선으로 출병하기까지는 몇 개월의 시간이 소비될 것이지만 그 기간이 긴 것은 아니었다.

"그 점에 대한 복안을 대외작전실에서 마련하고 있는 중입니다. 조선의 일이 압록강을 넘지 못하도록 할 계획입니다."

김지영 대외작전실장이 조준옥 장관이 우려하는 점에 대해 간략히 보고했다.

김지영 해군 소장은 명맥만 유지하고 있는 해군 사령관 직에서 물러나 천군부 대외작전실 실장으로 자리를 옮겼다. 휘하에는 내년 가을쯤에 저격여단과 해상여단을 창설하여 배치할 예정이지만 지금으로서는 대략 천 명의 인원이 전부였다.

그는 앞으로 몇 년간은 무척 바쁠 수밖에 없었다. 지금도 각국과 각 지역에서 들어오는 정보를 분류하고 대처하느라 죽을맛이었다. 명과 금, 왜에 파견된 첩자만 해도 2백 명이 넘고 내년에는 러시아에 파견할 계획으로 요원 교육이 한창이었다. 그들은 모두 조선인들로 구성되어 있었는데 모두 현지어에 능통한 자들로 차출되었다.

"재정이 부족해 내년 가을까지는 상비군을 더 이상 모집할 수 없습니다. 내년 추수가 끝난 후 잉여 재정만큼만 징집하도록 하고 50만 대군이 만들어질 때까지는 전쟁 회피에 주력해야 합니다. 대외 작전실에서 시간을 좀 벌어주셨으면 합니다."

"최선을 다하겠습니다."

김지영 실장이 역시 간단하게 대답했다.

"일전에 언급했던 경제 구조 개혁을 위해서는 화폐를 발행하고 시장 경제를 도입함과 동시에 산업 혁명을 인위적으로 발생시켜 생산물을 늘려야 합니다. 그러나 그에 소요되는 제정을 감당할 여력이 없습니다."

천인들이 겪는 모든 문제의 시발점은 언제나 경제력이었다. 조선의 생산력이 획기적으로 증대되지 않는 이상 온갖 구상들은 그저 계획으로만 남아 있어야 했다.

천인단에서는 이 문제를 해결하기 위한 정책을 몇 가지 내놓았다.

첫째, 금 본위 화폐를 발행한다. 여기에 소요되는 금은 전주와 김제, 금구 등 금광을 개발하여 충당한다. 대략 쌀 한 되를 10원으로 한다. 관직의 급료를 화폐로 지급하고 건설 현장에 투입되는 인부들의 일당도 화폐로 지급한다.

둘째, 왜에서 들어오는 백미 30만 석을 이용하여 전국에 미곡점을 열어 오직 화폐로만 쌀을 매매하게 한다. 자연스레 전국적으로 화폐가 통용될 기반을 마련한다.

셋째, 황실에서 운영하고 있는 염전을 국가에 귀속시켜 개보수하고 소금은 염점을 통해서만 매매하게 한다. 일단 미곡점과 염점은 각 도에 파견된 중대에서 관할하고 각 고을의 희망자에서 소매점 운영권을 매각한다. 향후에는 도 단위 도매점도 희망자에게 매각한다.

천인단에서는 미곡점과 염점에서 얻어지는 수익만으로도 약 10만의 군사를 먹여 살릴 수 있을 것으로 예상했지만 그건 단지 수치적인 것일 뿐 아무것도 장담할 수 없었다.

천인단에서 파견한 사람이 계속해서 경제 개발에 대한 의견을 내놓았다.

"본토에서 걷히는 세수를 합하면 내년 가을이나 내후년에는 약 15만의 상비군을 유지할 수 있을 것입니다. 전국적으로 개량된 종자가 퍼질 것으로 예상되는 내후년에는 지금의 세 배에 이르는 식량이 생산될 것이고 잉여 농산물이 발생할 것으로 예상됩니다. 일단 왜에서 걷히는 세금은 남반도 주둔군과 천인단에서 사용합니다. 상기 경제 개발 2개년 계획은 천인단에도 통보되었으며 지금 검토 중입니다. 그에 따른 예산 집행은 내년부터 이뤄지고 올 겨울에는 세부 계획이 완성됩니다. 천인단 전체 회의에서 계수 과정을 거쳐 최종 통과될 것입니다. 올 겨울은 그야말로 내년 봄을 위해 잠시 휴식하는 기간이라 하겠습니다. 앞으로 2년만 잘 버티면 다음부터는 좀 더 빠르게 움직일 수 있을 것입니다. 그 2년을 천군부에서 확보해 주셔야만 합니다."

"잘되어야 할 텐데. 계획대로 되면 좋으련만."

조준옥 장관을 비롯한 장령들이 한결같이 천인단의 계획대로 일이 진행되기를 고대했다. 그들 역시 경제의 중요성을 인식하고 있었다. 모든 국력은 그 나라에서 얼마나 많은 물산을 생산해 낼 수 있느냐에 달려 있었다. 그것은 국방력도 예외는 아니었다.

"왜가 항복하였다고는 하나 힘을 더 소모시킬 필요가 있습니다. 그에 대한 대책을 마련하는 게 좋을 것입니다."

오늘의 천군부 회의 마지막은 이에야스 막부의 힘을 어떻게 소진시킬 것인가에 대한 토론이었다.

회의가 모두 끝나고 회의장을 떠나는 장령들의 어깨에 얹어진 짐은 오히려 더욱 무거워져 있었다.

시모노세키 공수여단 사령부

김준용 준장은 한가히 앉아 지난일들을 회상하며 구기자차의 맛을 음미했다. 지리산 자락에서 난다는 진상품을 조금 얻어 마셔보았는데 처음에는 풀 냄새가 나서 싫더니만 계속 마시다 보니 어느새 구기자차 애호가가 되어 있었다.

그는 한가할 수밖에 없었다. 남반도에서의 행정적인 일은 유성룡 도주가 알아서 잘하고 있었고 사령부에서는 왜인을 위한 학교에 선생을 몇 명 파견하고 2사단과 3사단의 주요 인사를 감찰하는 것이 하는 일의 전부였다. 왜인 귀족들은 지금쯤 조선에서 열심히 땅을 파고 있을 테니 감시하고 싶어도 감시할 왜인이 없었다.

조선병들이 모든 쇠붙이와 식량을 강제로 회수할 때만 해도 왜인들은 심한 저항을 했다. 조직적인 저항으로 이어질 기미까지 보였으나 강력한 진압과 일정량의 식량 배급이 이루어진 후부터는 고분고분해졌다.

오히려 좋아진 점이 많았다. 영주나 무사들이 행하던 행패도 없었고 식량을 배급받는 조건으로 겨우내 일을 조금 해주면 되었다. 실생활에 대한 간섭이 많이 줄어들었기 때문에 일반 백성들 사이에서는 조선으로의 합병을 반기는 분위기까지 일었다.

"장군님, 천군부에서 명령문이 왔습니다."

당직사관이 종이 한 장을 들고 서 있었다.

"무슨 내용인가? 이리 줘봐."

암호문으로 작성된 명령문을 해독하여 가져온 명령문은 간단했다.

"극비. 왜인의 힘을 소진하라."

명령문을 읽은 김준용 준장은 잠시 생각에 잠겼다. 아직 천군부가 한반도 전체를 장악하지 못하고 있었고 소모되는 탄약에 대한 보급도 원활하지 않은 상태였다. 시간이 필요한 때였기에 천군부에서는 왜인들끼리 싸우도록 분위기를 잡아주려는 모양이었다.

잠시 생각에 잠겼던 여단장은 명령문을 불태운 뒤 정보참모장과 최윤락 중령을 호출했다. 이 임무를 수행하기에는 3대대가 적절했다. 침투, 요인 암살, 폭파 교육을 이수한 최정예 공수 대원들로 구성된 3대대였다.

"충성! 부르셨습니까!"

부스스한 머리에 흐리멍덩한 눈을 보니 어젯밤에 술집에서 일본 여자와 진탕 논 꼴이었다.

그 꼴을 정보참모장이 한심하다는 듯 바라보았다.

"최 중령, 요즘 좀이 쑤신가 봐. 어제 그 여자 속살 맛이 좋던가? 조심하라고. 지금은 성병도 치명적인 질병이니까. 괜히 비명횡사하지 말고."

김준용 여단장의 가벼운 질책에 얼굴이 빨개진 최 중령은 어찌할 바를 몰라 더욱 부동 자세를 취했다. 온몸에 힘을 주었지만 어제 확실히 과음한 모양인지 다리가 미세하게 떨리고 있었다.

'이쁜 여자를 봐두었다고 강상엽 대위가 꼬시지만 않았어도 이러지는 않을 텐데.'

최 중령은 어제 밤새 시달리느라 잠 한숨 못 잤는데다 사령관의 긴급 호출을 받고 달려오느라 몸 상태가 좋지 않았다.

"편히 쉬라고. 참모장, 왜의 현 정세를 알려주게."

"예. 오사카 폭격 이후 내부 갈등이 있었지만 도쿠가와 이에야스가 어린 천황과 주요 성을 장악하고 있어 실질적인 쇼군이 되었으며, 지방의 몇몇 다이묘들이 그에 반하여 조선과 쇼군에게 대항하고 있습니다."

"그럼 저들을 혼란스럽게 하려면 누구를 제거해야 하겠는가?"

"이에야스를 없애면 됩니다."

"그러면 저들이 힘을 합쳐 이곳으로 쳐들어오지 않을까?"

"아직은 힘이 부족합니다. 지난 임진란 때 약 20만의 정예병이 소모되었기 때문에 현재 10만 병력이 남아 있다 해도 정예병은 5만이 채 되지 않습니다. 그 숫자로는 이곳을 도모하기 어렵다고 보여집니다.

물론 내란이 일어나면 병력은 조금 증가하겠지만 그래도 15만을 넘지는 못할 것입니다. 내란 중 소모되는 병력과 저들의 군수 물자를 감안하면 10만도 유지하기 힘들 것입니다. 그보다 큰 문제는 내란으로 인해 조공에 문제가 발생할 수 있다는 것입니다."

최 중령은 김준용 준장과 정보참모장의 대화를 거의 비몽사몽 간에 듣고 있었다. 자신이 왜 이런 자리에서 저런 얘기를 들어야 하는지 그것이 궁금하긴 했지만 자꾸 풀려지려는 다리 때문에 깊이 생각할 겨를이 없었다.

"음, 그건 안 되는데… 앞으로 3년은 지속되어야 해."

"그럼 왜의 천황을 제거하는 것이 어떨지요?"

"어린 천황을 죽인다… 있으나 없으나 마찬가지인 천황을 죽인다 해도 그 파장은 크지 않을 거야. 일단 그 애는 살려둬야 돼. 이렇게 하지, 일단 우두머리는 살려주고 그 자식들은 죽인다. 이에야스의 유력한 협조자들의 아들을 제거하자고. 최 중령의 임무가 뭔지 알겠지? 선별해서 제거하고 우리가 개입되었다는 흔적을 남기지 말게. 반대파들이 했다고 오인하면 좋겠지. 작전 기간은 앞으로 한 달. 겨울 안에 끝내라고."

"예, 알겠습니다."

서둘러 자리를 모면하고 싶었던 최 중령은 이제야 겨우 대화의 참뜻을 이해할 수 있었다.

최 중령이 사령관실을 나서자 뒤따라 나온 정보참모장이 최 중령의 어깨를 툭 치고는 얇은 서류철을 던져 주었다. 서류철을 받아 멍하니 들고 있던 최 중령은 정보참모장이 복도 끝 자락으로 사라지자 벽에 몸을 기대고는 긴 한숨을 내쉬었다.

국무총리를 맡아 개혁을 주도하고 있는 김영철 총리는 오늘 확대 천인단 회의를 주재했다. 각 도로 파견 나가 있는 인원을 뺀 3백여 명이 참석했다.

7백여 명의 천인단원들은 각 도에 자리 잡은 천군 막사에 기거하면서 내년 봄을 준비하느라 분주한 겨울을 보내고 있었다. 주민들을 모아 하루에 세 시간씩 교육을 시키고, 건설 현장을 감독하고, 농사 기술, 보건 위생, 천주학을 전파한 것이다.

새롭게 등장한 천주학은 천군의 학문이라 하여 널리 보급시키고 있었는데 사대부에게는 배척받고 있었다. 사대 사상에 물들어 명을 하늘처럼 받들며 한자를 최고의 글자로 착각하여 한문만이 진정한 학문으로 아는 사대부였으니 배척받을 만했다.

반면 실용성에 관심이 많은 백성들에게서는 큰 호응을 얻었다. 특히 언문과 비슷한 한글을 배우고 익히는 것에 재미를 느낀 이들이 많았고 수학도 실생활에 많은 도움이 되기에 장사치들에게 호응이 좋았다. 가르치는 사람과 배우는 사람의 이해가 맞물리면서 많은 이들이 천군의 학문을 익히기 위해 불철주야 노력하고 있었다.

"각 도에 설치된 소학교에서는 석 달 과정으로 한글과 수학을 비롯한 천주학을 가르치고 있습니다만 아직은 그 수가 미미합니다. 한양에 설치된 중학교를 이수한 학생들이 본격적으로 소학교를 열 때까지는 어쩔 수 없습니다. 그리고 소학교에서 천재성이 보이는 열 살 전후의 아이들을 선별하여 한양에 설립할 예정인 10년 과정의 영재학교에 입학시킬 것입니다. 부족한 인력을 제주도에서 공급한다 해도 한참 모자랍니다. 일단 졸업생들에 대한 처우를 확실히 보장한다는 방을 낼 생각이지만……."

백성들의 교육을 책임지고 있는 교육부 장관이 여러 가지 어려움을 토로했다.

"일단 상인들의 자식들을 의무적으로 입학시킵시다. 천군부와 협의를 거쳐 졸업생에게 병역 면제 혜택을 주는 방안을 강구하시고, 중인들이 우리 사업에 관심을 가질 수 있도록 하는 적극적인 방안을 찾아야 합니다."

"그러면 사대부 자식들이 대거 몰리지 않겠습니까?"

"썩어 빠진 자존심만 강한 놈들이 과연 그럴까요? 설혹 그런 일이 벌어져도 각 계층별로 인원 안배를 하면 되겠지요."

"우리의 임무는 신학문을 전국으로 빠르고 정확하게 전파하고 실용화하는 데 있습니다. 기계를 만들고 공장을 짓는 일은 쉬운 일이지만 그 기계를 움직이는 인력을 양성하는 것은 많은 시간이 소요됩니다. 지금도 유럽은 무서운 속도로 발전하고 있다는 것을 생각하십시오. 영국은 조만간 인도에서 다른 유럽국을 몰아내고 인도 침략의 속도를 가속화할 것입니다. 멀지 않았습니다. 앞으로 2, 30년 안에 유럽국이 동남아를 장악한단 말입니다. 그전에 우리가 먼저 움직여야 합니다."

"약간의 희생이 있더라도 우리의 20년 계획을 차질없이 진행시켜야 됩니다. 그 안에 끝내지 못하면 우리는 늙어가고 점점 힘을 잃게 됩니다. 되도록 많이 우리 대에서 이루어야 합니다. 하지만 그것만으로는 부족합니다. 모든 천인들에게 결혼을 장려하십시오. 우리의 자식들이 다음 대를 이어갈 수 있도록 말입니다. 20년 안에 우리의 지식을 모두 전해줄 수는 없을 것입니다. 그러니 시간 나는 대로 책을 쓰고 연구를 하십시오. 우리의 자식들이 볼 수 있도록."

"그래도 시간이 부족할 것입니다. 할 일이 너무 많습니다. 우선은 모든 면에서 기초를 닦아야 합니다. 앞서 나가지 마십시다. 의욕만 앞선다고 제국이 건설되는 건 아닙니다. 그 기초가 바로 교육에 있습니다. 일단 일부 인력을 군사 지원에 사용하고 잔여 인력은 모두 도로 건설과 후진 양성에 힘쓰도록 합시다."

천인단은 생산 증대보다도 인력 개발에 더 많은 힘을 기울였다. 자신들의 지식은 당장에 쓸 수 있는 것이 아니었다. 그들의 지식을 제대로 활용하고 더욱 발전시키기 위해서는 지금 당장 기계를 만들어 돌리는 것보다 시간이 좀 더 걸리더라도 직접 기계를 제작할 수 있는 방법을 터득하는 인력을 만드는 것이 중요했다. 천인단 모두 그 점을 잘 인식하고 있었다.

심의 안건을 하나씩 처리해 나가던 단장이 안건이 적혀 있는 서류철의 마지막 장을 넘겼다.

"증기 기관 개발은 잘 되고 있습니까?"

"예, 설계도가 만들어졌고 대장장이를 시켜 제작 중입니다. 기계화가 되지 않아 한 기를 만드는 데도 시간이 많이 소요되고 있습니다. 이번 시제품은 300마력짜리로 만들어지고 있습니다. 처음에는 전기 엔진을 복사할 생각이었습니만 워낙 기초 시설이 부족하여 포기하고 일단 증기 기관을 보급하는 데 주력하고 10년 후에나 내연 기관을 개발할 생각입니다. 그 안에 유전을 확보해야 한다는 단서 조항이 있지만 말입니다.”

“그럼, 그렇게 하도록 하십시다. 경부선은 어디까지 진행되고 있습니까?”

“투입 인원이 워낙 많다 보니 어느새 밀양을 거쳐 대구에 이르렀다는 보고입니다. 올 여름 안으로 한양까지 이어질 것 같습니다.”

“생각보다 많이 빠르군요. 왜인 포로들이 일을 열심히 하나봅니다.”

벌써 도로의 1/4을 건설했다는 건설부 장관의 보고는 모두를 놀라게 만들었다. 100㎞가 넘는 거리를 불과 두어 달 만에 만들어낸 것이다. 예상보다 두 배는 빠른 진척도였다.

“그런 점도 있지만 다리를 건설하지 않고 그냥 하천을 넘고 있습니다. 다리 건설용 자재도 부족하고 기술 인력도 부족해서 다리는 내년에 공병여단의 지원을 받아 건설할 생각입니다.”

“일단 전국을 하나로 묶는 도로망 건설이 가장 시급하니 좋은 생각입니다. 도로 건설을 할 때 중앙선을 넓게 확보하라고 하세요. 나중에 다 쓸 데가 있으니.”

“알겠습니다.”

“다시 한 번 말씀드립니다만 앞으로 몇 년간은 후진 양성에 천인단과 천군부의 모든 힘을 기울여야 합니다. 다른 일에는 최소한의 인력만을 배치하십시오.”

이런저런 많은 문제들에 대해 해결책을 만들어내느라 아침 일찍 시작한 회의는 저녁때가 되어서야 끝을 낼 수 있었다.

단기 3928년(1595) 여름 마포나루

세계 최초의 시제품 중기 기관을 단 배수량 천 톤짜리 증기선은 고속정의 네 배에 달하는 크기에 만일을 대비해 돛을 달고 있어 더욱 커 보였다.

이 배는 강화도에서 작년 겨울에 제작되기 시작하여 올 여름에 진수되었다. 그리고 그 위용을 선보이기 위해 한강을 거슬러 올라오고 있었다. 시커먼 연기를 내뿜으며 강을 올라온 배는 천인단이 보유하고 있는 페인트를 대부분 사용하여 화려하게 도색되었다. 선저에 칠해지는 특수 방수 방염 도료가 부족하여 얼마나 수명을 유지할 수 있을지 몰랐지만 겉으로 보기에는 백 년이 넘어도 바다에 떠다닐 것만 같았다.

치우 천황이 친필로 그 이름을 하사할 이 증기선의 명명식이 오늘 마포나루에서 있을 예정이었기에 방공여단의 삼엄한 경계가 펼쳐져 있었다.

이 행사는 3개월 전부터 공시되었다. 덕분에 전국에서 몰려든 구경꾼들로 가득 차 한양의 장사치들은 기쁨의 비명을 내지르고 있었다. 천군부나 천인단에서 백성에게 강한 인상을 줄 수 있는 행사를 마련하고자 고심하던 끝에 이번 명명식을 대대적으로 이용한 것이다.

"천황 폐하 납시오!"

승정원 소속의 관원들이 길을 열고 풍악을 울리며 치우 천황의 입장을 알렸다.

치우 천황을 알현한 이들은 선 채 만세를 연호하며 함성을 질러댔다. 예전 같으면 모두 엎드려 머리를 조아리고 있어야 했겠지만 이젠 세상이 변했다.

그 뒤를 국무위원들이 뒤따랐다. 천군부와 국방부 장군들은 참석하지 않았지만 그 수장들은 국무위원 자격으로 자리에 참석하고 있었다.

"오늘같이 기쁜 날이 또 있으랴. 조선의 번영이 영원히 이어지라는 마음으로 저 배를 영영(永英)이라 칭하노라."

단상에 오른 치우 천황이 배의 이름을 손수 써서 들어 올렸다.

"치우 천황 만세! 만세! 만세!"

주위의 군중들이 치우 천황 만만세를 외치기 시작하더니 온 한양으로 퍼져 나갔다. 백성들이 만세를 외치는 것은 명실공히 백성들마저도 속국의 위치에서 벗어나 제국의 길에 들어선 천군부와 천인부의 정책을 인정하고 지지한다는 의사 표현이라 할 수 있었다.

잠시 후 영영호의 돛대에 걸려 있는 천이 풀리고 영영(永榮)이란 글씨가 내려왔다. 그 뒤 영영호는 뱃고동을 길게 울리고는 강 하류를 따라 내려갔다.

영영호는 강화도 수군에서 운용하고 함장은 고속정대 대장이었던 박찬규 소령이 맡았다. 앞으로 일본에서 물자를 싣고 한강으로 들어오는 조운선으로 사용되고, 유사시에는 갑판에 포를 배치하여 군선으로 전용될 것이다.

그해 여름에는 또 한 번의 경사가 있었다. 경부선, 또는 왜도라 불리는 도로의 한 축이 완성되어 부산에서 한양까지 폭 10m의 대로가 생겨난 것이다. 치우 천황은 그 노고를 치하하며 왜인들에게 술과 고기를 하사하였다.

그러나 왜인들의 휴식은 잠시였다. 한양으로 들어갈 수 없어 외곽에서 머물던 왜인 포로들은 오랜만의 휴식을 끝내고 8개의 천인대씩 3개 조로 나뉘어 목포와 의주, 원산을 향하는 도로 건설에 다시 투입되었다.

왜인들의 불만은 크지 않았다. 예정보다 빨리 건설이 이루어지고 있기에 맡은 길을 다 만들고 다리만 건설되면 고향으로 돌아갈 수 있다는 희망을 가지고 있었다. 그때까지 살아 있는다면 말이다.

이번 공사에 지난 6개월 동안 약 6천 명이 죽어 나갔다. 앞으로 얼마나 더 죽을지는 누구도 모를 일이었다. 겨울보다는 작업하기 수월할 테지만 토목 공사에는 늘 위험이 따라다니는 데다 간단한 부상조차도 변변한 의사가 없기에 자칫 죽음으로 이어질 수 있었다.

단기 3928년 늦여름 김포평야

김포평야를 가득 덮은 하얗게 핀 벼꽃을 바라보는 김준영 농림부 장관의 얼굴에는 흐뭇함이 가득했다. 제주에서 옮겨온 종자를 이용해 자신이 직접 착안한 새로운 농법으로 조선의 벼와 혼합 재배한 결과였다.

그가 개발한 농법은 의외로 간단했다. 모내기를 할 때 열 줄 간격으로 제주벼를 혼합하여 자연적으로 수정되도록 한 것인데 그 결과가 한 달 후면 나온다. 만약의 실패를 대비해 한쪽에 심어둔 제주벼의 작황도 좋았다. 여기에는 제주에서 생산된 벼 가운데 내년 종자만을 남긴 대부분을 회수하고 제주 농민들에게는 그 두 배에 상당하는 곡식을 제공함으로써 가능했다.

"장관님, 그만 들어가시지요."

김준영 장관은 같이 들판에 나온 이곳 책임자를 바라보았다. 그 역시 얼굴에는 웃음꽃이 만연했다.

"그럼, 박사님만 믿고 전 이만 가보겠습니다."

"걱정하지 마십시오. 이번 일만 성공하면 제주벼의 수확량에는 못 미치겠지만 두세 배의 식량 증산이 기대됩니다. 그렇게만 되면 내년에는 전국에 이 종자를 보급할 수 있습니다. 제주벼는 차차 보급하면 됩니다."

두세 배의 쌀 증산은 그만큼 나라 살림을 튼튼하게 만들고 인구를 늘리는 데 중요한 역할을 할 것이다.

농림부의 1차 목표는 기존의 농법을 획기적으로 바꾸어 식량 증산을 조기에 이루는 것이다. 이를 위해 지난 겨우내 김포 주변의 농민들을 대상으로 신농법에 대한 교육을 실시하고 그들을 다시 경기도 각 지방으로 내려보내 올해의 농사를 감독하도록 했다.

"농수로 정비를 먼저 시작해야 하는 것 아닌지 모르겠습니다."

이무진 박사는 품종 개량도 개량이지만 하늘만 바라보며 농사를 짓는다는 것이 영 불안하기만 했다. 안정적인 치수를 하지 않고는 예측한 한 해 수확량을 온전히 건져 내기란 어려웠다.

“차근차근 합시다. 아직 농수로 정비는 무리입니다. 사람의 힘으로
는 한계가 있어요. 효과도 미비하고요. 기계가 투입되지 않고는 백성
들의 불만만 쌓이게 될 겁니다.”

김준영 박사는 과거 박정희 대통령이 시행했던 농지 정리 정책에서
발생했던 많은 불만들을 기록한 논문이 생각났다. 강압적 시행에 따른
농민들의 반대는 경찰을 동원해서야 겨우 진정되었고 그 과정에서 불
쌍한 농민들은 많은 땅을 국가에 빼앗기면서 농촌을 떠나야 했다. 더
군다나 지금은 농민 반란이 일어나면 천인들의 지지 기반이 무너지는
결과를 만들어낼 소지가 컸다.

단기 3928년 가을 에도 성

도요토미 히데요시의 헛된 망상으로 시작된 조선 정벌이 왜의 허망
한 항복으로 끝난 지도 1년이 다 되었다. 도요토미 히데요시 일가가 몰
살당하자 그 권력의 공백을 차지하기 위해 지난 1년 동안 다이묘들 사
이의 전투가 계속되어 많은 다이묘들이 죽어 나갔다. 그 혼란의 와중
에서 조선과의 화친에서 대표를 맡은 이에야스가 반대파들을 완전히
제압하고 쇼군의 자리를 확고히 한 후 막부정치를 시작했다.

이에야스는 한 해를 마무리하는 가을이 끝나가자 하루하루가 바늘
방석에 앉아 있는 것처럼 불안하기만 했다.

지난 겨울부터 주변에서 좋지 않은 일이 연일 벌어졌다. 사고사를
위장한 계획적인 사건들이 대부분이었다. 자신의 첫째 아들이 사냥터

에서 화살에 맞아 죽어버리는가 하면, 한 다이묘의 장자는 술집에서 독살당하기도했다.

자신을 쇼군으로 인정하지 않는 지방 다이묘나 영주들의 소행이 명백해지자 이에야스는 자신을 반대하던 자들의 씨를 말려 버렸지만 자신도 많은 상처를 입었다.

그 상처를 아우를 시간도 없이 더 무서운 일이 다가오고 있었다. 하지만 대책이 없었다. 지금 그에게 시급한 것은 앞으로 조선에게 보낼 30만 석의 백미를 확보하는 것이었다. 이 엄청난 양의 조공은 그에게 너무나 무거운 짐이 되었다. 조공을 마련하느라 그를 따르는 명문 가문의 창고는 텅텅 비어 있었고 올 겨울을 버티기도 힘들 지경이었다. 그렇다고 조공을 그만둔다면 조선에서 어떻게 나올지는 자명했다. 큐슈에 주둔하고 있는 조선군은 언제든지 에도를 공격할 수 있지만 이에야스는 그것을 막을 힘이 없었다.

"흠……."

이에야스는 저도 모르게 한숨이 나왔다.

"주군, 무엇 때문에 그리 한숨을 쉬십니까?"

오하이마 다마스는 이에야스를 어려서부터 보좌한 인물로 혼슈 북부를 장악하고 있는 다이묘이며 이에야스의 오른팔이었다.

이에야스는 아무 말 없이 하늘만 쳐다보았다. 구름 한 점 없는 청명한 가을 하늘이건만 흥이 나지 않았다.

"혹, 조선의 조공 때문이온지요?"

다마스가 다시 말문을 열었다.

"그렇다네. 작년에는 그간 쌓아놓은 군량미를 내주어 괜찮았지만 올해도 그 많은 양의 곡식을 방출하면 머지않아 우리는 피죽을 먹기도 힘들어질 거네. 다행히 올해 농사가 좋아 30만 석이야 만들어낼 수 있겠지만 내년에도 그러리라는 보장이 없지 않는가. 조선의 식량 창고 역할만 하고는 대항도 하지 못하고 먼저 쓰러져 버릴지도 몰라."

이에야스의 푸념은 다마스를 한없이 죄스럽게 했다.

"명에 사신을 보내 이 일의 부당함을 진언하시고 명의 도움을 청해 보심이 어떠할런지요?"

"그 생각을 안 해본 건 아니나 도요토미 히데요시 그자가 명을 치기 위해 길을 빌려달라 대놓고 말했다더군. 더구나 명군은 우리와 전쟁까지 치렀는데 그것이 가능하겠는가."

"비록 조선이 크게 강해졌다고는 하나 명만큼 크고 강하지는 않사옵니다. 더구나 조선은 예로부터 명을 대국으로 모시고 예를 다하였다가 이제는 조선 스스로 천황이라 칭하니 이는 명에 있어서도 묵과할 수 없는 일이 아니겠사옵니까? 저희의 지난 허물에 대한 용서를 빌고 그에 합당한 예물을 바친다면 명도 우리를 도와줄 것이라 생각됩니다, 주군."

다마스의 이야기를 듣고 있던 이에야스는 귀가 솔깃해졌다. 하나 마땅히 사신으로 보낼 사람이 떠오르지 않았다. 명과는 아직 외교 관계가 수립되지 않은 만큼 명으로 가는 사신은 목숨을 내놓고 가야 했다. 자연 사신으로 갈 자는 담대하고 기개가 높아야 하며 협상과 계략에도 능해야 했다. 명 황제는 어쩌면 사신을 만나보지도 않은 채 목을 베어 버릴지도 몰랐다.

"소신이 명으로 가겠사오니 허락해 주시옵소서."

이에야스의 고민을 뚫고 대뜸 다마스가 나섰다.

"이런 중요한 때에 자네 같은 인물이 내 곁을 떠난다는 것은 옳지 않으니 다른 사람을 찾아보는 게 좋겠어."

이에야스는 죽을지도 모르는 길을 떠난다고 자청한 다마스가 고마웠고 안쓰러웠다. 하지만 돌아오지 못할지도 모르는 일에 자신의 오른팔을 내버릴 수는 없었다.

"소신을 생각해 주시는 주군의 은혜 하해와 같사옵니다. 하나 주군을 위해 충성을 맹세한 소신이옵니다. 어디인들 못 가오리까."

"그런가……."

잠시 말을 잇지 못하는 이에야스를 보며 다마스는 다시금 머리를 조아리며 말했다.

"소신이 가더라도 조선을 안심시키기 위해 이번 조공은 예정대로 하시옵소서. 이후 힘을 기르기 위해 화란의 상인을 통해 신기술을 더욱 많이 접수하시고 조선의 기술도 훔쳐 와야 할 것이옵니다."

"그래, 우리도 힘을 길러야지. 천군에 맞설 수 있는 힘을 길러야 해. 큐슈에 주둔하고 있는 조선병은 기껏해야 조선군 2만에 천군 3천이 아닌가. 대마도에 1만의 조선군이 있다지만 역시 우리의 10만엔 어림없지. 문제는 천군 3천이야. 그들에게 접근하려 한 닌자와 사무라이들이 모두 돌아오지 못했었지."

"잠시만 기다리십시오, 주군! 그러면 반드시 기회가 올 것입니다."

"그래, 언제 갈 건가?"

"열흘 후에 떠나겠사옵니다."

이에야스는 바라보기만 할 뿐 말이 없었다.

"이번 일은 아는 사람이 적을수록 좋사옵니다. 자칫 소문이 조선에 흘러간다면 저는 명에 도착하기도 전에 저들에게 꼬리를 잡힐 것이옵니다. 그리고 제가 돌아오기 전까지는 군사적인 행동을 삼가는 것이 좋을 듯하옵니다, 주군."

"알겠네. 그렇게 함세."

다마스는 두 눈에서 눈물을 뚝뚝 흘리며 이에야스와 헤어졌다. 그의 어깨에 에도 막부의 운명이 걸려 있다 해도 과언이 아니었다.

단기 3928년 가을 조선의 어느 농촌 마을

가을 들녘에는 한참 탈곡이 진행되고 있었다. 이번 탈곡 작업에는 천인단에서 빌려준 탈곡기가 사용되었다. 비록 발로 굴리는 탈곡기였지만 처음 사용해 보는 농부들은 마냥 신기하기만 했다.

사실 도리깨로 벼를 털어내려면 한 사람이 하루 종일 해도 두 가마니를 해내기 힘들었다. 그런데 개똥아범이 탈곡기를 이용해 오늘 하루 혼자서 탈곡해 쌓아놓은 벼 가마니가 벌써 열 개를 넘어서고 있었다.

바로 옆에서는 역시 천인단이 발명했다는 선풍기를 돌려 탈곡한 벼에서 쭉정이를 걸러내는 작업이 한창이었다.

그것만이 아니었다. 올해는 대풍년이었다. 한 마지기에 한 섬이 고작이었던 소출이 올해는 두 섬 반이나 나오고 있었다. 나라 법으로 소출의 이 할은 지주에게 일 할은 세금으로 걷히게 되어 있으니 개똥아범이 이번에 챙기는 볏섬이 열 섬이 넘었다. 예전 같았으면 다 뺏기고 두 섬도 받기 힘들었다.

"히히히!"

개똥아범은 실실 웃음이 나왔다. 올 가을이면 개똥이가 소학교를 졸업하고 한양에 있는 영재학교에 입학하게 되어 있었다. 여름에 개똥이 손을 잡고 소학교에 갔을 때 교장이란 사람이 자식이 똘똘하다며 천인이 있는 한양으로 보내지 않겠느냐고 물어왔었다. 10년 동안 떨어져 있어야 하지만 영재학교만 졸업하면 도지사 자리는 따논 당상이라는 말에 개똥아범은 그 자리에서 개똥이를 영재학교에 입학시키겠다고 장담했다.

"히히히, 10년만 지나면… 흐흐흐."

미래에 대한 희망을 생각하면 실실 새어 나오는 웃음을 어쩔 수 없었다.

"개똥아범, 뭐 한다냐? 빨랑 하고 아랫마을 멍치아범 일도 거들어야지."

새참을 머리에 이고 온 개똥어멈이 실실 웃으면서도 일손을 놓지 않고 있는 개똥아범에게 핀잔을 주었다.

"내가 너무 좋아서 안 그러나, 개똥어멈. 올해는 풍년이라 한 해 나기는 문제없겠구먼. 우리 개똥이 동생이나 하나 만들자고. 개똥이도 한양에 가면 적적할 텐데. 이리 와."

그러면서 개똥어멈의 손을 붙잡고 한쪽 귀퉁이로 갔다.

주위에서 일을 거들던 농군들은 개똥 내외의 대화는 관심 밖이었다.

그저 개똥어멈이 가져온 새참에 관심을 둘 뿐이었다.

"이 양반이 미쳤나. 이것 놓으랑께. 허메, 징헌 거."

말은 그렇게 하면서도 싫지만은 않은 표정으로 끌려가는 개똥어멈의 아랫도리가 벌써부터 저려오고 있었다.

단기 3928년 임실의 한 고을

말똥아범은 오늘도 이 집 저 집을 기웃거리는 개처럼 하는 일 없이 돌아다녔다. 추수도 다 끝나가고 있어서 일거리가 마땅치 않았다. 예전 같으면 보름은 더 일할 수 있었겠지만 무슨 놈의 기계가 들어온 올해는 일거리가 더 빨리 떨어져 버렸다.

이리저리 돌아다니던 말똥아범은 관아에서 방을 붙이는 장소에 사람들이 몰려 있는 것을 보고 그쪽으로 발길을 옮겼다.

"거기 무슨 방이랑가?"

마침 아랫마을 사는 안면있는 사내가 말똥아범이 말을 붙였다. 까막눈인 그는 언문으로 쓰여진 방을 읽을 수 없었다.

"아니, 자녠 한글도 모르나 소학교도 안 당겼나 봐."

"당기긴 당겼는디 도통 알 수가 있어야지. 잠만 실실 오고 당최 모르겠더만. 그래, 뭐라고 쓰여 있당가?"

소학교에서 배운 것이 있긴 있었다. 하얀 것은 종이요, 검은 것은 글씨라는 것. 말똥아범에게 머리 속에 뭔가를 집어넣는다는 건 만만한 일이 아니었다.

"천군부에서 천군을 모집한다고 하더만. 3년 이상 근무할 자로 열다섯 살에서 스무 살 미만의 청년들에게 천군부 지부로 와서 신청하라는디. 1년에 백미 석 섬을 지불한다는구만."

백미 석 섬이란 말에 말똥아범의 눈이 확 뜨였다. 백미 석 섬이면 말똥아범 식구의 열 달치 식량이었다. 말똥아범의 기대에 찬 눈빛을 보던 사내가 찬물을 끼얹었다.

"자네는 안 된다네. 꿈도 꾸지 마라."

"아니, 왜 안 된다는 것이여, 시방?"

"한글을 모르잖여. 한글을 알아야 혀. 한글로 시험을 본다는구만."

"그것이 참말이여?"

"하따, 여기 탁 허니 써 있잖여. 하긴 까막눈이니 알 턱이 있나."

"언제까지 모집한다던가?"

옆 사람의 핀잔을 한 귀로 흘리곤 말똥아범이 능청스럽게 물었다.

"긍께 내달 보름까지구만."

"고맙구만."

말똥아범은 그 소리를 뒤로하고 부리나케 집으로 뛰어갔다. 마땅히 농사지을 땅도 없고 박 초시에게 밉보여 그나마 붙여먹던 밭떼기도 뺏겨 버린 그는 그간 근근이 잡부 일을 하며 다섯 식구를 먹여 살려왔지만 그래도 시래기 죽을 면치 못했다. 만약 이번 일만 잘되면 어엿한 천군에다 백미 석 섬이 들어오니 말똥아범 집도 형편이 필 수 있었다. 다행히 여편네가 똑똑하여 한글을 깨치고 있으니 앞으로 달포 동안 죽자 사자 한글을 깨치면 될 일이었다.

한시가 급한 사내는 싸리문을 박차고 들어가 말똥어멈을 찾기 시작했다.

"말뚱어멈, 말뚱어멈! 어딨는겨? 말뚱어멈!"

하도 요란하게 소리를 질러대자 무슨 큰일이라도 난 줄 알고 할매랑 놀던 말뚱이가 놀란 눈으로 방문을 열며 아부지를 쳐다보았다.

"아부지, 어무이는 장에 갔는디. 쌀 떨어졌다고."

"그냐? 언제 갔나?"

"아침 먹고 갔응께 올 때 됐는디."

"말뚱아, 너 한글 아냐?"

"쬐금 아는디, 아직 다 못 배웠어라."

똘망똘망한 눈망울을 굴리는 아들놈을 바라보던 말뚱아범이 우악스런 손을 내밀어 말뚱이를 할매 방에서 끌어냈다.

"그랴, 일루 와봐라. 한번 읊어바라잉, 어서."

"왜 그란다요? 아프당께. 아따 이 손 놓으쇼, 잉? 알았당께."

말뚱이는 금방이라도 눈물을 떨굴 것 같은 눈을 하고는 작은 목소리로 어제 배운 글자 노래를 부르기 시작했다.

"가나다라마바사아자차카타파하. 기억니은… 앙앙앙앙."

아직 다 외우지 못했는지 말뚱이의 목소리가 점점 작아졌다가 금세 닭똥 같은 눈물을 뚝뚝 흘리며 목청껏 울기 시작했다.

그날 저녁 말뚱어멈은 밤일에 시달리느라 온몸이 노곤하여 일찍 잠을 청했다. 잠이 막 들려는 찰나 아범이 말을 걸어왔다.

"어멈, 자나?"

"왜요? 또 하고 잡소?"

“아니, 그게 말여······.”

“뭐요? 퍼뜩 말해 보소. 깝깝스럽소.”

평소 같지 않게 뜸을 들이는 아범의 모습에 어멈이 뜨끔했다. 아무래도 집을 비운 낮 사이에 이 양반이 뭔 일을 저질렀나 싶었다.

“저잣거리에서 붙어 있는 방을 봤는디… 나 천군에 들어갈란다.”

“뭐시요?”

어멈은 저잣거리에서 남정네들이 수군대는 것을 들어서 알고 있었지만 남편은 한글을 모르기 때문에 안도의 한숨을 내쉬었다. 천군에 들어가면 입에 풀칠할 걱정은 없었지만 3년 동안 독수공방을 해야 하니 손해다 싶어 방에 대한 생각을 지운 지 오래였다.

“한글도 모르면서 무슨 천군이라요? 거 쓸데없는 소리 말고 자소.”

“아, 그래서 임자에게 한글 좀 가르쳐 달라고 않냐.”

어멈이 아범을 뚫어져라 쳐다보곤 한숨만 내쉬었다.

“차라리 장사를 한번 해보드라고. 조만간 의주까정 큰길이 열린당께 팔도를 돌아다니며 장사를 하는 것도 좋을 성싶은디. 아님, 목 좋은 디다 국밥집을 내던가.”

“장사는 맨몸으로 한다냐? 돈 좀 벌어서 그때 하면 되지. 딱 3년만 하고 말거다.”

“그러다 전쟁이 나서 죽기라도 하면 우리는 어찌 살라고 그려요? 흑흑흑.”

아범은 눈물을 흘리는 어멈을 살포시 안고는 조용히 속삭였다.

“자네는 소문도 못 들었는가베. 지난 난 때 어디 천군이 죽었다는 소리 들어봤던가? 왜놈들만 칼 한 번 휘둘러 보지 못하고 죽었다지 않았나. 하늘에서 불이 내려오며 천군을 보호한다는디 어느 놈이 천군을 죽일꼬. 아무 걱정 말거라이. 내 꼭 3년 후에 돌아올기다. 걱정하기 말 그라이. 임자는 그간 딴생각 말고 아그들 잘 키우며 있거라. 알겠제?"

"알았소마. 그만 자소."

어멈은 아범이 한글을 배워 천군이 치른다는 시험에 합격하리라고 는 꿈에도 생각하지 않았다. 이날 이때까지 아범이 뭔가를 배운다고 한 적이 없었기 때문이다. 어멈은 편안한 마음으로 잠을 청했다.

'그러다가 말겠지.'

단기 3928년 신병 훈련소

"우향 앞으로 가!"

"좌향 앞으로 가!"

"이 새끼들 봐라! 앞에 보이는 나무를 돌아 선착순 열 명. 뛰어!"

조교의 말에 훈련병들은 똥줄나게 뛰어갔다.

전국에서 모여든 천군 훈련병들은 새롭게 편성되는 사단에 배치되 기에 앞서 군사 훈련을 받아야만 했다. 무게가 꽤 나가는 모조 창을 들 고 뛰어다니느라 구슬땀을 흘리고 있었지만 낙오자는 한 명도 없었다. 여기서 낙오되면 약속된 백미 석 섬은 사라져 버리기 때문이다.

근력이라면 자신있던 말똥아범은 훈련소에 들어와서야 이름을 가지 게 되었다. 한글도 벼락치기로 공부하여 어렵게 들어온 그는 자신의 이름을 '말대마'로 지었다. 아들이 말똥이고 자신은 대마도에서 근무

한다는 소리를 들었기 때문이다.

헉헉대며 130명의 훈련병들이 나무를 돌아 일렬로 줄을 서며 번호를 불렀다.

"하나, 둘, 셋."

"앞에서 열 명은 그 자리에서 주먹 쥐고 엎드린다. 나머진 선착순 이십 명."

조교의 말이 끝나기 무섭게 120명의 훈련병들이 다시 뛰어갔다. 훈련소 바닥에는 훈련병들이 일으키는 먼지가 풀풀 날렸지만 모두 조금이라도 빨리 달리기 위해 아우성쳤다.

훈련병들에게 조교는 신과 같은 존재다. 훈련병들은 조교들의 눈 밖에 날까 봐 쩔쩔매고 있었다. 조교들은 훈련병들을 퇴소시킬 권한이 있기 때문이었다. 어제도 마지병이라는 사람이 조교의 명령을 따르지 않아 퇴소될 뻔하다가 울며불며 매달리는 바람에 간신히 퇴소를 면하고 훈련이 끝날 때까지 화장실 청소를 해야만 했다.

훈련병의 함성으로 전국이 떠들썩한 그해 겨울, 목포에서는 75백 명의 왜인 포로를 대상으로 심문이 진행되고 있었다. 여름 한양을 떠날 때는 8천 명이던 것이 75백 명으로 줄어들어 있었다. 그나마 천인단에서 포로에 대한 대우를 향상시켰기 때문에 5백 명의 인명 손실로 끝날 수 있었다.

전라도는 타 지역에 비해 전란의 영향을 덜 받아 포로들이 길을 만드는 데 다른 지역보다 수월했던 덕분에 한양과 목표를 잇는 도로가 가을 초입에는 모두 건설될 수 있었다. 그래서 약속대로 왜인 포로들을 고향으로 보내려 하고 있었다. 하지만 무사 급 이상의 출신들은 송환 대상에서 제외되었다.

천군부 입장에서 보면 지금 소환을 기다리고 있는 포로들은 고급 인력이었다. 왜인 포로지만 한글을 모두 깨우쳤고 1년 동안 도로 건설만을 해왔기에 어느 정도 기술을 축적하고 있었다. 그들을 조선인으로 귀화시켜 앞으로 있을 많은 건설 현장에 투입할 수 있으면 더할 나위 없었다.

"이또 히로시마, 앞으로."

심문관은 의자에 앉아 다가오는 왜인을 담담하게 바라보았다. 그의 임무는 저들을 적당한 구실로 꼬드겨 건설부에서 추진하고 있는 다른 사업에 투입하는 것이다.

"고향으로 가겠는가, 이곳에 남겠는가? 이곳에 남으면 조선인과 같은 대우에 급료를 지불하고 다른 건설 현장의 하급 책임자로 갈 수 있다. 원한다면 천군에 들 수도 있다. 하지만 한번 가면 다시는 조선에 발을 디딜 수 없다."

심문이 진행되기 전 왜인들 사이에는 소문이 돌고 있었다. 조선에 남으면 평생 호의호식할 수 있지만 고향은 지금도 여전히 다이묘들 사이의 전쟁이 끊이지 않고 있어 언제 끌려가 개죽음당할지 모른다는 것이다.

심문관 앞에서 갈등하던 이또 히로시마는 고향에서 자신을 기다리고 있을 가족들을 생각했다. 그에게는 부양해야 될 가족이 있었다. 지난 3년 동안 어떻게 살고 있을지, 병들어 죽지는 않았는지 걱정이 태산 같았다.

그에게 조선에 남는 것은 나쁘지 않았다. 그동안 전국을 돌면서 보았던 조선의 백성들은 자신들에 비하면 모두들 잘 살고 있는 듯했기 때문이다. 항상 가난에 찌들어 내일의 끼니를 걱정하던 과거를 생각하면 이곳은 천국이었지만 그래도 이또 히로시마는 가족이 보고 싶었다.

마침내 결심을 굳힌 그는 힘없이 말했다.

"고향으로 가겠습니다."

"다시 한 번 생각해 보게. 조선이 그대들에게 무리한 요구를 하던가? 가족이 걱정된다면 이곳으로 올 수 있도록 할 수도 있네."

"고향으로 가겠습니다."

"할 수 없군. 혹 언제든지 생각이 바뀌면 아무에게나 말하게. 고향에 돌아가더라도 이걸 남반도의 천군부나 관청에 보이게. 그러면 자네를 고용할지도 모르네."

그러면서 심문관은 몇 자 적은 종이를 내밀어 이또 히로시마의 지문을 받고는 건네주었다.

"다음."

심문관의 심문은 열흘이 넘게 진행되었다. 심문관의 회유에 전체의 반에 가까운 대략 35백 명이 조선에 남기로 했다. 나머지 4천 명은 다음날 짐을 챙겨 일본으로 떠나는 영영호에 몸을 실었다. 그들은 집으로 간다는 생각에 밤잠을 설쳤지만 한편으론 밀려오는 걱정에 마음이 편치 못했다.

목포를 떠난 영영호가 시모노세키 항에 도착했다. 4천 명의 왜인들이 뿔뿔이 흩어지고 있었으나 고향이 남반도가 아닌 이들은 잠시 여관에서 머물러야만 했다. 혼슈로 넘어갈 배편을 구하지 못했기 때문이다. 그들은 우베로 가서 그곳에서 육로를 통해 고향으로 가야만 했다.

그들을 위해서 남반도주 유성룡은 임시 천막을 짓고 음식을 제공하며 2차 회유 작전을 벌였다. 군데군데 포섭된 왜인들을 심어놓고 혼슈의 사정을 과장하며 그들이 여기에 머물도록 겁을 주었다.

"이보게, 가또. 지금 혼슈로 가면 자네들은 모조리 죽임을 당할 거야."

"아니, 그게 무슨 말인가? 우리가 무슨 죄를 지었다고 죽인단 말인가?"

"잘 생각해 보게. 지금 왜를 지배하는 자는 이에야스야. 그는 무섭도록 잔인한 사람이지. 자네들은 조선에서 몇 년을 생활했고 조선을 위해서 일까지 했네. 그런 자가 자신의 영토로 들어온다는데 살려줄 성싶은가? 모르긴 몰라도 첩자니 반역자니 하면서 모조리 죽여 버릴 거야. 그로서는 그게 더 안전하지. 수천 명의 첩자가 주위를 배회하고 있다고 생각하면 잠이 제대로 올 것 같은가 말야."

말을 마치고 주위를 살펴본 사내는 주위 사람들이 겁에 질린 표정이자 신이 난 듯 떠들어댔다.

"게다가 그곳은 사람 살 곳이 못 된다네. 영주들이 모든 걸 빼앗아가서 하루 한 끼 먹기도 힘들어. 이곳에서 농사지으면서 소출의 오 할

만 세금으로 내면 아무도 간섭을 안 해. 장사를 해도 되고 그러다가 고향의 가족을 이곳으로 데려오면 되지 않는가?"

"오 할 씩이나? 그러면 우린 뭐 먹고 사는가?"

"과거를 생각해 보게. 오 할이 뭐 그리 많은가 말야. 히데요시 같은 놈은 팔 할을 가져갔단 말이야. 거기다 공출이네 뭐네 하면서 얼마나 뺏어갔냔 말야. 눈만 마주쳐도 칼 들고 설쳐 대던 놈들이 사무라이가 아니었는가 말야. 그래도 이곳은 누구나 허리를 펴고 살 수 있지. 굽신거리지 않으면서 말야. 들리는 말로는 조선에서 들여온 종자를 심으면 예전보다 소출이 두세 배로 늘어난다는군. 그러면 오 할을 세금으로 내더라도 먹고 살 만하지. 안 그런가, 자네들? 앞으로 몇 년만 지나면 나라에서 세금도 이 할 정도로 낮춘다는 얘기가 돌고 있어. 실제로 조선에서는 지금 삼 할에서 이 할로 세금을 낮추어 받는다고 하더군."

사내의 회유는 사람들의 마음을 흔들리게 만들었다. 심문관과는 또 다른 성격의 말들이었다. 그리고 막상 남반도에 도착해 보니 혼슈로 넘어간다는 것도 쉽지만은 않았다.

그렇게 이런저런 회유와 협박과 공갈이 왜인 천막 곳곳에서 일어나고 있었다.

왜인 포로들에 대한 공작을 보고받고 있던 유성룡은 더 많은 사람들이 이곳에 남게 되기를 바랐다. 그렇지 않으면 그는 희대의 살인마가 될 운명이었다. 어제 극비리에 그에게 전달된 황명은 저들을 회유하지 못할 시 모두 죽이라는 것이었다.

본국에서도 저들이 이에야스에게 협력하길 바라지 않고 있었다. 비록 수박 겉 핥기 식으로 본국 사정을 알고 있다고 하지만 사소한 정보라도 적에게 이득이 된다면 없애야만 했다.

유성룡은 어쩔 수 없이 노후한 판옥선 몇 척을 수배해 놓았고 약간의 장치를 마련했다. 왜인 포로들이 끝내 생각을 바꾸지 않는다면, 판옥선들은 항구를 떠나 먼바다에서 수장되어야만 했다.

북경

아무도 모르게 에도를 떠나 천진에 도착한 오하이마 다마스는 이에야스의 친서를 들고 북경으로 갔다.

왜는 아직 명과 외교 관계를 정립하지 못하고 있었다. 그래서 다마스는 오래전부터 알고 지내던 북경 대신의 집에 기거하면서 명 황제를 알현할 날만 기다리고 있어야 했다. 그렇게 북경에서 하루하루를 보내던 것이 벌써 한 달이 다 되어갔다.

그는 그간 황제의 알현을 위해 북경 대신을 통해 예부에 뇌물을 쏟아 부으며 관리들의 매수에 나섰었다. 하지만 일이 쉽게 성사되지 않아 요즘에는 좌불안석이었다. 왜의 운명을 바꾸기 위해 명 황제를 설득해야 했지만 먼저 만나야만 할 수 있는 일이었지 북경 대신의 손님 방에서는 아무것도 할 수 없었다.

"대신, 언제쯤 황제를 알현할 수 있는지요?"

"하하하, 뭐가 그리 바쁘시오. 잠시 기다리시구려. 지난번 일도 있고 해서 예부에서 상당히 꺼려하는 눈치입니다. 지난 여름에 조선의 사신이 지난날의 경과를 설명하고 명의 도움에 황망해하며 군신의 예를 다하고 간 지 오래지 않았는데, 뒤이어 왜의 사신을 맞기에는 모양새가 좋지 않아서 말입니다. 아무래도 좀 더 예부 관리들을 구워 삶아야 하겠습니다."

대신의 말은 다마스에게 좀 더 많은 뇌물이 필요하다는 걸 의미하고 있었다.

다마스는 조선에서 명에 사신을 보냈다는 소문을 전혀 듣지 못했었다.

"대신, 그런 일이 있었사옵니까! 제가 예부의 어른들을 대접하고 싶습니다만 때가 때이니만큼 대신께서 대신해 주시면 감사하겠습니다. 물론 비용은 제가 대겠습니다. 올해 안에 황제 폐하의 용안을 뵈올 수 있도록 힘 좀 써주십시오."

그렇게 차일피일 미루어지던 황제의 알현은 한 해가 다 지나서야 성사될 수 있었다. 천신만고 끝에 엄청난 보물을 써가면서 명 황제를 알현한 다마스는 눈물을 뚝뚝 흘렸다.

"황제 폐하, 신 오하이마 다마스 인사드리옵니다. 용안을 뵙게 해주신 은혜 하해와 같사옵니다."

명 황제는 왜에서 왔다는 사신을 만나기 싫었지만 예부에서 하도 성화를 하기에 어쩔 수 없이 다마스를 만나고 있었다. 그런데 다마스가 눈물을 흘리며 자신을 대하는 것만으로도 감격해하자 마음이 약간 누그러졌다.

"그래, 왜의 사정은 요즘 어떤가? 그 도요토미 히데요시란 놈이 죽었다지?"

"황제 폐하께서 미천한 변방의 일에까지 신경 써주시니 몸둘 바를 모르겠나이다. 도요토미 히데요시란 천하의 역적 놈은 벼락을 맞고 형체도 없이 죽었나이다. 감히 천자께서 다스리는 대국을 엿보았으니 죽어 마땅하옵니다. 지금은 도쿠가와 이에야스님께서 미천하나마 어린 왕을 보필하여 왜를 다스리고 있습니다만 소국으로서 어려움이 많습니다. 저희 주군께서는 대국의 보살핌을 간절히 바라고 있사옵니다. 지난날의 불충을 용서하시고 왜를 대국의 신하국으로 받아주시길 간청하오며 황제 폐하의 윤허를 엎드려 비옵나이다."

다마스의 말이 끝나자 예부의 관리 하나가 왜에서 보내온 예물을 들고 황제에게 다가갔다. 덮여 있던 황룡 보자기를 걷자 황금으로 세밀하게 세공된 용이 드러났다. 여의주를 물고 하늘을 박차고 올라갈 듯 생동감이 넘치는 물건이었다. 황룡의 비늘은 백금을 붙였고 물고 있는 여의주는 금강석인지 현란한 빛을 반사시켰는데 보물에 별 관심이 없던 황제마저도 넋을 잃을 정도로 아름다웠다.

"그런데 이건 무엇인가?"

황제가 황룡의 화려함과는 어울리지 않는 제법 묵직하지만 투박한 인장을 들어 올렸다.

"그것은 저의 왜에서 지금까지 사용해 왔던 왕실의 인장이옵니다."

왜가 옥새를 명 황실에 바친 것은 신하국으로서 명의 인준을 받기를 얼마나 갈망하는지를 잘 말해 주고 있었다.

명 황제는 황룡과 왜의 옥새를 받아 들자 한결 기분이 좋아졌다. 조선 전쟁에서 황군이 많이 다쳤지만 이 정도면 충분히 보상을 받았다 할 수 있었다.

"왜가 이토록 진실됨을 가지고 불충을 사죄하니 짐은 왜를 대명국의 신하국으로서 윤허하고 싶다. 하나, 일찍이 왜는 조선에게 조공을 바치는 나라가 아니었더냐. 그러니 조선에 이 일을 고하도록 하라."

"황은이 망극하나이다, 황제 폐하. 다만 아뢰옵기 황공하오나 조선은 예전의 조선이 아니옵니다. 저 불충한 조선은 천군이라는 요상한 무리들을 구천지옥에서 끌어내어 저희 왜국을 침략했사옵니다. 그리고 지금까지 해마다 백만 석의 곡식과 천 명의 처녀를 바치라 강요하는 등 그 횡포가 이루 말할 수 없사옵니다. 부디 굽어살펴 주시옵소서, 황제 폐하."

명 황제는 다마스의 말을 이해할 수 없었다. 작년까지만 해도 명에 울며불며 구원을 요청하던 조선이 왜를 침략하였다니 믿을 수 없는 일이었다.

"천군이 다 무엇이란 말이냐? 이곳이 어디라고 명의 오랜 충신인 조선을 음해하려 하느냐? 네 목적이 다른 데 있었던 것이 아니더냐? 저놈을 당장 끌어내 목을 쳐라!"

갑자기 돌변한 사태에 다마스의 온몸에서 땀이 비 오듯 흘러내렸다. 너무 성급히 조선의 일을 말한 게 아닌가 하는 후회가 일었지만 이제는 돌이킬 수 없었다.

"황제 폐하, 소신에게 말씀드릴 기회를 주시옵소서. 그런 후에 소신을 죽이신다면 달게 죽겠나이다, 폐하. 굽어살펴 주시옵소서, 황제 폐하!"

"그래, 그 말이 무엇인지 들어보자. 하지만 또다시 조선을 음해하려는 말이라면 온전히 죽지 못할 것이다. 알겠느냐!"

"황은이 망극하나이다, 황제 폐하. 일찍이 조선이 대국에게 군신의 예를 다하고 대국을 섬긴 것을 좇아 왜는 조선을 상국으로 떠받들었으나이다. 지난 임진란에 천하의 못된 도요토미 히데요시가 조선과 대국을 업수이여기고 대역무도한 난을 일으켰사오나 하늘이 무심치 않아 벼락을 내려 도요토미 히데요시를 죽였나이다. 왜왕은 지난날을 참회하며 조선에 수차례 화친을 요청하였사오나 조선은 천군이라는 요상한 무리를 이끌고 화친을 요청하는 왜를 침략하였사옵니다. 그에 전혀 대비를 하지 못한 왜로서는 속수무책 조선에게 패하여 섬 하나를 조선에 빼앗겨야만 하였나이다. 게다가 저 흉악무도한 천군은 조선의 왕을 폐하고 그 아들을 왕으로 추대하였고 그 왕은 스스로를 치우 천황이라 칭한다 하옵니다. 이는 대국을 섬기는 속국이기를 포기한 것이 아니고 무엇이겠사옵니까? 조선을 이대로 놓아두시면 대국에게 흑심을 품을 것이 염려되옵니다. 부디 불쌍한 왜의 백성들을 불쌍히 여겨주시옵고 저 흉악무도한 천군 무리들을 벌하여 주시옵소서!"

다마스의 말이 끝나기를 기다리던 예부대신이 다마스를 거들고 나섰다. 대신은 황제가 생각할 시간을 주지 않았다.

"폐하, 신 예부대신 아뢰옵니다. 근자에 조선에 변란이 있어 대국으로서 변방의 어려움을 차마 볼 수 없기에 출병하였던 적이 있었사옵니다. 황제 폐하의 황은으로 변란을 물리친 지도 1년이 넘었사온데 조선은 대국의 황은을 입었음에도 아직 답례를 하지 않고 있사옵니다. 대국을 능멸하고 나아가 황제 폐하를 욕보이는 천인공노할 일인지라 예부에서 수차례 공문을 내려보냈사오나 아직까지 회신이 없사옵니다. 유념해 주시옵소서, 황제 폐하."

다마스와 예부대신의 말을 다 들은 명 황제는 잠시 두 사람을 번갈아 바라보았다.

"대신은 조선의 왕이 바뀌었다는 사실을 알고 있었는가?"

"예, 폐하. 조선의 왕이 아들인 광해군에게 왕위를 이양한 것으로 알고 있사옵니다만 아직까지 사신을 보내 자초지종을 고하지 아니하고 있사옵니다. 이 점 또한 살펴서야 할 줄로 사료되옵니다."

"그래, 그런 일이 있었단 말이지. 대신은 조선이 중원을 도모하리라 생각하는가?"

"천부당만부당하신 말씀이옵니다, 황제 폐하. 감히 속방 주제에 어찌 중원을 넘볼 수 있겠사옵니까. 다만 저들을 이대로 방치하심은 대국으로서의 위엄에 손상이 가고 나아가 다른 속방들에게 행여 불충한 마음을 가지게 할까 그것이 염려되옵니다. 만주 여진족의 발호가 끊이지 않고 있는 지금 속방의 작은 허물이 태조께서 세우시고 영락제께서 반석 위에 올려놓으신 대명국에 누를 끼치지 않을까 그 점이 염려되옵니다. 굽어살펴 주시옵소서, 황제 폐하."

명 황제는 조선을 걱정하지 않았다. 조선은 중원을 도모한 적이 없었다. 그 옛날 고구려가 중원을 넘어왔다지만 그 일도 이미 천 년이 넘었다. 지난 천 년 동안 그들은 중원의 영원한 속방으로, 만만하면서도 요긴한 나라로 남아 있었다.

중원이 어려울 때면 항상 그들은 찍소리 못하고 중원을 도왔다. 중원에서 원하면 여자든 황소든 모두 보내왔던 것이다. 한마디로 조선은 중원의 영원한 화수분이었다.

"천군이 다 무어며 치우 천황이 다 무어란 말인가? 하지만 저들이 상왕을 폐하고 광해군이 왕위에 올랐으면서도 명에 고하지 않은 것이

괘씸하니 조선에 사신을 보내 그 일을 묻기로 하겠다. 조선 일이 아니
더라도 북쪽 오랑캐가 세력을 확장하고 만리장성을 위협하는 일로 머
리가 아픈데 변방의 조선 일에까지 신경을 쓰고 싶지 않으니 이번 일
은 예부에서 좀 더 알아보고 보고하라. 만일 이번 일이 거짓으로 밝혀
질 시에는 죽음을 면치 못하리라. 내 명이 있기 전까진 황성을 떠나지
마라, 알겠느냐?"

"황은이 망극하나이다, 황제 폐하."

명 황제를 알현하고 나온 다마스는 예부대신에게 깊숙이 허리를 숙
여 자신을 도와준 데 대해 감사를 표했다. 그가 의도했던 대로 일이 진
행되어 가고 있었으니 그의 이번 행보는 반절은 성공한 듯 보였다.

IV 이몽학의 난

단기 3929년(1596) 봄

김포평야에서 시행된 종자 배양법이 성공하여 새로운 김포벼가 탄생했다. 김포벼는 그 양이 충분하여 전국적으로 보급되고 남반도 일부의 논에까지 심어졌다.

이제 김포평야에는 순수한 제주벼만이 재배되고 있었는데 2, 3년 후면 제주벼가 전국적으로 보급될 예정이었다.

소금과 쌀을 매점하고 유통시키는 와중에 전국적으로 새로운 화폐가 유통되기 시작한 것도 큰 사건이었다.

무엇보다도 한양과 의주 간의 도로가 개통되었는데 대륙 진출의 대동맥이 만들어진 역사적인 사건이었다. 한양과 원산 간의 도로는 산간 지역이 많아 좀 더 시일이 지체되고 있었다.

중기 기관이 실생활에 조금씩 이용되면서 수공업은 차츰 기계 공업으로 대체되기 시작했다. 생산물은 대부분 천군부에서 소비되고 있어 일반 백성들에게까지 혜택이 돌아가려면 아직 시간이 더 필요했지만 그로 인해 서서히 산업화의 기초가 다져져 갔다.

전국적으로 3년 과정의 소학교가 신설되기 시작했다. 각 도에는 중학교가 신설되었고 한양에는 고등학교와 영재학교가 운영되고 있어서 인재 양성에 힘쓰고 있었다.

사대부들은 정계로의 진출이 완전히 막혔다. 게다가 지방 토지를 소유하지 못한 많은 사대부들이 몰락해 갔다. 몇몇 적응력이 뛰어난 사대부들은 염점과 미곡점을 불하받아 장사에 뛰어들었으나 이도 저도 할 수 없었던 사대부들은 어찌할 바를 모르고 끼리끼리 모여 신세 한탄으로 하루하루를 소일했다.

백성들이 사대부를 대하는 태도도 하루가 다르게 변하고 있어 이젠 양반입네 하고 길거리를 거들먹거리며 다닐 수조차 없었다.

압록강 얼음이 녹아내리고 있는 의주에는 공수여단에서 차출한 1개 대대를 근간으로 하여 창설된 제1기병사단이 주둔하고 있었다. 이들은 장교로 승진한 많은 천군 병사들에 의해 정예병으로 만들어지고 있었다.

작년 가을에 모집된 5만의 병사는 천군부 휘하에 두었고 또 다른 5만의 병사가 순차적으로 훈련을 받고 있었다. 그들 가운데 포병여단과 기병사단 소속의 포병대를 제외하고는 모두 재래식 무기로 무장하고 있었다. 보병사단은 궁병과 창병, 도병으로 이루어졌고 기병사단은 기병연대와 궁병, 창병연대, 포병대대를 갖추고 있었다.

함경도와 평안도에는 각각 기병사단이 진주해 있었고, 나머지는 모두 남반도에 주둔했다. 한반도에는 내년에나 보병사단이 주둔할 예정이었는데 구성 인원이 창병과 궁병이다 보니 그 훈련이 총병보다 오래 걸렸다. 지휘관들도 태부족하였기에 빠른 시일 안에 군대를 현대화된 직제로 재편할 수가 없었다.

사실 작년에 편제된 5개 사단 규모의 병력도 그 숙련도와 군기에 있어서는 기병사단을 제외하면 민병 수준을 넘어서지 못하고 있었다.

지난 왜란 때 구성된 의병들은 천군부에 흡수된 소수를 제외하고는 대부분 생업으로 복귀했다. 기존의 조선 관군들은 수군을 제외하고는 대부분 대마도와 남반도에 집중 배치되었다가 천군부 소속 인원으로 대체되어 일부는 현지에 남고 대부분은 지방군으로 고향에 돌아갔다.

단 1년 사이에 상비군이 10만을 넘어서자 막대한 재정이 소요되었지만 왜의 조공과 염점에서 나오는 소득으로 빠듯하게 이끌어가고 있었다. 다행히 초기에 소요되던 화폐 발행용의 막대한 금이 한계치에 이르자 발행되는 화폐의 양이 줄어들었다. 그 잔여분을 재정에 흡수하여 사용하고 있었지만 다른 세원을 찾는 것이 시급한 당면 과제였다.

"의주에서 기별이 왔습니다. 조만간에 명의 사신이 의주에 도착한다는 소식입니다."

외무부 대명부 부장인 이인석이 짧은 전화 통지문을 들고 서 있었다.

"누가 오는가?"

걱정스러운 표정을 하고 있는 이 부장과는 대조적으로 외무부 장관인 조경환 장관은 웃으면서 물어보았다.

"왕삼계가 사신으로 오고 있다고 합니다."

"음, 올 것이 왔군. 계획대로 하면 되겠지. 아주 적절한 때에 적절한 사신이 왔어."

조경환 장관은 무엇이 그리도 맘에 드는지 오히려 명의 사신을 반기고 있었다. 이인석이 멀뚱멀뚱 서 있자 조경환이 어깨를 툭 쳤다.

"일단 그들의 이목을 속여야지. 천군부와 의논하고 이 일을 승정원에 알리도록 하지."

6월 초입에 한양에 도착한 왕삼계는 한양 곳곳에 배치되어 있는 조선병을 보고 의아함을 느끼지 않을 수 없었다. 그가 다마스에게 듣기로는 조선에는 천군이라는 기이한 군인들이 있어서 신식 조총을 들고 백 리 밖에서도 사람을 상하게 한다는데 그런 조총을 들고 있는 사람은 어디에도 보이지 않았다. 왕성 군데군데에 족히 수만 근은 나갈 철덩이가 놓여 있기는 했지만 저걸 움직이려면 족히 백 필의 마소가 필요할 것 같았다.

치우 천황의 환대를 받으며 대전으로 들어선 왕삼계는 상다리가 부러지도록 차려진 잔칫상을 보며 미소를 지었다. 사신의 노고를 위로하기 위해 특별히 차려진 상에 가득 마련된 산해진미는 먹어줄 사람들의 후각과 시각을 자극하고 있었다.

덕담이 오가고 술이 몇 순배 돌아가자 치우 천황이 임진란에 있었던 명의 도움에 대한 고마움을 표시했다.

"지난날 대국의 도움이 없었던들 어찌 오늘과 같은 날이 있을 수 있었겠소. 대국의 보은을 어찌 갚아야 할지 모르겠소. 과인이 비록 상왕의 뜻을 받들어 왕위에 올랐으나 이 또한 대국의 은혜에서 비롯된 것이 아니겠소."

"다 저희 대명 황제 폐하의 보살핌이 하늘에 닿아 그런 것이 아니겠습니까. 그런데 그렇듯 사리가 분명하신 광해군께서 어찌 아직까지 사신을 보내지 않으셨는지 그것이 심히 이상합니다. 그간의 경과를 보고하는 것은 형제국으로서의 당연한 의무이거늘 이렇듯 대국의 신하가 찾아오게 하는 것인지 그 저의를 알 수 없고 이것이 정녕 대국의 보은을 생각하는 이치인지 묻지 않을 수 없습니다."

왕삼계는 조선에서 명에 사신을 보내지 않아 자신이 직접 이곳까지 오게 된 것에 대해 불편한 심정을 드러내며 오만방자한 발언을 거침없이 해댔다.

그럼에도 치우 천황은 입술을 꾹 깨물었다. 명과는 아직 전쟁을 할수 없기 때문에 명 사신의 비위를 건드리지 말 것을 거듭 부탁한 천군부의 당부 때문이었다.

"그 점은 미처 생각지 못했소. 그보다 대국 황제께서 대신을 친히 사신으로 보내심은 깊은 뜻이 있을 터, 말씀해 주시오. 경청하겠소."

"황제 폐하께서 말씀하시길, 듣자 하니 조선이 왜를 크게 물리치고 화친을 맺었음에도 왜의 영토에서 군사를 물리지 않고 막대한 조공을 요구한다 하니 그게 사실이면 그 일을 파하라 명하셨습니다. 또 듣자 하니 상왕을 폐하고 아들이 왕좌를 찬탈하였다 하니, 그게 사실이면 아들을 폐하고 상왕을 복원시켜라 하셨습니다. 거기에 대국의 황은을 입어 왜를 물리쳤으니 그에 상응하는 조공을 바치라 명하셨습니다. 조공 물품은 따로 전해 드리겠습니다."

사신의 말을 묵묵히 듣고 있던 치우 천황은 끓어오르는 분노를 안으로 삭이며 태연히 말을 이어 나갔다.

"황제 폐하의 구명지은과 천지신명이 조선을 굽어살피시어 왜를 이 땅에서 물리치는 데는 성공하였으나 왜와의 전쟁에서 조선의 국토는 황폐해질 대로 황폐해지고 많은 조선인들이 볼모로 잡혀갔소. 그 보상을 받고 빼앗긴 조선의 물건과 잡혀간 조선 백성을 다 찾아 귀환시키면 그때는 군사를 물리려 하였소. 왕위 찬탈에 관한 부분은 천부당만부당한 말씀이시오. 상왕께서 왜란을 겪으신 뒤 고초가 심하시어 국사를 돌보기 힘들다 하시기에 자식 된 도리로 어버이의 뜻을 받든 것이오. 이 일은 빠른 시일 안에 사신단을 파견하여 황제 폐하의 윤허를 받겠으니 사신께서 잘 말씀드려 주시구려. 대국의 보은에 보답하는 것은 당연지사이니 결초보은하겠소."

잠시 숨을 고른 치우 천황이 다시 말문을 열었다.

　"그리고 황제 폐하에게 명과의 사사로운 무역을 허가해 주시면 어떠하겠느냐고 진언을 드려주시오. 조선의 물산이 부족하여 대국과의 교역이 절박한 실정이니 소국의 어려움을 대국이 헤아려 주셨으면 감사하겠다고 말이오."

　조선 왕의 고분고분한 태도에 왕삼계는 내심 놀라고 있었다. 광해군이라면 출중한 인물로 명에 알려져 있었다. 하지만 오늘 보니 그 소문은 너무 과장된 것이 아닌가 싶었다. 일국의 왕으로서 보여지는 기개와 위엄은커녕 자존심도 없어 보였다.

　"조선의 고충을 황제께 주청드리겠지만 황제께서 윤허하실지 모르겠습니다. 그보다 제가 광해군의 말씀을 믿지 못하는 것은 아닙니다만 황명이 지엄한지라 소신 나름대로 알아볼까 하니 안내할 조선의 관리를 천거해 주셨으면 합니다."

　왕삼계는 연회가 끝날 때까지 조선의 왕을 광해군으로 지칭했다. 아직까지 명의 허락을 받지 않은 왕은 진정한 왕이 아님을 계속 암시하고 있었지만 어느 누구도 그에 대해 이견을 말하지 않았다. 의외로 고분고분한 조선의 태도가 오히려 이상한 생각이 들었지만 이대로 물러날 수밖에 없었다. 지금은 명분이 없었지만 그 많은 조공을 올해 안으로 보내지 않으면 그 일을 빌미 삼아 조선을 한번 혼내주면 그뿐이었다. 아직도 요동의 10만 명군은 진영을 풀지 않고 있었다.

　그보다 더 급한 일은 천군에 대한 정보를 모으는 것이었다. 이미 같이 온 정탐꾼을 풀어놓았으니 조만간 쓸 만한 것들을 꾸릴 수 있을 것이라 생각하고 있었다.

"물론 그리하겠소. 내 신료들에게 대신을 각별히 모시라 일러두었으니 그 점은 염려하지 마시구려. 자, 이제 그만 하시고 술이나 한 잔 더 하며 여독을 풀어야 하지 않겠소. 여봐라, 풍악을 울리도록 하여라! 무희들은 뭐 하느냐!"

치우 천황이 외치자 풍악이 울리며 무희들이 들어와 음악에 맞춰 춤을 추기 시작했다. 이후에 치우 천황이 직접 사신 일행들에게 돌아가며 술잔에 술을 가득 채워줬다.

다음날 엄청난 조공 물목에도 불구하고 조선의 관리는 군소리없이 왕삼계가 내민 물목을 거의 수락하였다. 물목에 대한 논의가 쉽게 끝나 일찍부터 처소에서 쉬고 있던 왕삼계는 이럴 줄 알았으면 좀 더 부풀려 자신의 것을 챙길 걸 하는 후회를 했지만 이미 끝난 일이었다. 이렇게 되면 이곳에 있는 동안 무슨 꼬투리를 잡아서라도 많이 울궈 먹어야 될 것 같았다.

왕삼계는 광해군이 꺼냈던 사무역에 대한 요청을 기억해 내고는 이 일을 어떻게 처리할지 고민하기 시작했다.

'조선과의 교역을 늘리는 것은 명에게 오히려 좋은 일이 될지도 모르는데. 지난 출병으로 재정 압박을 받고 있는 명 조정으로서는 사무역을 통한 관세를 제법 챙길 수 있고. 그 와중에 내가 좀 챙길 수 있으면 좋을 텐데.'

하지만 그것이 쉬운 일은 아니었다. 명 태조 주원장은 후손들에게 외부와의 교역을 삼가라는 유훈을 남긴 바 있었고 아직까지도 그 유훈은 지켜지고 있었다.

"대인, 안에 계시옵니까?"

"들라."

잠시 상념에 잠겨 있던 왕삼계가 밖에서 자신을 부르는 소리가 들려오자 자세를 바로잡았다.

"그래, 알아보라는 것은 알아보았느냐?"

방문을 열고 들어온 사내는 난감한 표정으로 무언가를 열심히 말하였지만 왕삼계는 도저히 믿을 수 없는 황당무계한 것들투성이였다.

"그래, 그러니까 네가 밖에서 수집한 것들이 죄다 하늘에서 불사조가 불을 떨어뜨렸다, 천군이 바람처럼 하늘을 날며 왜인을 죽였다, 천군은 백 리 밖의 왜인을 죽인다, 천군은 철새를 기르고 있고 철어를 기르고 있다, 뭐 그런 이야기들이란 말이냐? 너는 그 말을 참말로 믿었더란 말이냐? 이런 쓸모없는 놈들!"

왕삼계가 한심하다는 눈으로 쳐다보자 사내가 연신 머리를 조아렸다. 하지만 그 역시도 도저히 믿기지 않기는 마찬가지였다.

"대인, 조선 백성들은 모두 진짜라고들 합니다. 직접 보았다는 사람도 아주 많이 있었습니다."

"시끄럽다! 너는 다시 나가서 천군이 언제, 어떻게 조선에 왔는지 알아보고 지금 그들이 어디에 있는지부터 찾아보도록 하여라!"

"예, 대인."

다음날 왕삼계는 직접 천군에 대해 조사해 볼 요량으로 처소를 혼자 나왔다. 조선 조정에서 붙여둔 이만재라는 관리를 전혀 믿을 수 없어서 자신이 평소 알고 지내던 관리들을 찾아 나섰다. 하지만 어찌 된 일인지 그동안 안면을 터왔던 조선의 권리들은 단 한 명도 한양에 있지 않았다.

한나절을 소비하고서야 처소에 돌아온 왕삼계는 이만재에게 그 자초지종을 들을 수 있었다. 그들은 상왕이 자리를 물러나신 후 자신의 죄를 크게 뉘우치고 왜로 건너가 조선인 볼모를 찾고 있다고 하였다.

어쩔 수 없이 왕삼계는 점심을 마치고 오후에 이만재와 다시 처소를 나섰다. 천군부에 도착한 왕삼계는 더 황당한 이야기를 천군부 관리라는 자에게 들었는데, 천군들은 이미 하늘로 올라가 버렸다는 것이다.

그로서는 그 약하기만 한 조선이 막강한 왜군을 어찌 몰아내고 오히려 왜를 정복했는지에 대한 답을 찾을 수 없었다. 그렇다고 천군의 존재를 믿을 수도 없었다. 분명히 뭔가 있긴 있는 듯하였지만 감을 잡을 수 없었다. 조선 왕에게 물었으나 하늘의 도우심으로 왜를 물리쳤다는 말만 되풀이했다.

난감한 왕삼계는 좀 더 조선에 머물며 저들의 속셈을 파악하기로 마음먹고 북경으로 돌아가는 것을 잠시 미루기로 했다. 분명 이상한 뭔가가 있기는 있었다. 예전의 모습과는 다른 이질적인 느낌이 조선 조정에서 느껴지고 있었다. 하지만 그것이 무엇인지 명확히 알 수 없었다.

충청도 홍주목사 관저

홍주목사 홍가수는 고단한 하루의 업무를 마치고 관사에 들어 저녁을 들었다. 저녁상을 물리고부터 가슴이 답답하여 밤하늘의 은하수를 바라보았지만 검은 하늘에 반짝이는 별들은 말이 없었다.

찬바람에 그만 들어갈까 하던 차에, 수십 년간 자신의 집에서 일을 해주고 있는 김 서방이 이몽학이란 분이 뵙기를 청한다는 전갈을 가져왔다. 만나보니 깊은 죽립을 쓰고 털털하게 차려입은 모양새가 양반은 아닌 듯하였으나 그 기도가 제법이었다.

김 서방에게 차를 내오라 이르고 손님과 함께 방에 들어가 자리를 잡자 손님이 자신을 소개했다.

"저는 지난날 속모관 한헌의 부대에서 선봉장을 맡았던 이몽학이라 하옵니다."

"그래, 자네가 어쩐 일로 이런 야심한 시각에 나를 보고자 했는가? 우린 서로 안면이 없던 것 같은데 아니 그런가?"

홍가수는 언뜻 이몽학이란 이름 석 자를 듣긴 한 것 같았지만 그가 안면을 트고 지내기에는 신분에 많은 차이가 났다.

"목사 어른! 목사 어른께서는 작금의 사태를 어찌 보시는지요."

생전 처음 보는 자가 하는 질문이라고는 너무도 당돌하기 그지없었다.

'작금의 사태라니!'

"네 이놈! 방자하기 그지없구나! 작금의 사태라니, 그것이 무엇을 뜻하느냐!"

"목사 어른, 저 패악무도한 천인이라 칭하는 모리배에 의해 작금의 천황은 덕수궁에 유폐되다시피 하시고, 군주로서의 권위를 상실하여 하루하루를 위협에 떨며 사시는 데다, 백성들은 전국적으로 이루어지는 공역에 힘들어하고 있나이다. 더군다나 그들은 황명을 사칭하여 나라의 근간이 되는 유교를 억압하고 사대부들을 핍박하며 천주학이라는 허무맹랑한 학문을 전파하여 혹세무민하고 있으니 어찌 하늘인들 가만히 있겠나이까.”

홍가수로서도 지금은 예전의 관직인 목사 직을 수행하고 있지만 언제 갑자기 자신의 목이 달아날지 모르는 형국이었다. 세인들의 말을 들어도 저들의 혹세무민에 휩싸인 무지한 백성들은 저들을 칭송하고 있었고, 새롭게 저들의 학교를 졸업한 이들이 관직에 조금씩 등용되고 있었다.

자신이 수십 년 동안 닦아온 학문이 일거에 물거품이 되고 있으니 자신과 가문의 앞날이 걱정되기는 하였다. 자신의 자식에게 지금까지 배운 것들이 다 잘못되었으니 이제는 천주학을 배워야 한다고 해야 할 판이었다.

하지만 자신의 힘으로는 어쩔 수 없었다. 세상이 다시 뒤집어지지 않는 이상에는 말이다.

자신의 앞에 있는 이몽학이란 자는 지금 그것을 논하고자 이곳에 온 것이 틀림없었다. 하지만 이는 반역이요, 잘못되면 멸문지화를 당할 수도 있었다. 어찌 되었든 지금까지는 황명으로 일이 진행되고 있었기 때문이다.

“저들의 처사가 다 마땅한 것은 아니나 다 못마땅한 것도 아니다. 민심이 저들에게 있으니 어쩌겠는가.”

한풀 꺾인 목사의 말을 들은 이몽학은 목소리에 점점 힘이 들어갔다.

“그간 초야에 묻혀 사시는 많은 유림의 선비 분들과 덕망있는 분들을 만나뵙고 모두들 목사 어른과 같은 심정이라는 것을 소인은 알게 되었사옵니다. 더군다나 서해 수군을 맡고 계신 원균 대감과 국방부 장관이신 권율 대장군을 비롯하여 많은 뜻있는 조정의 신료 분들이 저희들의 거사에 동참하겠다고 알려왔나이다."

"그대는 지금 말하는 것이 무엇을 뜻하는지 알고 있는가?"

"저희들은 목숨을 걸고 있습니다."

이몽학의 말은 곧 목사가 가담하지 않는다면 바로 죽일 것이라는 무서운 협박이었다. 그 내용을 잘 알고 있는 홍 목사의 등 뒤로는 식은땀이 흘러내렸다. 하지만 섣불리 결정할 수 없었다. 가문 전체의 목숨이 달려 있는 일이었다.

"그대들에게 그만한 힘이 있는가? 저들의 천군을 무슨 수로 감당할 것인가? 그들에게는 10만에 가까운 군사가 있네. 저들의 듣도 보도 못한 무기들은 말해서 무엇 하겠나? 그에 대한 확실한 대비책이 없다면 난 가담할 수 없네."

홍가수는 이몽학의 일에 가담하고 싶었다. 그는 내심 천군부를 탐탁치 않게 생각하고 있었고 언제 자신이 목사 자리에서 쫓겨날지 몰라 하루하루가 불안하기만 했다.

하지만 성공할 수 없는 반란엔 가담하고 싶지 않았다. 특히 역모는 너무 위험했다. 확신이 서지 않는다면, 차라리 여기서 이몽학이란 자를 잡아 천인들에게 넘기는 것이 더 득이 많았다.

"비록 10만이라곤 하나 대부분이 훈련병들이어서 전투력이 형편없습니다. 그나마 믿을 만한 관병은 모두 북쪽이나 남반도에 있지 않습니까. 조선에 있는 군대도 뿔뿔이 흩어져 있고 그들을 움직이려면 시

간이 걸립니다. 그전에 우리가 충청도를 장악하고 한양을 포위한다면
바로 한양을 도모할 수 있습니다. 함경도와 평안도의 천군부 소속 기
병사단은 명과 여진족 국경에 인접한지라 움직이기 쉽지 않을 것이
고, 대부분의 천군들은 전국으로 흩어져 있어서 한양 주위에는 기껏
해야 1, 2천 정도입니다. 각 고을에서 저들의 움직임을 잠시나마 묶
어둔다면 우리에게 승산이 있습니다. 지금 우리의 군세는 얼마 되지
않지만 홍주목이 합세하고 기존의 군대를 수용하면 순식간에 수만에
이를 수 있습니다. 더군다나 염점과 미곡점의 몇몇 점장들이 우리와
뜻을 같이 하기로 약조하였습니다. 조선에 있는 군대는 기병사단을
제외하고는 대부분 국방부 소속으로 권율 대장군의 명령을 받고 있습
니다."

이몽학의 말은 분명 귀가 솔깃하였다. 더군다나 국방부 소속 조선병
들이 참가한다면 승산이 매우 높았다. 지금은 예전의 조선 관군들의
지위가 많이 내려갔다지만 그들은 무시할 수 없는 세력이다. 그들 역
시 불만이 있을 것이라는 건 쉽게 짐작할 수 있었다.

말미를 달라며 이몽학을 돌려보낸 홍가수 목사는 지금 밤새도록 잠
을 못 이루고 있었다. 내일 다시 온다 하였으니 그 안에 특단의 결정을
내려야만 했다.

홍가수 일생일대의 결정이 내려지는 그때에 천군부 정보부에서는
홍주에서 올라온 급보에 비상 회의가 이루어지고 있었다. 일찍이 이몽
학의 난을 염려하던 천군부에서는 이몽학의 주변을 계속 감시하고 있
었기에 홍주목사와의 대화를 녹음할 수 있었다.

"역사에 예정된 일이긴 합니다만 지금은 역사에 기록된 그것과 사뭇 다릅니다. 역사에는 부랑민과 승려들이 주축이 된 반란이라 기록되어 있지만 홍주에서 올라온 보고에 의하면, 이번 반란의 주축은 소외된 사대부뿐만 아니라 국방부의 수장까지 연루된 일이라 진압하기가 쉽지 않을 듯합니다. 이 일에 대한 대책을 대폭적으로 수정해야 합니다."

김지영 실장은 수립된 계획의 전면 수정을 요구하고 나섰다. 김지영 실장은 완벽한 정보에 완벽한 작전을 수립하길 선호했다. 그러나 대부분의 천군부 장성들은 화력의 우위에서 오는 자신감이 넘친 탓에 이번 정보의 중요성을 크게 생각하지 못하고 있었다.

"어쩌면 이번이 다시없는 기회일지도 모릅니다. 불만을 품고 있는 세력을 일거에 소멸시킬 수 있고 명의 사신을 쫓아버릴 기회가 될 수도 있습니다."

작전참모부의 장군들은 한 번의 작전으로 여러 개의 효과를 이끌어 낼 뭔가를 찾길 좋아했다. 그들은 이번 기회에 조선에서 자신들에게 반기를 드는 자들을 모조리 쓸어버릴 구상을 하고 있었다.

"그건 그렇지만 가용할 병력이 너무 적은 것이 문제군요. 그리고 이런 일에 너무 많은 시간을 투입할 수는 없습니다. 저희 천인단에서는 조기 진압을 건의합니다. 너무 일이 커지면 내부 불안이 가중될 수 있습니다. 반란은 조기에 진압해야 합니다. 필요하다면 남반도에서 병력을 이동 배치해야 하지 않을까요? 이번 일은 우리가 겪게 되는 최초의 내부적 시련입니다. 너무 오래 끌면 안 됩니다. 천군부에서 잘해주시리라 믿습니다만 말입니다.”

천인단장은 발전의 장애가 되는 전쟁이나 소요를 극히 우려했다. 건설 현장이나 다른 생산적인 일에 투입되어야 할 인적 물적 자원이 소모성 전투에 사용되어진다면 조선의 발전은 그만큼 늦어지게 되기 때문이다.

“먼저 이 일을 천황과 상의한 후 주요 관련자들을 아주 조용히 처리하도록 하겠습니다. 천인단이나 정보실장님의 의견을 최대한 수용하겠습니다만 이런 좋은 기회를 버릴 수는 없습니다. 지금 우리가 파악한 자들은 빙산의 일각에 불과할 것입니다. 더 많은 관련자를 조사해 둘 필요가 있습니다. 정보실에서 힘써 주시고 각 지방의 천군들에게 언제든지 출동할 수 있도록 만반의 준비를 갖춰주십시오.”

홍가수와 이몽학의 만남이 있은 지 닷새 후에 천군부 장관인 조준옥과 치우 천황의 독대가 이루어졌다.

테이프 내용을 다 듣고 난 치우 천황은 만감이 교차했다. 이 일을 어찌 해결해야 할지 안타깝기만 했다. 저들이 폭도인지 우국충정에 기인한 충신인지 알 수 없기 때문이었고, 천군부의 능력이 어디까지인지 몰라 선뜻 말문을 열지 못하고 있었다.

“천황 폐하, 저들이 비록 명분은 천황 폐하를 위하고 백성을 위한다 하나 이미 들으신 바대로 저들은 빼앗긴 권력을 되찾기 위해 이 어려운 때에 난을 일으키려 하고 있사옵니다. 워낙 많은 사대부들이 연루되었기에 그들을 모조리 처형할 수도 없는지라 천황 폐하의 영명하신 명을 받잡고자 이렇게 독대를 청하였나이다. 이 일을 어찌하오리까?"

천군부 장관의 말을 듣고 있던 치우 천황은 이러지도 저러지도 못하고 있었다. 지금 그에게는 천군부에서 요청하는 서류에 옥새를 찍어주는 일 외에는 아무런 실권도 없었다.

'이대로 가다가는 이름뿐인 천황으로 후세에 남겠구나. 그나마 목숨을 부지하려면 옥새라도 잘 챙겨야겠지. 이런 때에 구신이 떨쳐 일어나 저들을 물리칠 수 있다면……'

생각이 여기에 이르렀지만 이내 치우 천황은 고개를 설레설레 내젓고 있었다. 천군부에서 나라 살림을 맡은 후 백성들의 생활이 좋아졌으면 좋아졌지 나빠지지는 않았다. 여기저기에 공역장이 늘어 백성들의 불평 불만이 없는 것은 아니었지만, 적은 돈이나마 노임을 지불하고 있었다.

'군주의 역할이 무엇인가? 백성들을 배불리 먹이고 편안하게 사는 것을 으뜸으로 삼지 않았던가? 이런 시점에서 반란이라니! 이는 아니 될 말이다. 그렇다고 그들을 다 죽일 수는 없는 일이다. 가뜩이나 충신들이 부족한 이때에……'

치우 천황의 머리 속은 복잡하기만 했다.

"그래, 장관에게는 어떤 복안이 있소?"

"예, 폐하. 저들 또한 우리의 백성이옵고 다는 아니더라도 무지몽매하여 속아 가담하는 자도 많을 것으로 사료되는지라 저들을 최대한 설득하고 그 피해를 최소화하도록 노력하겠나이다."

"그래, 그래야겠지요. 피는 피를 부르니 저들을 보살피는 데 힘써 주시오. 장관이 그렇게 얘기해 주니 짐은 기쁘기 그지없소."

치우 천황은 왠지 모르게 한숨이 나왔다.

"짐이 도와줄 일이 있겠소?"

"황은이 망극하옵니다. 폐하께서는 아무것도 걱정하실 것이 없사옵니다. 다만 난이 일어나면 바로 몽진을 준비하라는 명을 내려주셨으면 하옵니다. 주변에 천인들의 눈이 많사오니 폐하께서도 불순한 무리들을 멀리 하시옵소서."

치우 천황은 장관에게서 몽진이라는 말이 나오자 눈을 크게 떴다. 그 이유를 물으려 하다가 곧 알 것 같았기에 고개를 끄덕이고 있었다.

천군부에서는 명의 사신을 명으로 돌려보내려는 속셈이 있는 듯했다. 천인들이 벌이는 일에는 한 치의 빈틈도 없어 보였다. 모든 일을 훤히 꿰뚫고 있어서 진짜로 저들이 신선이 아닌가 싶을 때가 한두 번이 아니었다. 그날부로 홍주목사를 한양으로 불러들이라는 명령을 품은 파발이 홍주로 떠났다.

단기 3929년 여름 덕수궁

"폐하, 권율 국방부 장관이 들었사옵니다."

내관이 권율 장관의 방문을 알렸다. 천군부 장관이 황궁에 들 때 미리 변통을 넣어 그를 이곳에 오게 했는데 시간이 절묘했다.

안으로 든 권율은 천군부 장관을 보며 약간 의아해했지만, 서로 예를 취한 후 자리를 잡았다.

"찾아계시옵니까, 폐하."

"그렇소이다, 장관. 국방부를 맡아 수고가 많으시구려."

"황공하옵니다, 폐하."

치우 천황은 권율을 측은한 눈빛으로 바라보았다.

'일을 도모할 거면 좀 더 조심스럽게 하지, 이게 뭐란 말인가.'

어찌 보면 질책의 눈빛이기도 했다.

"듣자 하니 일부 불순한 자들이 획책하는 구정물 속에 장관께서 연루되어 있다기에 그 진위를 파악하고자 이렇게 불렀소. 장관께서는 이것에 대해 할 말이 있으신지?"

직설적인 천황의 질문에 거의 기절할 뻔한 권율은 머리카락이 주뼛 치솟고 식은땀이 맺혔다. 어느새 등에서 땀이 흘러 옷을 흥건히 적시고 있었다.

'어찌 그 일을 알았단 말인가? 극비 중의 극비로 간세가 끼어들 틈이 없었건만! 요망한 천군부에서 이미 알고 있었단 말인가? 얼마 전에 충청도지사도 가담하기로 하였기에 일의 반절은 성공하였다고 생각했거늘. 지난봄에 홍주목사를 살해한 것이 잘못되었던가?'

홍가수의 가담 소식을 듣고 좋아했던 권율은 그가 갑자기 한양으로 올라온다는 소리에 겁을 먹고 그를 소리 소문 없이 죽이라 했는데 어쩌면 그때 그 일로 인하여 꼬리를 잡혔을지도 몰랐다.

잠시 멍해져 있던 장군은 마음을 가다듬었다. 그가 머리를 바닥에 세게 찧으며 고하는 소리가 방 안 가득 울렸다.

"폐하, 소신이 어찌 그런 불충한 마음을 먹었겠나이까! 부디 소신의 충정을 믿어주시옵소서!"

"그만 하시오. 짐이 노신의 충정을 의심하지는 않지만 이것을 한번 들어보시오."

치우 천황이 탁자 위에 놓여져 있는 상자의 머리 부분을 오른손 검지로 누르자 테이프 돌아가는 소리가 들리고 이어서 목소리가 흘러나왔다.

─더군다나 지난날 서해 수군을 맡고 계신 원균 대감과 국방부 장관이신 권율 대장군을 비롯하여 많은 뜻있는 조정의 신료 분들이 저희들의 거사에 동참하겠다고 알려왔나이다.

─오늘 충청도지사가 합류 의사를 밝혔나이다.

테이프는 한참을 돌아가더니 어느 순간에 녹음된 목소리를 모두 토해내고는 멈추었다.

"권율 장관은 어찌 생각하시는지?"

"폐하, 소신은 정녕 모르는 일이옵니다. 이는 모함이옵니다, 폐하! 통촉하여 주시옵소서!"

"그래요? 누가 장관을 모함한단 말인가. 음, 그럴 수도 있겠지. 하지만 어쩔 수 없구려. 이렇듯 증거가 명백하고 짐이 듣기에도 저 소리 상자에서 나오는 소리가 거짓됨이 없어 보이니, 오늘부터 이 사건의 전모가 밝혀질 때까지 국방부의 모든 권한을 천군부에 이관하고 그 소속 인원은 모두 국방부에 감금하겠소. 아울러 가족들에게도 금족령을 내리겠소. 명을 어기는 자는 참형으로 다스리겠으니 그리 알고 나가보시오. 그간 공을 생각하여 그대 집안 식솔의 목숨은 살려줄 터이니 자중하시오."

대전을 나온 권율이 다리 힘이 풀려 자리에 털썩 주저앉자 그가 나오길 기다리던 천군부 소속 요원들이 그를 부축하여 국방부로 이송했다.

국방부로 돌아온 장군은 또 한 번 놀라지 않을 수 없었다. 자신의 부하들이 모조리 결박당하여 한구석에 무릎 꿇려져 있었고 천군부 소속 병사들이 곳곳을 쑤시고 다니고 있었다.

강화도 서해수군 사령부

권율이 덕수궁에서 치우 천황을 만나고 있을 무렵, 강화도에 있는 고속정전대와 방공여단에 비상이 걸렸다. 그들에게는 서해수군 사령부를 접수하라는 명령이 내려와 있었다. 가능하면 인명 피해를 최소화하라는 천군부 장관의 의견이 첨부되어 있었지만 상황이 격화되면 지켜지지 않을 가능성이 높았다.

강화도 초계진에 한동안 묶여 있던 고속정대가 혹시 있을지 모를 서해수군 소속 판옥선들의 강화도 탈출을 막고 강화만 일대를 봉쇄하기 위해 포구를 떠났다.

원균은 지난날 대마도를 단독으로 점령하고 많은 군량미를 조선으로 수송하는 등 많은 공을 세웠다. 그러나 이순신 장군의 고속 승진에 비하면 그의 승진은 높이 올랐다고 할 수 없었다. 말직만 전전하다 일약 수군 사령관으로 승진한 이순신에 비하면 원균은 제자리걸음만 하고 있는 셈이었다.

원균은 자신의 집무실에서 책을 펼쳐 놓고 앞으로의 일을 생각하고 있었다.

'수병들의 훈련을 좀 더 강화시켜야겠다. 이순신, 그때 내 밑에서 얼마나 버티는지 보자.'

바깥에 손님이 오셨다는 전갈을 받기 전까지 원균은 몇 달 후면 있을 반란에 대한 생각으로 머리가 가득 차 있었다. 권율 장관의 확답을 받았으니 혁명이 성공하기만 하면 자신은 국방장관이 될 수 있었다.

"장군님, 방공여단장님께서 오셨습니다."

원균이 방문을 열고 나오자 전에 한 번 대면한 적이 있던 방공여단장이라는 사람이 정복을 입고 와 있었다.

'그의 이름이 김준모라고 했던가?'

여단장은 꽤 많은 사병과 같이 왔다.

'왜 이리 많이 몰려온 거야?'

"아니, 장군께서 기별도 없이 어인 일이십니까?"

마음과는 다르게 원균은 얼굴에 화색을 띠며 김준모 장군을 기쁘게 맞아들였다. 두 손을 맞잡은 원균이 김준모 장군을 안으로 이끌자 김준모가 마지못해 따라갔다.

"급히 상의드릴 일이 있어 이렇게 불시에 찾아와 폐를 끼치게 되었습니다. 송구스럽습니다."

"별말씀을! 이렇게 오셨으니 술이라도 한잔해야 되지 않겠습니까? 여봐라, 가서 주안상을 마련하여 들이도록 해라. 귀한 분이 오셨으니 대접에 소홀함이 있어서는 아니 될 것이야. 알겠느냐?"

"예, 장군."

김준모 장군이 바닥에 앉기를 기다린 원균이 찾아온 방공여단장의 기색을 살폈다. 원균도 방공여단의 천여 천군이 강화도에 자리한 것이 자신을 비롯한 서해수군을 감시하기 위해서라는 것을 잘 알고 있었다. 그래서 천군을 별로 탐탁치 않게 생각한 터라 애써 만나려 하지 않았고 저쪽에서도 찾아오지 않았었다.

"그래, 어인 행차이신지요, 장군?"

방 안을 한 번 둘러본 김준모가 원균 머리맡에 있는 장군도에 시선을 멈추었다. 칼이 약간 빠져나와 예리한 검기를 밖으로 내뿜고 있었다.

"칼이 칼집에 잘 꽂히지 않았습니다, 장군."

김준모가 그렇게 중얼거리더니 몸을 일으켜 장군도 손잡이를 살짝 밀어 안으로 집어넣고는 다시 자리에 앉으며 입을 열었다.

"사람 사는 것이 다 저런 것인 모양입니다. 칼이 칼집에 있으면 그 속을 알 수 없으나 저렇듯 조금이라도 칼집에서 나와 있으면 그 위험함을 알게 되는 것 아닙니까? 하물며 시퍼런 칼날을 마음 깊은 곳에 간직할 재간도 없으면서 너무 위험한 장난을 하고 있는 사람들이 여럿 있습니다. 자기 딴에는 모든 것을 가릴 수 있다고 생각하는 어리석은 자들 말입니다. 아니 그렇습니까, 장군?"

알쏭달쏭한 선문답 같은 김준모의 말에 원균의 등골이 오싹해졌다. 그저 생각없이 내뱉는 말이려니 받아넘기기에는 말속에 뼈가 있었다.

"무슨 말씀이신지 도통 모르겠습니다, 장군. 칼이 칼집에 있다고 해서 안전하다고 볼 수는 없지요."

"그렇습니까? 허허, 딴은 그렇군요. 빠져나온 칼은 도로 집어넣으면 되지만 칼집에 있는 칼은 알 수가 없지요. 제가 수수께끼 하나 드려도 되겠습니까? 맞추시면 제가 오늘 술을 거하게 내지요."

"수수께끼라… 그것도 술내기라… 좋지요. 어디 한번 내보십시오. 내가 맞춰보리다. 못 맞추면 내가 술을 한 동이 내지요."

뜬금없이 수수께끼를 내겠다는 말에 원균은 맞장구를 쳤다.

원균은 김준모가 갑자기 화제를 바꾸자 내심 안심하였다. 그냥 해본 소리려니 하고는 수수께끼에 귀를 기울였다. 그는 수수께끼가 자신의 목숨과 직결되어 있다는 사실을 전혀 알지 못하는 듯했다.

"그렇습니까? 좋습니다. 한번 맞춰보시지요. 자, 제 수수께끼입니다. 일전에 말입니다, 한 이상한 사람이 저를 찾아왔었습니다. 그자가 말하길 붉은 산에 숨어 있는 자를 조심하라 하더이다. 그리곤 눈앞에서 사라져 버렸지요. 장군께서는 그자가 누구인지 알 수 있으시겠습니까? 붉은 산에 있는 자 말입니다."

"붉은 산에 있는 자요? 글쎄요… 붉은 산에 있는 자라……."

원균이 고개를 갸우뚱하며 김준모가 낸 수수께끼의 답을 알아내려 머리를 굴렸다. 그가 알고 있는 모든 고사성어를 하나씩 생각해 내다

가 그것도 여의치 않자 읽었던 책에서 그런 내용이 있나를 궁리했지만
답이 떠오르지 않았다. 그러다 문득 붉은 산, 홍산이라는 지명이 뇌리
를 스치고 지나갔다.

'홍산에 있는 자라면 이몽학을 말하는 것인가?

"그런 수수께끼도 있었습니까? 당최 모르겠습니다. 여봐라, 아직 주
안상이 마련되지 않았느냐?"

원균이 밖에 대고 버럭 소리를 질렀다. 소리가 너무 커서 밖에서 대
기하고 있던 방공여단 사병들과 서해수군 사령부 수병들이 깜짝 놀랐
다.

"정녕 모르시겠습니까?"

김준모가 아주 낮은 목소리로 다시 한 번 물어보았지만 원균은 선뜻
대답을 하지 못했다.

원균은 김준모가 이몽학의 일을 알고 온 것인지 아니면 한번 떠보
는 것인지 알 수가 없었다. 자신이 이몽학과 연결되어 있다는 것은
아무도 몰랐다. 자신이 가장 신임하는 부하에게도 말을 하지 않았
다. 이 일을 알고 있는 자는 자신과 권율 대장군, 그리고 이몽학 이
렇게 세 사람밖에 없었다. 거사를 실행할 때는 거사일을 며칠 앞두
고서야 믿을 만한 부하들에게 사정을 설명하고 그들을 포섭할 계획
이었다.

원균은 마음을 다잡았다. 이곳은 자신의 진영이었다. 여차하면 김준
모와 그의 수행원들의 목을 베어버리면 될 것이다.

"정녕 모르겠습니다. 그래, 그게 누구입니까, 장군?"

원균은 태연하게 되물었다.

"애석합니다, 장군. 장군께서도 모르고 계시는군요. 허참, 이 문제를 누구에게 물어봐야 속 시원한 대답을 해줄지… 혹여 추천해 주실 분이 없으십니까, 장군?

그때 문밖에서 소리가 들려왔다.

"주안상 대령입니다. 지금 들이올까요, 장군?"

"그래, 안으로 들이도록 하여라."

원균은 놀란 가슴을 진정시키기 위해 무던히 애를 썼다.

방문이 열리자 기대했던 주안상 대신 방공여단 병사들이 소총을 든 채 서 있었다.

놀란 원균이 그 자리에서 벌떡 일어나 벽에 걸려 있는 장군도를 빼 들기 위해 손을 뻗었다.

탕!

어느새 권총을 빼 든 김준모가 막 칼집에서 빠져나오려는 장군도의 칼집을 정확히 맞추었다.

"칼은 칼집에 있어야지 않겠습니까? 참으로 안타깝습니다. 장군 같은 훌륭한 분께서 붉은 산의 주인과 끈이 연결되어 있으셨다니. 오늘부로 서해수군은 저희 방공여단에서 잠시 맡도록 하겠습니다. 장군기와 인장을 내놓으시지요."

방공여단 병사들에게 밖으로 끌려 나와 원균은 마당에 가득 찬 천군들과 무릎 꿇고 있는 부장들을 보고는 그대로 바닥에 털썩 주저앉았다. 그의 가문이 대역죄로 몰려 삼족이 멸하게 되었으니 그럴 만도 했다.

마당으로 원균이 질질 끌려 나와 오랏줄에 꽁꽁 묶이기를 기다린 김준모 장군이 천군부에서 내려온 명령서를 읽어 나가기 시작했다.

"죄인 원균은 치우 천황과 단군왕검의 하해와 같은 은덕을 입었음에도 역심을 품고 역당들과 역모를 꾀하였으니 파직하고 천군부로 압송하라. 아울러 서해수군을 철저히 조사하여 가담자를 색출하고 경중에 관계없이 모두 잡아들여 천군부로 압송하라. 이 시간부로 서해수군 사령부는 수장이 결정되기 전까지 방공여단에서 관리하며 휘하의 모든 선박과 수병은 강화도를 벗어나지 못한다. 이를 어기고 임의로 벗어나는 자가 있을 시 참형에 처한다."

국방부의 일이 충청도 홍산으로 전해진 것은 그 일이 있은 후 이레가 지나서였다. 갑자기 천군부와 국방부를 비롯한 모든 군 병력에 비상이 걸리며 모든 외출이 금지되고 영 내 대기 명령이 하달되었다.

사태를 이상하게 생각한 권율 장관의 큰아들은 아버지가 입궐할 때 주고 간 편지를 식솔 중 발 빠른 아이에게 주어 한양을 떠나게 했다. 그 아이는 용케 삼엄한 한양의 경비를 뚫고 홍산으로 달려갔다.

홍잔의 산채

"장군, 알이 이상하게 돌아가고 있습니다. 많은 협조자들이 자리를 이탈하거나 소식이 끊기고 있습니다. 다시 한 번 연결 고리를 확실히 해놓을 필요가 있습니다. 필요하다면 거사일을 앞당겨야 하지 않을까요?"

원래는 추수가 끝날 무렵인 가을 늦게 거사를 일으킬 계획이었다. 군량미를 충분히 확보하지 못한 그들로서는 들판의 곡식이 익을 때를 기다려야만 했는데 요즘 돌아가는 모양새가 이상하기만 했다.

"장군, 산 밑에서 얼쩡거리는 놈을 잡아왔사온데 권율 대장군 댁의 서신을 가져왔다고 합니다."

최담령과 김덕령 장군은 좌부장이 데려온 자의 행색을 살펴보았다. 언젠가 권율 대장군 댁에서 한번 본 적이 있는 듯했다.

김덕령 장군이 손을 내밀었다.

"그 서신을 이리 줘봐라."

서신을 천천히 읽어가던 김덕령 장군은 얼굴색이 하얗게 변해가며 손을 부들부들 떨었다.

"장군, 무슨 내용이기에 그러하십니까?"

최담령은 김덕령이 떨어뜨린 서신을 주워 들었다.

"계획이 이미 발각되었다는군. 국방부가 폐쇄되고 관련자들이 모두 잡혀 들어갔어."

이미 한양에서의 내응은 불가능해진 것이다. 천군부에서는 벌써 토벌대를 준비하고 있을지도 몰랐다. 일이 발각된 지 이레가 지날 때까지 까맣게 모르고 있었으니, 이미 일은 돌이킬 수 없는 지경에 이른 것 같았다.

이런 중대한 때에 이몽학 대장군은 전라도 각지를 돌며 은거하고 있는 사람들을 만나고 있었으니 큰일이었다.

김덕령은 불길한 생각들을 떨쳐 버리고 정신을 가다듬어 일을 수습하기 시작했다.

"전령대를 불러라!"

김덕령의 큰 목소리가 산채를 울렸다.

잠시 후 각 전령대 수장들이 들어오자 다급히 명령을 내렸다.

"즉시 전령을 이몽학 대장군에게 보내고 홍산으로 오시라고 하여라. 화급한 일이니 최대한 빨리 오시라 하고 관도를 피해 소로로 이동하시라 전해라. 서신을 들고 온 자는 잘 감시하도록 하고, 지금 즉시 모든 협조자들에게 연락하여 거사를 앞당길 것이니 준비하라 하라. 거사는 여름이 가기 전에 할 것이며, 정확한 일자는 추후에 통보해 줄 것이니 하시라도 출병할 수 있도록 준비하라는 명을 전하라."

뒤이어 다른 전령대에게도 급박한 명령이 떨어졌다.

"연락이 끊긴 자들의 소재를 파악하는 데 주력하라. 어디에 그들이 있는지, 왜 연락이 끊어졌는지를 소상히 밝혀 열흘 안으로 보고하라."

"예, 장군!"

명을 받은 전령들이 각지로 흩어졌다.

그들이 사라진 후, 숲 속에서 일단의 무리들이 그 뒤를 쫓아갔지만 누구도 그들을 눈치 채지 못했다.

전령의 전갈을 받은 이몽학은 급히 산길을 따라 홍산으로 발길을 돌렸다. 아직 경상도 쪽을 둘러보지도 못했는데 일급 귀환령이 떨어졌다.

'무슨 급한 일이기에…….'

홍산에 도착한 그는 산채가 일급 경계 태세 상태인데다 많은 병사들이 무장한 채 요소요소에 배치되어 있는 것을 보고는 불안감이 가중되었다.

그때 김덕령이 그의 도착을 알고 뛰어나왔다.

"대장군, 이제 오십니까. 어서 안으로 드시지요. 오시면서 혹여 불상사는 없었습니까?"

"아무 일 없었네. 갔던 일은 잘 되었고 전주목사도 이 일에 동참하기로 했지. 휘하의 병사 2천을 거느리고 거사에 참여할 거네."

"잘된 일입니다만, 한양에서 변괴가 있었습니다. 이것을 보시지요."

김덕령이 내민 서신을 읽던 이몽학은 믿을 수 없다는 표정으로 김덕령을 바라보았다.

"사실을 확인하였는가?"

"전령을 보냈으니 조만간에 정확한 소식을 알 수 있을 것입니다."

"일이 이 지경까지 되었다면 이미 전 조선이 다 안다고 할 수 있는데, 왜 아직까지 소문이 나지 않았단 말인가?"

"관아에는 이미 파발이 갔을 것이오나, 대부분이 작금의 사태를 관망하거나 모병하느라 바빠 군대를 보내지는 못할 것이옵니다. 하지만 머지않아 저들이 군대를 파병할 터, 우리가 선수를 치는 것이 좋을 듯합니다."

"약정된 거사일을 바꾼다는 건 어려운 일이네. 이 일에 수천, 수만의 목숨이 달려 있어."

"그래서 이미 주요 협조자들에게 그간의 일을 설명하는 전령을 보내고 거사를 앞당길 것을 통지하였나이다."

"그래, 그건 잘한 일이야. 하지만 한양의 소식이 급선무이니 기다려 봄세. 그동안에 우리는 군세를 점검하는 게 좋을 것 같네."

먼 길을 오느라 목이 말랐던 그는 냉수 한 잔을 청해 들고는 그제야 생각난 듯 말했다.

"아참, 원균 장군에게서는 아무런 소식이 없는가? 그리고 저들에 대한 정보는?"

"일이 이 지경이 되었다면 원균 대장군께도 변고가 있지 않겠습니까?"

"그건 그렇지."

"저들의 군대는 대부분 평안도 이북에 집중되어 있는지라 자세히는 알 수 없으나 아직 움직인다는 정보는 없습니다."

"우리 사정은 어떤가?"

"지금 산채에 천 명의 병사가 있고 충청도에서 관병이 3천, 전라도에서 2천, 협조자들의 수가 2천 도합 8천입니다만 당장 움직일 수 있는 인원은 채 7백 명이 되지 않습니다. 산채 인원들이 지금 전국 각지로 흩어져 있으니 그들을 불러들이고 거사일을 앞당겨 군세를 불린 뒤에 빠르게 한양으로 치고 들어가야 합니다."

"한양으로 보낸 전령은 언제 오는가?"

"일이 있은 후 바로 보냈으니 내일이면 소식을 가지고 올 것입니다."

“일단 전령을 기다리기로 하지. 난 조금 쉬어야겠네. 아참, 천군부에서 파병한 천군과 천인들의 동태는 파악하고 있는가?”

“그들은 모두 전라도에 있습니다. 이상하게도 그들은 충청도에 있는 인원을 모두 전라도로 움직였습니다. 주변에 있는 천군이나 지방군에서는 별다른 움직임이 없습니다.”

“각지로 파견된 전령은 돌아왔는가? 특히 강화도가 중요해. 수군이 없으면 한강을 넘기가 힘들지. 그쪽의 사정이 한양보다도 더 급해.”

“아직 다 돌아오지 않았습니다. 가까운 곳에 간 자들은 왔지만 먼 곳에 간 자들은 아직…….”

“알았네. 지금 같은 중요한 때엔 정보가 생명이야. 작은 거라도 놓치지 말고 보고하게.”

김덕령과의 대화를 마친 후 처소로 들어온 이몽학은 그의 스승이신 권율 대장군을 생각했다. 이번 거사도 그의 적극적인 권유와 도움으로 계획되었고, 그의 친필 서신이 많은 인사들을 가담시키는 데 결정적 역할을 했다.

그런 만큼 권율 대장군께서 감금되었다면 큰일이었다. 만약 이 사실이 알려지면 많은 인사들이 이탈하게 될 것은 불을 보듯 자명했다.

다행히 하옥이 아닌 감금이라 했으니 어쩌면 저들은 아직까지 이번 거사의 실체를 파악하지 못하고 있는 것인지도 몰랐다. 그렇지 않았다면 단지 감금으로 끝냈을 리 만무했다. 더군다나 자신이 전라도를 활보하고 다닐 수도 없었을 것이고 조선이 이렇듯 조용할 수는 없었다.

스승님이 못난 제자를 위해 모진 고초를 당하고 계신지도 모른다고 생각하니 마음이 아팠다. 이런저런 생각으로 고심하던 이몽학은 밤새 잠을 이루지 못하다가 피곤에 지쳐 쓰러졌다.

자신을 부르는 소리에 눈을 뜬 이몽학은 처소에 김덕령과 최담령이 들어온 것을 보고 자세를 바르게 했다.

"장군, 대장군!"

"무슨 일인가?"

"대장군, 한양과 강화도를 다녀온 전령이 방금 왔사온데 서신의 내용이 사실인 것 같사옵니다. 워낙에 경비가 삼엄하여 한양에 들어가지도 못했다 하더이다. 하지만 들리는 소문에 의하면 이미 국방부는 폐쇄되었고 많은 협조자들은 식솔들과 함께 어디론가 끌려갔다고 하옵니다. 한양은 온통 군인들로 가득 찼사옵니다. 아직 우리의 실체를 파악하지 못하고 있는 것 같지만 시간문제이오니 거사일을 하루라도 앞당기는 것이 좋을 듯합니다. 조만간 한양의 소식이 전국으로 퍼질 것이옵니다."

"그렇군. 사실이란 말이지……."

잠시 허탈함이 전신을 휘감았다. 그렇게 조심했건만 발각나 버린 것이다. 이제는 물러날 수도 없었다. 지금 그만두기엔 그는 너무 멀리 와 버렸다.

"앞으로 닷새 후 거사를 할 수 있게 준비하도록 하라. 칠월 초닷새 밤에 출병하겠다. 각지에 전령을 보내 본대에 호응토록 하라. 약조를 어기면 배신의 대가를 치러야 할 것임을 분명히 알리라.”

“예, 장군!”

“오늘은 우리의 계획을 마지막으로 한 번 더 검토하도록 하지.”

“알겠사옵니다.”

모두들 상기된 표정으로 서로를 바라보고 있었다.

그날 오후, 명을 받은 전령들은 다시 각지로 흩어지고 있었다.

임천군수 박진국은 실로 진퇴양난의 어려움에 처해 있었다.

며칠 전 홍산에서 사람이 다녀간 후 바로 천군부 소속 군사가 관아
로 들어와 잠시 머물다 갔다. 필시 그 전령을 따라왔음에 틀림없으나
아무런 내색도 하지 않던 천군부 군사들은 훈련 중에 도움을 줘서 감
사하다는 말을 남기고 떠나 버렸다.

그런데 오늘 또 홍산에서 전령이 찾아와 이틀 후 거사하기로 하였으
니 출병 준비를 서두르라는 명을 전하고 갔다.

원래대로라면 추석 전후가 거사 예정일이었으니 이리도 서두르는
것을 보면 이미 일이 잘못되어 가고 있음이 분명했다. 이럴 때는 조정
에 고하거나 앞서 이몽학을 진압하는 것이 좋았으나 시간으로나 병력
으로나 모두 역부족이었다. 더군다나 자기가 알기로도 많은 관리들이
포섭되어 있었다. 사방이 적인 사지에서 20여 명뿐인 포졸들과 관아에
속한 30여 명의 잡부들은 아무 소용 없었다.

“어찌한다… 어찌한다…….”

밤새 서성이던 박진국은 결국 그날 밤으로 식솔들은 처가인 경상도
로 몰래 보내 버린 뒤 약조대로 반란군에 합류하는 척하다가 냅다 한

양 쪽으로 도망갈 계획을 세웠다. 어차피 틀어진 일이라면 살길을 찾아야 했다.

한양

한양의 기방에서 거의 매일을 술과 아리따운 기생들에게 둘러싸여 정신없이 지내던 왕삼계 명나라 사신은 자신이 조선에 온 목적을 까맣게 잊어버리고 기생 치마폭에서 헤어날 줄을 모르고 있었다. 관례대로 상국의 사신은 이른바 국빈 대접을 받으며 많은 선물과 향응을 제공받고는 하였는데 이번은 그 도가 지나쳤다.

그런 사신 일행의 퇴폐 향락은 한양 주민들에게 지탄의 대상이 되었지만 모든 것을 당연하게만 받아들인 사신 일행은 그 사실을 알지 못하고 매일매일 놀기에 바빴다. 설사 알았다손 치더라도 그들이 상관할 바가 아니었다.

오늘도 대낮에 월향이라는 기생을 품고 운우지락을 나눈 후 월향의 젖무덤에서 노닐고 있던 왕삼계는 밖에서 들려오는 떠들썩한 소리에 대충 옷을 추스르고는 방문을 열었다.

"무슨 일인데 이리 시끄럽느냐!"

"나리, 큰일 났사옵니다! 변란이옵니다, 변란!"

시종 하나가 난리법석을 떨고 있었다.

"무엇이? 변란이라니! 자세히 말해 보거라!"

"어제 충청도 홍산에서 변란이 일어나 여러 고을을 점령하고 홍주를 거쳐 공주를 함락하고 파죽지세로 한양으로 올라오고 있다 합니다! 저들의 군세가 1만을 넘어 계속 늘어나고 있는데 조만간에 한양에 다다를 것이라는 소문입니다."

"무엇이? 그 말이 참말이더냐? 이런! 어서 궁으로 가자! 광혜군을 만나야겠구나. 그리고 너는 처소에 돌아가 하시라도 떠날 수 있도록 짐을 싸도록 하고 단단히 준비하여라, 어서!"

그간 한시라도 떨어지지 않던 월향이 손을 붙잡아도 뿌리치며 방문을 나선 왕삼계는 정신이 하나도 없었다.

'변란이라니! 만일 이것이 사실이더라도 반란군이 나를 해하지는 못할 것이다. 하지만 혹 모르는 일이지.'

성난 폭도들은 어디로 튈지 몰랐기에 이곳에 머무는 것은 위험천만한 일이 아닐 수 없었다. 왕삼계는 오래오래 살고 싶었다. 이역만리 조선에서 폭도들에게 죽임을 당하고 싶진 않았다.

부랴부랴 거리로 나온 왕삼계는 한양 곳곳이 부산하고 군사들이 바쁘게 움직이는 것을 발견할 수 있었다. 변이 생긴 건 사실인 모양이었다.

왕궁을 향해 가던 왕삼계가 지나쳐 간 국방부 앞에는 수많은 군사들이 모여들어 진을 치고 있었고 왕궁 입구에도 역시 많은 군사들이 살벌하게 번을 서고 있었다.

"변란이 일어났다는데 그것이 사실이옵니까?"

왕삼계는 치우 천황이 있는 곳에 들어가자마자 예를 취하는 것도 잊은 채 서둘러 물었다.

"그렇잖아도 내 대신을 부르려 하였소. 반도들은 흉악무도하게도 역심을 품고 난을 일으켰소. 그런데 진압할 병력이 태부족이오. 대부분의 군사는 왜에 가 있고 그나마 조선에 있는 군사는 여진족을 경계하기 위해 평안도와 함경도에 있는데 이를 어찌한다는 말이오. 저들이 벌써 경기도에 들어섰다 하니, 아무래도 잠시 평양으로 몽진을 갔다가 북방의 군사를 몰아 저들을 막아야 할 것 같소. 대신께서도 서둘러 채비를 차리도록 하시구려.”

치우 천황의 말은 왕삼계를 어이없게 만들었다. 나라에 변란이 나면 마땅히 진압 부대를 먼저 편성하여 진압할 생각을 해야 하는데 조선의 왕이란 자는 도망갈 준비부터 하고 있었다.

한편으로는 덜컥 겁이 나기도 했다.

‘왕이 역도가 무서워 떠나는 마당에 나라고 온전할까?

자신이 이곳에서 죽을지도 모른다는 생각이 들었다. 조선의 일도 어느 정도 마무리가 되었으니 서둘러 명으로 돌아가야겠다고 생각을 굳힌 왕삼계는 그래도 도망간다는 소리를 듣기는 싫어 짐짓 허세를 부렸다.

“그것이 무슨 말씀이십니까? 몽진을 가시다니요. 당장 요동에 달려가 주둔 중인 명의 군사를 몰고 올 것이니 잠시만 기다리시면 저 역도들 정도는 걱정없을 것입니다.”

“이를 말이오. 그렇게만 된다면 그 은혜는 꼭 갚으리다.”

천황은 눈물을 글썽거리며 왕삼계의 손을 붙잡고는 감격해하고 있었다.

실로 한심하다는 생각밖에 안 드는 왕삼계는 살며시 손을 빼며 살짝 미소를 지었다.

“저는 이 길로 명으로 가겠사오니 다시 올 때까지 평안하시옵소
서.”

“그러시오. 어서 가시오. 좋은 말과 변변치는 않지만 작은 선물을
준비하라 일러놓았으니 그것을 가져가시고 황상께 잘 말씀드려 주시
오.”

부랴부랴 황궁을 나와 숙소에 도착한 왕삼계는 서둘러 하인들과 수
행원들을 모아 한양을 떠났다. 조선에 올 때는 다섯 수레였던 짐 행렬
이 갈 때는 열다섯 수레가 넘는 긴 행렬이 되었다. 모두 조선에서 뜯어
가는 선물 명목의 뇌물이었다.

지나가는 동안 마주친 길거리의 행인들은 누구 하나 그것에 신경을
쓰지 않고 모두들 짐 보따리를 들고 한양을 빠져나가고 있었다. 왕삼
계가 보기에 왕이 몽진을 명한 것이 아닌가 싶었다.

평양을 거쳐 의주에 도착하는 동안 왕삼계는 수많은 군사와 백성들
이 남과 북으로 오가는 것을 보았다. 이미 역도들이 한양에 다다르고
있고 왕은 개성에서 평양으로 쫓겨가고 있다는 소식도 들었다.

‘천군이 조선에 있어 종묘사직을 보살피고 있었다면 이리 허망하
지는 않았을 것이다. 천군이란 것은 왜가 지어낸 거짓말임이 분명하
다.’

왕삼계는 압록강을 건너자 그제야 안도의 한숨을 내쉬며 여유를 찾
았다.

“그 다마스란 놈의 목도 어깨에 붙어 있을 날이 얼마 남지 않았구나.
하하하.”

자신의 말에 따라 왜에서 왔다던 사신의 목이 왔다 갔다 할 것을 생

각하니 우습기까지 했다. 그에게 이번 조선행은 의외로 짭짤했다. 의주에 처음 도착하여 관도에 들어섰을 때는 그 길의 넓고 곧음에 적이 놀라 소문이 사실이 아닐까 싶었지만 이제는 다 허황된 소문이라는 것이 백일하에 드러났다. 명에 가서 이 일을 고하면 그의 임무는 엄청난 부수입과 함께 끝나는 것이다.

사실 명이 다시 출병하기란 어려웠다. 왜란은 이미 종결되었고 조선에서 다른 왕이 세워진다 해도 명의 속국임이 변하는 것은 아니었다. 말을 듣지 않으면 그때 출병해도 늦지 않았다. 오히려 조선을 좀 더 허약하게 만들 필요가 있었다. 군주를 잘못 만나 고생하는 백성들을 보고 있자니 측은하다는 생각도 들었지만 변방 속국의 백성들에게까지 베풀 자비는 자신에게 없었다.

"방금 의주에서 연락이 왔습니다. 사신이 의주를 건너갔다 합니다."

"우리의 계획대로 조선에 큰 난이 일어난 것처럼 알고 있을까?"

"확실히 그럴 것입니다. 헛소문이 그들에게 들어가도록 조치하고 각 지역 수령들에게 일급 경계령을 내렸으니 속아 넘어갔을 것입니다."

"하하하하!"

대화를 나누고 있는 대명부 부장과 외교부 장관은 서로를 보며 호탕하게 웃고 있었다. 그동안 명 사신 때문에 죽치고 있었던 것을 생각하면 때려죽여도 시원치 않았지만 아직은 때가 아니었다.

"그건 그렇고, 홍주의 일은 어찌 되어가고 있는가? 혹 아는 소식이 있는가?"

“지금쯤 진압 작전이 시행되고 있을 것입니다. 잠시 홍주와 공주가 저들의 손에 들어갔지만 조만간 끝나지 않을까 싶습니다.”

거사가 시작되었음에도 전라도에서 온다던 관병 2천은 끝내 그 모습을 보이지 않았고 전주목사에게 보낸 전령도 돌아오지 않았다. 그 외에도 많은 전령들이 돌아오지 못하고 있었다. 전주목사에게 간 전령은 전주에 다다르기도 전에 뒤따르던 그림자에게 죽임을 당하고 말았던 것이다.

반란군은 순식간에 홍주와 공주를 점령하고 그 기세를 몰아 천안으로 움직였다. 천안에 이르렀을 때는 군세가 8천이 넘어서고 있었다. 전라도 관병이 합세했다면 큰 힘이 되었을 테지만 어쩔 수 없었다.

시작부터 잘못되었음을 깨닫지 못한 이몽학은 천안에 무사히 도착하자 일이 순조롭게 진행되는 것 같아 흡족해하고 있었다. 비록 전라도의 호응을 얻지 못하여 후위를 계속 돌봐야 하는 부담이 있었지만 지금까지 변변한 싸움 없이 천안까지 올라왔으니 닷새 안에는 한양을 포위할 수 있을 것 같았다.

천안을 점령한 이몽학은 오늘 낮의 일이 자꾸 신경 쓰였다. 천안의 미곡점 점주인 박항우라는 자가 군량미로 내놓아야 할 쌀 5백 석을 마련하지 않은 것에 대해 처벌한 일이었다.

지금까지 이몽학은 약조를 지키지 않은 자들은 모조리 목을 베어버렸다. 그들의 변명은 약조라도 한 듯이 한결같았다. 하나같이 거사를 알지 못하였다고 했다. 하지만 같은 지역에서 누구는 전갈을 받고 누구는 못 받았다는 것이 말이 되지 않았다.

처음에는 저들이 죽기 싫어 거짓을 말한다며 모조리 참하였으나 박항우의 말은 그에게 다시 한 번 생각해 보지 않을 수 없게 만들었다.

"내 이놈, 이몽학아! 한낱 필부의 마음을 가지고 큰일을 도모하려 했단 말이냐! 내 권율 대장군의 친필만 아니었던들… 아! 천추의 한이로다."

아직도 박항우의 마지막 모습이 눈에 선했다. 때마침 거사 후의 상황이 급박하여 미처 챙기지 못했던 일이 떠올랐다.

"김덕령을 급히 들라 해라."

잠시 후 김덕령 장군이 막사 안으로 들어왔다.

"찾아 계시옵니까, 장군."

"그렇소. 어서 오시오. 몇 가지 확인할 일이 있어서 말이오. 일전에 각 지역으로 보냈던 전령들이 임무를 마치고 돌아왔는지 궁금하오."

"각 전령들은 현지에서 협조 세력과 같이 움직이기로 되어 있었으니 홍산을 떠날 때는 확인할 수가 없었습니다. 각 지역을 거쳐 오면서 확인했어야 했는데 소인이 불민하여 미처 확인하지 못했습니다."

김덕령이 관할했던 전령대는 거사가 시작되자 거의 대부분이 군병으로 임무가 바뀌었고 전령대 임무는 다른 병사로 대체되었다. 전령이 노려지는 것을 회피하기 위한 조치였지만 전언이 제대로 전해졌는지 파악하기 힘들다는 단점이 있었다. 게다가 군세가 급속하게 확장되면서 그들 개개인의 신상을 파악하는 것도 어려워졌다.

“지금 당장 알아보겠습니다.”

김덕령이 이몽학 처소를 나오자마자 부장들을 불러 이 일을 급히 알아보라 시켰다.

반나절이 지나 전령들의 소재가 파악되었다. 그들 중 상당수가 실종된 사실이 밝혀진 것이다. 특히 세력이 크거나 충청도를 벗어난 자들은 대부분 돌아오지 않았다.

이미 그들의 일거수일투족이 감시당하고 있었음을 반증하는 사실이었지만 김덕령은 이를 가벼이 넘기고 말았다. 반란을 일으킨 지 열흘이 지났지만 예정대로 모든 일이 순조롭게 이어지고 있었고 천군부나 관군의 이렇다 할 저항도 없었기에 그것이 큰 변수로 작용하리라고는 생각지도 못했다.

아산 근처 귀산

김덕령이 이끄는 3천의 병사들은 홍성을 거쳐 아산으로 향했다. 김덕령은 아산에서 이몽학의 본대를 기다렸다가 천안으로 진격할 요량이었다. 그들이 지나가는 길목에서는 화살 하나 날아오지 않아 편하게 진군을 계속할 수 있었다.

아산으로 가는 길목인 예산에서 이시언 목사의 도움으로 어렵지 않게 통과한 그는 이시언이 내어준 5백여 관병과 함께 움직이고 있었다.

그사이 이몽학이 이끄는 6천의 병사는 공주에서 유구를 거쳐 아산으로 향하고 있었다. 최담령은 잔여 병사를 이끌고 홍주와 공주를 수비하고 있었으며, 혹시 모를 전라도의 지원군을 기다리고 있었다.

"여기는 참새. 너구리 나와라, 오버."
"여기는 너구리다. 무슨 일인가?"
"지금 일단의 군대가 거산을 지나고 있다. 약 5천 정도."
"무기는 무엇을 휴대하고 있는가?"
"창과 칼, 화차와 총통 같은 화기도 보인다."
"알았다. 다음 지점으로 이동하라."
"알았다, 이상."
광덕산에 잠복해 있던 저격여단 소속 정찰조가 자리해 있던 흔적을 지우고는 숲 속으로 사라졌다. 반란군의 이동 경로를 따라 잠복해 있던 저격여단 요원들은 반란군의 움직임을 대부분 파악하여 천군부에 보고하고 있었다.

한양 천군부.

천군부에서는 의외로 그들의 군세가 많은 것에 놀라고 있었다. 현재까지 파악된 숫자만 1만이 넘고 북진하고 있는 병력이 대략 8천 정도인데다 시간이 갈수록 늘어나고 있었다.
"이몽학군이 이미 수원에 다다랐다는 보고입니다. 이쯤에서 이만 이번 연극을 끝내야 할 것 같은데요, 장관님."

시시각각 올라오는 보고를 받고 있던 김영철은 조준옥에게 진압 작전 시행을 종용하고 있었다.

천인단으로서는 할 일이 태산 같은데 이번 연극으로 인하여 근 두 달 동안 일손을 놓고 있었다. 하루빨리 사회를 안정시키고 만주를 도모하여 필요한 원유를 확보하여야 했다.

원유의 확보는 천인들이 가진 기술을 십분 활용할 수 있는 원동력이 되기에 17세기의 사회를 21세기로 올려놓을 중대한 요소였다. 원유 없이는 유럽보다 불과 100년을 앞설 수 있을 뿐이고 그것도 시간이 흐르면 흐를수록 오히려 역전당할 것이다. 그만큼 에너지의 확보는 중차대한 현실적 문제였다.

"지금 군수 공장과 발전소에 경비 병력이 배치되어 있지만 혹여 반란군이 그곳 중 하나라도 장악하거나 파괴시킨다면 큰일입니다. 이쯤에서 그만 하시지요. 전라도를 방공여단이 장악한 것은 잘된 일이지만 김포가 텅 비어 있습니다. 겨우 포병여단 병력밖에 없지 않습니까?"

묵묵히 김영철 단장의 말을 듣고 있던 조준옥 장관은 경기도에 배치되어 있는 군대를 살펴보았다. 경기도 쪽에는 그들을 저지할 만한 병력이 없었다. 그래도 좀 더 가까이 올 때까지 두고 볼 생각이었다.

준비는 충분했다. 밀명을 받고 아산만으로 출발한 일부 병사가 이시언의 도움으로 스며들어 반란군의 움직임을 주시하면서 결정적인 때를 기다리고 있었다.

"그럽시다. 이미 작전은 다 세워져 있고 시작만 하면 됩니다. 애석하게도 사대부들이 직접 참가하지 않았어요. 단지 하인과 자금을 대고 있다는 보고인데… 직접 가담하지 않고 막후에서 조종만 하겠다는 생각인지…….”

　오산을 거쳐 수원으로 올라오던 1만 2천의 반란군은 전초병으로부터 전방 십 리 밖에 관군이 포진하고 있다는 보고를 받고는 진영을 갖추기 시작했다. 보고된 바로는 적은 천 정도인데다 무장도 빈약했다. 성을 나와 벌판에서 자신을 기다리고 있었으니 이몽학으로서는 어이가 없는 일이었다.
　‘유리한 수성전을 하지 않고 성 밖으로 나온다? 뭔가 있는 것일까?’
　이몽학이 빠르게 머리를 굴리는 사이 누군가가 소리쳤다.
　“관군에게서 전령입니다! 백기를 들고 오고 있습니다!”
　보고대로 한 사람이 백기를 든 채 이몽학의 진영으로 다가왔다.
　“난 경기지사 이인화이다! 죄인은 황명을 받으라!”
　쩌렁거리는 소리로 사신이 외치고는 곧장 두루마리를 펼쳐 읽었다.
　“일찍이 왜란이 있어 선황과 천군의 도움으로 난을 평정하였노라. 이제 태평성대를 염원하는 것이 천심이거늘, 어찌 흉악무도하게도 짐에게 반기를 들고 세상을 어지럽혀 하늘을 욕보이는가! 짐은 일단의 무리들에 속아 혹세당한 이가 적지 않음을 안타깝게 여기고 있노라. 그대들의 죄를 사하여줄 것이니 모두 무기를 버리고 제자리로 돌아가도록 하라! 더 이상 세상을 어지럽힌다면 하늘의 문을 열어 그대들을 벌하겠노라!”

경기지사 이인화는 어깨를 쫙 펴고 있는 힘껏 목소리에 힘을 주어 교지를 읽어 나갔다. 밀려오는 두려움을 이겨내기 위해 악을 쓰고 있었던 것이다.

"푸하하하! 고작 천여 병력으로 우리를 막겠다는 것이냐. 너는 썩 물러가 전하여라! 어버이를 폐하고 스스로 왕위에 오른 패악무도한 놈이 어찌 하늘을 논한단 말이냐. 그런 하늘이 있다면 내가 용서치 않을 터이다. 당장 군사를 물려 길을 열고 우리와 힘을 합쳐 저 흉악무도한 놈들을 처단하는 것이 진정한 하늘의 뜻이니라. 더군다나 너는 일찍이 우리의 거사에 협력하기로 약속하고서 이제 와서는 이렇듯 약속을 헌신짝 버리듯 하니 어찌 사내대장부라 하겠느냐. 차라리 안방에서 수나 놓도록 하여라! 하하하."

이인화는 이몽학의 놀림에 얼굴이 화끈거렸지만 그렇다고 여기서 물러날 수는 없었다. 그의 뒤에는 천의 부하들이 자신을 바라보고 있었다.

"네 이놈! 감히 천황을 능멸하고도 살기를 바라느냐! 고작 서자 출신인 자가 하늘 무서운 줄 모르는구나. 이 모든 일이 하늘이 관여한 일임을 이몽학, 너는 어찌 모르느냐!!"

"썩 물러가거라. 그렇지 않으면 아무리 사신이라 할지라도 목을 베겠다. 제장들은 전투 준비를 하라! 저놈이 돌아가는 즉시 공격할 것이다."

"예, 대장군!"

이인화는 반란군 진영에서 들려오는 함성을 뒤로하고는 박차를 가해 진영으로 되돌아갔다. 애당초 저들을 설득할 마음은 없었다. 설득

한다고 통할 무리들이 아니었다. 그래도 마지막 기회를 줄 필요는 있었다. 또 천군부에 이런 자신의 모습이 보고되기를 은근히 기대하고 있었다.

"먼저 부랑민으로 구성된 부대를 선봉에 세워 공을 세우라 하라. 그 뒤를 민병이 따르고 그 뒤를 관병이 따른다. 포병은 앞으로 전진하여 화차와 포를 준비하고 궁병은 포병을 엄호하며 적을 공격하라!"

이몽학의 명이 떨어지자 부산해지는 반란군의 움직임은 이인화에게도 훤히 보였다.

"적들이 공격 준비를 하고 있습니다, 장군."

이인화는 진영에서 천군이 준 쌍안경으로 적진을 살펴보면서 혀를 차고 있었다. 반란군이 비록 숫자가 많다고는 하나 아군의 상대가 되지 않음을 알고 있었다. 자신의 뒤에는 막강한 천군 포병이 진을 치고 있었으나 저들의 진형을 보니 그것을 모르고 있음이 분명했다.

"불쌍한지고. 저들 사이에 아군이 섞여 있으니 그들의 위치를 포대에 알려주어 피하도록 하고 준비되는 대로 방포하도록 명하라."

"예, 장군."

"다른 관병들은 어디 있나?"

"적 후미에서 대기 중인 것으로 보입니다."

"잘되었군. 하긴 정예병이라 할 수 있는 관병을 이런 곳에 투입하고 싶지는 않겠지. 궁수를 후위에 대기시키고 쫓아오는 적들을 막으라 하라. 언제라도 철수할 수 있도록 만반의 준비를 마치고 명을 기다려라."

세에에에에에!

지금까지 듣도 못한 파열음에 이몽학 진영의 모든 병사들이 고개를 들어 하늘을 바라보았다. 멀리서 작은 점이 빠르게 다가오고 있었다. 그 점은 꼬리에 꼬리를 물고 날아와 포를 방열하고 있는 포대 위에서 작렬했다.

쿠콰콰쾅!

너무나 강렬한 폭발음에 넋을 잃고 있는 반란군 병사들 위로도 그 점들은 떨어지고 있었다.

꽈과광! 꽝!

"으악!"

"내 다리!"

"크억!"

폭발음과 함께 온갖 처절한 비명이 사방에서 난무했다.

"이 무슨……!"

진영 선두에 떨어진 포탄 소리와 비명 소리에 이몽학은 혼이 빠져나 갈 듯 놀랐다. 정찰병의 보고에 따라 적에게는 포병이 없는 줄로 알았 다. 실제로 눈앞에 보이는 적들의 모습에서도 창병과 궁병뿐이었다. 그럼에도 포격이 날아들고 있었다.

"대체 어디서……."

그는 황급히 적 뒤쪽을 둘러보았다. 그의 상식상 포대를 아무리 멀 리 숨겨놓았다 하더라도 시야 내에서 사격이 가능했기에 검은 포연을 발견할 수 있어야 했다. 하지만 주변 사방 어디에도 화약 연기는 발견

되지 않았다. 그럼에도 포탄은 계속 떨어져 내리고 있으니 환장할 노릇이었다.

계속 떨어지는 포탄에 이몽학 군의 선두는 혼란 속에 완전히 사분오열되었다. 간발의 차로 돌격 명령이 떨어지기 전에 쏟아져 내린 포탄에 유랑민 병사들이 공포에 떨며 허둥대다가 사색이 되어 도망가기 바빴다. 난을 일으킨 뒤 처음으로 맞이한 전투는 너무나 일방적이었다.

이러다간 군사가 흩어질까 두려워지기 시작한 이몽학이 후미에 대기하고 있던 관병을 진격시켰다. 관병은 떨어지는 포탄을 피해 이인화 진영으로 달려갔다.

반란군이 달려오는 것을 본 이인화가 소리쳤다.

"활을 쏴라!"

일시에 수백의 화살이 빗발치듯 날아갔다. 선두에서 달려오던 자들이 피를 뿌리며 고꾸라지자 뒤에서 달리던 자들이 방패를 들어 올렸다. 그러자 화살에 맞아 쓰러지는 병사들이 현저하게 줄어들기 시작했다.

"쏴라!"

다시 한 번 화살 비가 쏟아져 많은 이들을 죽음으로 내몰아갔다.

"모두 전속 후퇴하라!"

이인화는 화살 세례가 끝나자 머뭇거림없이 전군에 후퇴 명령을 내렸다. 그때는 말을 탄 반란군의 장수들이 이인화의 진영에 거의 다다를 무렵이었다.

이인화의 군사들은 썰물이 빠져나가듯 진영을 버리고 수원성으로 내달렸다.

"와아아아!"

앞서의 포격으로 큰 피해를 입었다가 반격으로 승리를 거머쥐게 된 반란군 진영에서는 승리의 기쁨으로 난리가 났다.

"장군, 적들이 후퇴합니다! 추격하여 단숨에 수원성을 점령해야 합니다."

"모든 병사들은 적을 추격하여 오늘 밤 안으로 수원성을 함락시킨다! 진격!"

승리를 눈앞에 두게 된 만큼 이몽학으로서는 머뭇거릴 것이 없었다.

적들의 외침이 점점 가까워지자 이인화는 병사들에게 후퇴를 종용했다.

"후위 부대를 제외한 모두는 창을 버려라!"

후퇴하는 데 지장을 주는 창을 버릴 것을 이인화가 명령했지만 병사들은 어리둥절해할 뿐 쉽사리 창을 버리지 못했다. 전장에서 무기를 내버림은 자신의 목숨을 내놓는 것과 같음을 모두 본능적으로 느끼고 있는 것이다.

몇몇 병사들을 제외한 대부분의 병사들이 그대로 창을 들고 열심히 뛰고 있자 이인화는 자신의 병사들이 자랑스러웠다. 병사로서의 자부심으로 창을 버리지 않는다고 착각한 것이다. 그래도 창을 버리고 가야만 더 빨리 도주할 수 있다는 사실은 달라지지 않았다.

"창을 버려라, 당장!"

오늘 아침 천군부에서 내려온 지시에 따른 명령이었다. 그 명령에 따르면 군사를 이끌고 수원성 삼십 리 밖으로 나가 적에게 항복을 권유하고 여의치 않을 시에는 아군의 포격이 가해진 후 한차례 공격을 한 뒤 빠르게 퇴각하라는 것이었다.

처음 명령을 받았을 때는 천으로 1만을 막으라는 천군부의 명령을 거부하고 수성전을 펼치려 했었다. 그러나 포병의 지원과 퇴각해도 좋다는 조건에 그 명령을 수락하고 병사들의 무장을 창 하나와 화살 몇 발로 제한했다.

하지만 지정된 길목에 도착한 이인화는 사방을 둘러보아도 포대가 보이지 않자 잠시 불안에 떨어야 했었다. 그는 포병부대가 어디에 있는지 몰랐고 그저 바짝 뒤따르거나 먼저 도착해 있겠거니 하는 막연한 생각뿐이었던 것이다.

막상 보이지도 않는 곳에서 아군의 포격이 있자 얼떨떨하기는 그도 마찬가지였다. 만약 반란군에게 포위를 당하였다면 꼼짝없이 대부분 죽어 나갔을 것이다. 반란군은 아군의 선제포격이 워낙 거세자 처음에는 허둥대다가 곧 정면돌파를 시도해 왔고 화들짝 정신을 차린 이인화는 계획대로 일제사격 후 곧장 후퇴를 감행했다.

관병이 무기까지 버리고 달아나자 적의 포격에 큰 혼란에 빠졌던 선봉부대는 진영을 갖출 새도 없이 추격전을 벌였다. 벌판에서 벌어진 추격전은 일대 장관을 이루었다.

이렇게 되자 뒤에 처진 관군 가운데 창을 버리는 자들이 속출하였고, 덕분에 한결 빠르게 수원성으로 달릴 수 있었다.

후위를 맡은 궁병들은 간간이 활을 날려 적의 추격을 일시적이나

마 늦추었다. 하지만 뒤쫓는 백여 기의 기병들을 멈추게 하기에는 역부족이어서 후위를 맡은 부대가 적 기병에게 짓밟히곤 했다. 더욱이 창마저 버린 후미의 병사들은 적 기병이 가까워지자 그저 죽어라 사방으로 흩어져 달아날 뿐이었다.

20여 리를 숨 가쁘게 달아난 관병들은 갑자기 뒤편에서 엄청난 폭음이 들려오자 화들짝 놀라 잠시 걸음을 멈추었지만 반란군들이 뒤쫓아 온다는 생각에 다시 내달렸다.

다시 10여 리를 달려 마침내 수원성으로 들어간 이인화는 급히 수성전을 준비했다. 그러나 꽤 시간이 흘렀음에도 적들이 보이지 않자 이상한 생각이 들었다.

'이놈들이 어디로 갔단 말인가? 혹 수원성을 놔두고 한양으로 우회한 것이 아닌가?

이런저런 걱정에 더 이상 참을 수 없었던 그는 발 빠른 병사를 뽑아 내보냈다. 후미에 처진 병사들의 상황이 걱정되었고 따라오던 반란군들의 동태도 파악해 둬야만 했다.

초조하게 기다린 지 오래지 않아 보고가 들어왔다.

"장군, 관도엔 반란군의 시체로 가득하옵고 부상당한 자들의 신음 소리가 진동하고 있나이다. 부상자들을 심문하였더니 하늘에서 큰 폭음이 들렸고 곧 수천의 병사가 다치거나 죽고 나머지 반란군들은 퇴각하였다 하옵니다."

이인화는 잠시 어리둥절하였으나 곧 추격전 중에 들려온 폭음을 떠올릴 수 있었다. 무엇을 의미하는지를 깨달은 그는 천군부의 무서움을 실감할 수 있었다. 천군부에서는 단 천의 경무장 병사들을 전면에 내

세워 가로막은 뒤 곧장 퇴각시킴으로써 적도들을 방심하게 한 뒤 일거
에 쓸어버린 것이다.

이인화에게도 몇 달 전 권율 대장군의 친서를 지닌 밀사가 온 적이
있었으나 그때 처신을 잘하여 이 자리에 서 있는 것이 천만다행이었다.
사실 그가 처신을 잘하였다기보다는 천군부에서 앞서 경고를 한 영향
이 컸지만 말이다.

이인화는 2백 명을 추려 반란군들이 쓰러져 있는 전장을 정리하기
위해 다시 수원성을 나섰다.

단 한 번의 전투에서 이몽학군은 반수 이상의 병력을 잃어버리고 말
았다. 전사자보다는 도망간 자들이 태반이었다. 천군들이 사용하는 포
대를 제압할 방책을 모색하지 않고는 도저히 한양을 도모할 수 없음을
절실히 깨닫게 된 이몽학이었다.

이인화 부대의 후위를 뭉개 버릴 때까지는 모든 일이 순조롭게 이루
어지는 듯하였다. 하지만 후퇴하는 관병을 추격하느라 대오를 흩뜨려
버린 상태에서 갑자기 포탄의 집중 세례를 받자 처참하게 무너져 내렸
다. 앞서 있었던 포격과는 비교할 수 없는 강력한 포격이었다. 어렵게
포격을 뚫고 달려나갔던 그의 본대도 천군의 매복에 걸려 깨끗이 당했
다. 불과 2백여 명으로 구성된 천군은 기관총과 소총으로 적의 선봉을
회복 불능의 상태로 만들어 버린 것이다.

어쩔 수 없이 이몽학은 후퇴를 명령했다. 부대를 추스르며 천안으로
돌아가 진영을 재편성해야 했다. 선두에서 후퇴를 이끌고 있던 김덕령
이 주위를 둘러보니 모두들 풀이 죽어 있었다.

전라도를 장악한 천군부는 전라도 병력을 금강을 따라 홍산으로 바로 올라가게 하고 해군 함포로 이루어진 포병대대는 방공여단의 호위를 받으며 논산을 거처 홍산으로 진격하게 했다. 이미 수원에서 대승을 거두었다는 소식에 관군은 반란군을 진압한다는 대의명분과 승세에 선 강자의 입장에 힘입어 사기가 드높았다.

비록 숫자상으로는 적들의 반에도 미치지 못했지만 어느 누구도 패배를 생각하지 않았다.

같은 시각, 이몽학의 군대는 밤을 도와 공주로 내려가고 있었다. 단 한 번의 전투와 패전 소식이 아주 빠르게 전파되어 있었다.

이몽학의 패전 소식과 권율 장관, 원균 장군의 감금 소식이 함께 전해지면서 많은 협조자들이 반란군에서 떠났다. 반란군이 수원까지 올라올 때는 지방의 협력자들이 아낌없는 지원을 약속하고 많은 식량과 재물을 내놓아 보급에 별 어려움이 없었다. 하지만 퇴각할 때는 인접한 협조자들이 모두 등을 돌렸다.

그간 일반 백성들에게 민폐를 끼치지 않았던 반란군은 군량미가 떨어지자 어쩔 수 없이 민초들의 가옥을 뒤지기 시작했고, 반신반의하는 심정으로 지켜보던 백성들은 반란군을 피해 피난길에 올랐다.

그렇게 시작된 악소문은 꼬리에 꼬리를 물고 퇴각로로 퍼져 나가 반란군을 괴롭혔다. 애초에 속전속결, 현지 내응, 현지 보급이라는 전략으로 많은 보급품을 준비하지 않았던 반란군은 이후부터 보급에 큰 어려움을 겪게 되었다. 때마침 홍주와 공주에서 보급품이 오지 않았다면 병사 태반이 배고픔의 고통을 당해야 할 뻔했다.

그러나 한시름 놓기에는 일렀다. 퇴각하는 그들 뒤에는 경무장한 천군 수백 명이 살금살금 따라와 조금씩 조금씩 반란군의 꼬리를 잘라 나가고 있었다.

이몽학이 천안에 도착할 무렵, 전령이 뜻밖의 소식을 전해왔다.

"대장군, 일단의 관군이 예천에서 공주로 향하였고, 부여에서는 나룻배를 이용하여 금강을 거슬러 올라오고 있다 합니다. 그리고 남쪽에서는 천군부 소속 포병대가 거대한 포를 가지고 북상 중입니다."

이몽학은 포병대란 말에 눈이 반짝였다.

"그 포병대는 어디쯤 있다 하던가?"

"예, 내일 오후면 삼각을 지날 것이라 하옵니다."

"그래? 잠시 이동을 멈춘다. 작전 회의를 할 것이니 모든 부장들을 들라 해라."

공주로 갈지 천안으로 갈지를 결정하지 못하던 이몽학은 부대의 이동을 멈추게 했다.

"김덕령 장군, 공주를 향해 사방에서 천군이 몰려오고 있소. 공주보다는 천안이 더 머물기가 좋지 않겠소?"

이몽학은 천안에 들어가길 원했다. 천안은 제법 큰 도시였기에 이몽학의 군대가 머무르는 데는 안성맞춤이었다.

"그렇긴 합니다만 천안은 우리가 차지하기에는 너무 위험합니다. 천안에서 너무 많은 피를 보았기 때문에 민심이 우리에게 있다고 볼 수 없습니다. 차라리 최담령 장군이 있는 공주가 더 유리할 듯 보입니다.”

김덕령은 공주에 있는 병력과 본대가 합쳐지길 원했다. 천안보다는 공주가 친근했고 고향이 공주인 병사들도 많았다.

“제장들은 어떻소?”

“대장군의 뜻대로 하소서.”

이몽학의 물음에 제장들이 일제히 머리를 숙였다. 이몽학은 한차례 주위를 둘러보고는 만족한 미소를 떠올리며 말했다.

“다들 아시겠지만 천군의 포병이 호위병도 없이 공주로 이동 중이라는 첩보가 있소. 김덕령 장군은 지금 당장 기병 2백과 병사 3백을 데리고 삼각에 가시오. 그곳에 매복한다면 섬멸이 가능할 것이니 필히 포를 노획하여 오시오. 난 공주에서 그대를 기다리겠소. 여러분! 우리의 거사가 아직 실패한 것은 아니오. 김덕령 장군이 이번에 적 포병대를 섬멸하고 포를 노획해 오면 우리도 천군의 포대에 대응할 수 있소. 아시겠소? 모두들 처음에 임했던 마음으로 앞으로의 일을 대비해 주시기 바라오. 그리고 김덕령 장군, 꼭 성공하셔야 하오.”

“예, 장군. 지금 당장 떠나 적들의 포대를 끌고 오겠나이다.”

김덕령은 훈련이 잘되어 있고 적극적으로 이번 거사를 담당한 홍산 산채 식구들로 구성된 별동대를 이끌고 본대를 가로질러 앞으로 나섰다.

다음날 아침 삼각에 도착한 그들은 매복한 채 잠을 청했다. 적의 포대는 오후에나 이곳을 지나갈 예정이었으니 잠시 눈을 붙여도 무방했다.

삼각에서 자신들을 노리는 매복병이 잠들어 있다는 사실을 까맣게 모르는 방공여단 3대대 병력과 인솔자인 서진원 소령은 열악한 도로 사정을 두고 투덜거리며 한 걸음 한 걸음 삼각을 향해 다가갔다.

"하루에 15㎞를 진군하기도 힘들다니 이게 말이 되냐고, 젠장. 관도를 따라가는데도 이 모양이라니……."

이제 조금만 더 가면 삼각이고 그곳에서 잠시 휴식을 취한 후 월암까지만 갈 예정이었다. 그곳이면 공주성이 포의 사정 거리 안에 들어오기에 위험을 무릅쓰고 더 가까이 갈 필요는 없었다.

이런 굼벵이 포병대대를 호위하는 것은 서진원 중대가 할 일이 아니었지만, 저 포병대대 함포의 운영을 맡고 있는 해군에 비하면 그의 입장은 좋은 편이라 내놓고 불평할 수도 없었다.

포대 행렬이 삼각을 지나 계룡산 자락을 돌고 있을 때, 갑자기 함성이 일고 화살이 날아왔다. 매복해 있던 반란군들이 쏜 총탄이 천군의 몸 여기저기에 박혔다. 방공여단 병력은 방탄모에 방탄조끼를 입고 있어서 화살이나 총탄을 맞더라도 치명적이진 않았다.

"윽!"

"아악!"

하나 이도 저도 없던 전직 수병이자 현직 포병들은 비명을 지르며 쓰러져 갔다.

순식간에 허리를 잘린 행렬은 진군을 멈추고 포를 방패 삼아 반격을 가하기 시작했지만 매복병들이 철저히 은폐하고 있어 제대로 대응할 수 없었다. 다만 적의 총병들은 그 특유의 검은 화약 연기 때문에 한 발 쏘고 재장전하는 동안에 방공여단의 집중 사격을 받아야 했다.

모습을 드러내지 않고도 포대에 활을 날릴 수 있는 적의 궁병들은 계속해서 활을 날렸다. 활이 곡사 무기라는 점을 생각하면 천군들이 방패 삼은 포들은 전혀 도움이 되지 못하여 수많은 수병들이 유린당했다.

"기관총, 뭐 하나! 주변 산에 대고 갈기라고! 이봐, 일단 갈겨! 이런 개새끼들!"

후방에서 행렬을 따라가던 서진원 소령은 무전기를 들고 각 소대장들에게 고래고래 소리를 지르고 있었다.

"전방에 기병이 나타났습니다! 무서운 속도로 돌격합니다!"

"전방에 골키퍼, 측방에 기관총. 무차별 사격! 한놈도 살려두지 마라!"

"주변을 초토화시킨다! 모든 포병은 현 지점에서 사격 가능한 지점으로 발포하라! 아무 데나 쏴!"

서진원 소령은 자신의 부하들도 아닌 포대원들에게 명령을 내렸다. 포대장이 어디에 있는지도 모르고 포대장의 명령을 기다리기에는 상황이 너무 급박했다. 지휘 체계를 장악하여 빨리 사태를 수습해야 했다. 적들의 수가 얼마나 되는지 알 수 없었기에 선두의 기병을 쓸어버리고 이 지점을 빨리 벗어나는 것이 최우선 과제였다. 하지만 포를 이끌던 마소들이 상당수 죽어버렸다. 적을 얕보고 전초를 세우지 않은 것이 화근이었다. 그러나 이제는 돌이킬 수 없는 상황이 벌어진 뒤였다.

각종 화기가 사방을 향해 불을 뿜었다.

타타타타타!

쾅!

두두두두두두

먼저 앞에서 달려오던 기병들이 탄막에 휩싸였다. 발사 가능한 최단 거리의 산등성이로는 포탄이 날아가 작렬했다. 주변 산에 불이 붙었다. 포탄으로 인해 잔가지들이 날아다니고 폭음과 함께 흩어지는 먼지들로 사방이 뿌옇게 변해갔다. 몇몇 지점에서는 사람들의 비명과 단말마가 들려왔다.

사람의 힘으로는 옮길 수 없는 포를 버려두고 간신히 매복 지점을 빠져나온 천군들은 사방을 경계하며 인원 점검을 하였다.

보고를 받은 서진원 소령의 눈에서 눈물이 주르륵 흘러내렸다. 포병 사망자 80명에 부상자 100명, 방공여단 사상자 20명, 부상자 80명, 총 사상자 280명의 치명적인 피해가 나왔다. 이 상태로는 더 이상의 이동이 어려웠다. 적을 얕본 대가치고는 너무 가혹했다.

"총을 들 수 있는 부상병들은 주변을 경계하고 걸을 수 있는 자들은 모두 주변을 수색한다! 발견되는 적들을 모조리 죽여 버려!"

서진원 소령은 섬뜩한 목소리로 외쳤다.

김덕령 장군은 기병이 전멸하자 후퇴를 결심하며 연신 화살을 날렸다. 그가 날리는 화살에 천군은 여지없이 쓰러졌지만 죽지는 않는 듯 보였다. 어떤 자는 화살이 가슴에 적중했음에도 화살이 퉁겨져 나오기까지 했다. 기가 막힌 일이었다.

처음 일제사격을 가할 당시만 해도 기습이 성공하는 줄 알았다. 수십 명이 일거에 쓰러지고 행렬 중앙이 무너지자 기병을 투입시켰다. 쾌재를 부르며 또 한 번의 일제사격을 준비하던 도중에 적의 반격에 직면하면서 상황은 급변했다.

화약 연기로 인해 위치가 발각된 총병은 천군의 사격에 피 범벅이 되어 날아갔고 주위에 있던 궁수들 역시 고개를 들지 못했다. 적 포대가 불을 뿜자 천군 전면을 공격하던 기병은 대열에 접근도 하지 못하고 쓰러졌고, 온 주위가 완전히 불바다가 되어버렸다. 너무나 순식간에 벌어진 상황 변화였다.

"후퇴한다. 공주로 가자!"

가까스로 정신을 차린 김덕령은 후퇴를 명하였지만 부하들이 백여 명 정도밖에 남지 않은 것을 확인하고는 망연자실해졌다. 지난 2년 동안 동거동락해 오던 부하들이 한순간에 사라져 버린 것이다.

"장군, 적들이 점점 조여오고 있습니다! 서둘러야 합니다!"

부하 하나가 소리쳤지만 김덕령의 귀에는 들리지 않았다.

단기 3929년 가을

여름에 있었던 이몽학의 난은 두 번의 전투로 사실상 종결되었다.

기습 작전이 실패하고 투입된 병력이 거의 몰살된 상황에서 공주성으로 향하던 이몽학은 공주목사 이시발이 최담령을 효수하고 성문을 열어주지 않자 곧 이어 들이닥친 진압군에 의해 벼랑 끝으로 내몰렸다.
이어 반란군에 스며들었던 관군이 야음을 틈타 이몽학과 김덕령의 목
을 베어 진영을 빠져나오자 5천 명의 반란군은 무기를 버리고 투항함
으로써 내란은 싱겁게 끝나 버렸다.

국방부에 감금되어 있던 장수들과 사병들은 수원전투가 끝나자 모
두 하옥되었고, 뒤이어 각지의 협조자들도 모조리 하옥되었다. 죄의
경중에 상관없이 이들을 모두 효수형에 처한다는 방을 전국에 내걸자
이번 난에 조금이라도 연루되었던 전국의 사대부들은 대문을 걸어 잠
그고 전전긍긍했다. 언제 불똥이 자신에게 떨어질지 몰라 밤잠을 설치
는 자들도 수두룩했다. 설사 연루되지 않았다 하더라도 천군부의 주시
를 받고 있다는 사실만으로도 오금이 저려왔다.

이번 일로 국방부는 완전히 해체되고 모든 군권은 천군부에 귀속되
었다. 옛 조선병들은 해체되고 선별된 자만이 훈련과 교육을 거쳐 천
군부에 흡수되었다.

또한 뜻하지 않은 사상자를 다수 내게 되자 천군부에서도 구식 군대
와의 접전에 대해 재검토하게 되는 계기가 되었다.

그해 10월, 하옥되어 있던 죄인들은 모든 재산을 국가에 상납하고
만주를 개척한다는 조건 하에 사면받아 제2기병사단이 주둔하는 함경
도로 이주했다. 그 수가 무려 2만에 달하였고 그들이 함경도 혜산에 도
착한 후 압록강을 넘을 때는 3만 인원으로 불어나 있었다. 이는 그들을
감시하기 위해 붙여진 관병들과 장사길에 나선 자들, 또 미지의 세계에
대한 동경으로 무작정 떠난 이들이 합쳐진 결과였다.

그렇게 만주로 가는 행렬은 끝도 없이 이어졌다. 그들을 수용하기 위해 때 아닌 공역에 투입된 제2기병사단 병력들은 그해 겨울을 날 준비를 마칠 때까지 투덜대며 실컷 욕설을 퍼부어댔다.

V 오사카 방화 사건

　명나라로 떠난 오하이마 다마스를 기다리던 이에야스는 1년이 지나도록 돌아오지 않자 내심 그의 신변이 걱정되었다. 이번 여름에 조선에서 큰 난리가 일어났다는 소문은 들었으나 더 이상의 소식은 알 길이 없었다. 큐슈에 주둔하고 있는 조선병들의 움직임에는 특별한 것이 없어서 소문처럼 조선 왕이 몽진을 간 것은 아닌 것 같았다.

　어김없이 올 가을에도 백미 30만 석을 준비해야만 하는 그로서는 지방의 다이묘들과 영주들을 볼 면목이 없었다. 아직까지는 그들을 힘으로 굴복시키고 있지만 얼마나 오래갈지는 모를 일이었다. 또 해마다 막대한 양의 곡식을 조선에 조공으로 보낸다는 것도 힘에 부쳤다.

그를 골치 아프게 만드는 건 그것뿐만이 아니었다. 요즘 심심찮게 조선병들이 임진년 때 잡아온 조선인을 찾는다며 혼슈를 헤집고 다니는 바람에 각 지방마다 작은 소란이 끊이지 않았다. 다행히도 아직까지는 조선병들이 살상을 하지 않았고 사무라이들의 습격도 받지 않았다. 하지만 올 가을 민심이 흉흉해질 것을 생각하면 위태롭기만 했다.

이에야스는 그동안 10만의 병사를 훈련시키고 조총을 꾸준히 사들여 총병을 1만 가까이 확충시켜 놓았다. 그러나 지난 전쟁 때 천군이 보여준 포의 위력을 생각한다면 안심할 만한 전력은 아니었다. 2～3만 명의 군사를 앞세우고 포병이 뒤따른다면 그가 막아낼 마땅한 수단이 없었다. 10만의 병력 또한 각지로 분산되어 지역 치안을 담당하고 있어 흩어진 병력을 모으는 데만 해도 많은 시간이 요구되었다.

단기 3929년 늦가을 오사카 항

폭격의 피해를 어느 정도 복구한 오사카 성은 다시 사람들로 북적대고 있었다. 조선으로 가는 배에 쌀을 싣는 인부들은 빠르게 배와 부두를 오갔고 선적이 끝난 배들이 오사카 항을 떠나자 빈 배가 줄줄이 항구로 들어와 정박했다. 외항(外港)에는 순서를 기다리며 정박해 있는 판옥선들이 수면 위를 가득 메우고 있었다.

오사카 항이 내려다보이는 언덕 위에는 옆구리에 칼을 찬 심상치 않은 기세의 무사들이 서 있었다. 특이하게도 그들 모두 도요토미 히데요시 가문의 문장을 새기고 있었다. 이미 사라져 버린 줄 알았던 도요토미 히데요시의 가신들이 이곳 오사카에 나타난 것이 예삿일은 아니건만 그들을 유심히 바라보는 사람은 없었다.

밤늦게까지 일을 하고 집으로 돌아가던 나까무라는 요즘 살 만했다. 조선인에게 고용되어 쌀을 실어주는 일을 해주면 하루에 쌀 두 되를 노임으로 받았다. 열흘 동안 계속 일을 하면 두 말이나 되는데 이 쌀을 다른 곡식으로 바꾸면 식구가 두 달은 먹을 수 있는 양식이 되었으니 이보다 좋은 일자리는 없었다.

하지만 이 일도 한때의 일거리일 뿐이었기에 이번 일이 끝나면 몰래 가족을 데리고 큐슈로 갈까 생각하고 있었다.

큐슈 지방은 조선인이 통치한 후로 세상이 달라지고 있었다. 모든 백성들이 학교를 의무적으로 다니게 하여 글을 깨우치게 해주고 살기도 편하다는 소문이 오사카에까지 파다했다. 글이란 가당치도 않았던 천민들에게 있어 큐슈는 천국이나 다름없었다.

그 문제를 심각하게 생각하며 걷던 나까무라는 일단의 검은 옷을 입은 사람들이 언뜻 조운선이 정박해 있는 부두로 접근하는 것을 보았다. 하지만 자신과는 상관없는 일이라 여기며 집으로 가는 길을 재촉했다.

"여기는 조선병이 없군. 아주 쉽겠는데."

"빨리 불을 지르고 나가자고. 시간이 없어. 발각되기 전에 최대한 많은 배를 불질러 버려야 돼. 나쁜 조선 놈들! 개만도 못한 이에야스! 가자!"

속닥거리던 그림자들이 조선 판옥선으로 스며들었다가 얼마 후 소리없이 나와서는 다른 판옥선으로 옮겨갔다.

그렇게 몇 척을 돌아다녔을까. 처음 불을 놓았던 배에서 불길이 치솟아올랐다. 그것을 시작으로 내일 아침부터 선적할 계획으로 부두에 정박해 있던 배에서 차례차례 불길이 치솟아올랐다. 항구 밖에는 더 많은 배들이 정박해 있었지만 거기까지 헤엄쳐 갈 수는 없었다.

벌써 불이 난 것을 알아채고 달려오는 사람들이 보였다. 머지않아 병사들도 달려올 것 같자 그들은 들어올 때와 마찬가지로 나갈 때도 소리없이 오사카 항을 벗어나 달렸다.

오사카 항을 내려다보는 언덕에 올라온 그들은 불타는 항구를 보면서 회심의 미소를 지었다. 너무 쉬운 일이었다. 판옥선에서 보초를 서던 조선 병사는 두 명뿐이었고 조선병들은 그들의 상대가 아니었다.

최고의 사무라이가 할 짓은 아니었지만 그들이 할 수 있는 복수는 이런 것 외에는 없었다.

다음날 아침, 시모노세키를 기항지로 두고 있는 남반도 수군 사령관인 이순신 장군은 어제 오사카 항에서 일어난 방화 사건을 보고받고는 노발대발하여 전 수군에 비상을 걸었다. 오사카에서 피해를 당한 판옥선은 그의 함대 소속이었다.

이순신 장군은 일단 남도군 사령관인 주경환 장군에게 보고하고 함대를 움직여 오사카로 향했다. 판옥선과 거북선의 혼합 함대는 혼슈와 시코쿠를 갈라놓는 내륙해를 따라 항주하다가 그날 밤 오사카에 도착하였다. 그리고는 곧장 그 일대를 완전히 장악하고 오사카 성을 점령해 버렸다.

오사카 성주는 일찍이 이에야스의 특명으로 조선으로 가는 조공을 책임지는 임무를 수행하고 있었다. 하나 일이 이 지경에 이르자 조선 수군의 오사카 성 진입을 막을 명분이 없었다. 사실 막을 만한 병력도 없었다. 성주는 그저 상황을 이에야스에게 급히 보고하는 것으로 책임을 다하였다.

오사카 성이 이순신에게 점령되었다는 소식을 접한 이에야스는 울고싶은 처지에 뺨을 맞게 되자 머리끝까지 화가 나 이성을 상실해 버렸다. 그는 다마스가 떠나기 전 당부했던 말을 까맣게 잊어버리고는 전국적으로 행해지고 있던 모든 조공의 수송을 중단하고 각 지방 영주에게 출병을 지시하는 명령서를 내렸다.

이에야스는 더 이상 참을 수가 없었다. 이렇게 야금야금 먹히면 언젠가는 자신이 설 땅이 없어질 거라는 위기감이 그를 엄습했다. 지방 영주들의 불만도 이번 기회에 해소시킬 수 있다는 생각에 이에야스는 친위군 2만의 병력을 이끌고 에도 성을 나왔다.

한양 친군부

"어제 오사카에서 사소한 방화 사건이 발생하였고 이에 격분한 이순신 장군이 함대를 이끌고 오사카를 점령해 버리는 사건이 발생했습니다."

　남도군 사령부에서 올라온 보고를 읽고 있던 조준옥 장관은 의외라는 듯 고개를 갸우뚱거리다가 생각에 잠겼다. 이번 일은 이순신 장군이 그답지 않게 문제를 확대하고 있는 듯 보였다. 아무리 휘하의 병사와 군선이 불질러졌다고 해도 왜의 중요한 항구이자 성인 오사카 성을 점령한 것은 지나친 반응이었다.

　"이제 봉황의 약진 작전을 실행할 때가 온 것 같군. 내년 봄에나 실행할 수 있지 않을까 했는데……."

　조준옥 장관이 낮은 목소리로 혼잣말을 중얼거렸다. 남도군에서 올라온 보고서를 들고 왔던 정보참모가 '무슨 소리인가?' 하는 표정으로 조 장관을 바라보았다.

　"현재 남도군에 주둔 중인 병력이 얼마나 되나?"

　"예, 남반도에 1, 2보병사단, 그리고 우베에 1공수여단과 저격여단, 남도군 직할 해포병여단, 그리고 대마도에 3보병사단입니다. 병력 숫자만으로는 3만 5천 명이 조금 넘습니다. 이순신 장군의 함대에 소속된 수군이 약 만 명이고 대마도 함대엔 약 5천 정도입니다만 현지 치안에 필요한 인원을 제외하면 대략 수군을 합쳐 3만 정도가 즉시 가용 병력입니다."

　"음… '봉황의 약진'을 발동하기엔 병력이 적군. 지원병이 필요하겠는데… 일단 강력한 화력으로 밀어붙이고 지원병을 올려 보내 끝내버리면 되겠지."

　"허 소장."

　"예, 장관님."

　"참모 회의를 소집하게. 봉황의 약진을 이 시간부로 발동한다. 난 천황 폐하의 재가를 받아오겠네."

장관의 명령을 들은 허 소장은 깜짝 놀랐다.

"장관님, 아직 시기상조입니다. 내년 봄까지 기다리심이 어떨는지요. 우린 아직 준비가 덜되었습니다."

허 소장이 생각하기에 조준옥 장관이 너무 서두르는 것 같았다. 오사카 문제는 이쯤에서 물러서는 게 유리할 듯 보였다.

"아니야. 이에야스가 칼을 뺐다. 돌이키기엔 너무 늦어버린 거야. 우리가 물러난다고 해도 달리는 호랑이 등에 탄 이에야스가 쉽게 내려올 거라 생각하나? 이미 이순신 장군으로 인해서 약진은 시작되었다고 볼 수 있어. 초반 출혈도 거의 없이 이에야스의 도발이 이루어졌으니 이미 반 이상 성공했다고 볼 수 있어. 게다가 우리의 준비 상태도 나쁘지 않아. 대부분의 부대들이 훈련을 마치고 최종 훈련 평가 단계가 아니던가. 그건 실전에서 하도록 하는 게 좋아. 이 정도면 내 생각으로는 별 무리 없을 것 같은데, 안 그런가?"

그날 천군부 장관의 요청으로 소집된 회의에서는 작전 명 '봉황의 약진'의 발동이 정식으로 승인되었다.

천군부에서는 1세대 병사라고 할 수 있는 징집병들의 능력을 이번 기회에 확인받고 싶어했다. 그 역량 여하에 따라 세계를 도모하는 수순과 시간을 조절해야만 했다. 지금까지 있었던 전투는 대부분 천군부의 막강한 화력이 헤집어놓은 전장을 기존의 조선병들이 이삭 줍듯이 정리한 것에 불과했던 것이다.

조선에서 빠져나가는 병력의 공백을 보완하고 만주 여진족의 발호를 대비하기 위해 천군부에서는 남반도에 주둔 중인 저격여단을 북으로 이동시켰다.

원산항에서는 강원도 일대에서 기초 군사 훈련을 마친 병사들이 몰려들었다. 그들은 지난 이몽학의 난이 발발했을 때도 훈련소를 벗어나지 않고 계속 군사 훈련을 받아왔기에 훈련도는 충실한 편이었다.

병사들은 원산항에서 영영 1, 2, 3호와 판옥선에 승선하였다가 하선하는 훈련을 반복하고 있었다. 육지에서 사용할 견인포와 소형 화포들을 판옥선에 올리고 길 안내를 맡은 정찰선을 시작으로 수십 척의 함대가 원산항을 빠져나가 수평선으로 사라졌다가 얼마 후 다시 원산항으로 들어왔다. 상륙 훈련이 뭔지도 모르는 많은 병사들은 그저 시키는 대로 똑같은 행동을 하루에 세 번씩 실시하고 있었다.

"이번에는 두 시간 만에 배어서 모두 내려본다. 각자 순서대로 움직이면 충분한 시간이다, 알겠나? 신호가 떨어지면 각자 해야 될 일을 차근차근 한다. 한 번 엉키기 시작하면 좀처럼 순서를 잡기 힘들다. 눈앞에서 조금 늦어지더라도 꼭 순서를 지켜라, 알겠나? 이번에도 정해진 시간에 움직이지 못하면 저녁 먹을 때까지 모래밭 구보다, 알겠나?"

"예! 알겠습니다!"

조교들이 연신 번호를 불러가면서 가장 먼저 해야 할 일과 다음으로 해야 할 일을 일일이 불러주며 상륙 훈련을 받는 병사들을 다그쳤다.

대마도주 이항복은 어제 내려온 '봉황의 약진' 이라는 전문을 떠올리며 언제쯤 전쟁이 이 땅에서 끝날 것인지 걱정스러워했다. 그러나 그보다 더 시급한 문제가 그를 기다리고 있었다.

대마도에 주둔하고 있는 천군 가운데 필수 인원을 제외한 약 8천의 병사가 남종석 장군이 이끄는 대마도 함대의 호위를 받으며 떠나려는 것이었다. 하지만 그렇게 되면 이곳의 치안에 구멍이 뚫리게 된다.

다행히도 부산에서 1개 연대 규모의 지원군이 출발한다고는 하지만 대마도의 왜인 주민만 해도 10만이 넘어가는 상황에서 3~4천 명으로 통제하기란 쉬운 일이 아니었다. 왜인들인 대마도민을 흡수하는 정책을 펴고 있었지만 생각처럼 되지는 않았다.

시모노세키에 정박 중인 이순신 함대의 주력은 이미 오사카 항으로 떠나 있었다. 이곳에 남은 함정들은 남종석 함대와 연합하여 에도를 공격하기 위해 합류를 기다리고 있었다. 이로 인해 일시에 조선과 남반도를 잇는 바닷길이 텅 비어버릴 우려가 있었지만, 적 수도의 공격을 할당받은 그들에게는 무한한 영광으로 받아들여질 뿐이었다.

남반도주 유성룡은 정신없는 하루를 보냈다. 1, 2보병사단이 시모노세키에 집결하였다가 바다를 건너가고 있었고, 사세보를 통해서는 제주여단 병력들이 소총과 기관총으로 무장한 채 남반도로 들어오고 있었다. 이들은 일시에 빠져나가는 치안 병력의 틈을 메우기 위해 들어오고 있었으나 그 수가 태부족이었다.

그것도 부족해서 천인단에서는 그에게 왜병을 모집하여 시코쿠를 공격하라는 명령을 내렸다. 하지만 뜻대로 병사 모집이 되지 않았다. 한 해 농사가 거의 막바지에 다다를 무렵이라 농사 일손도 부족한 마당에 위험한 전쟁터로 나가려는 젊은이가 있을 리 만무했다.

그래서 유성룡은 편법을 사용했다. 그 편법에 대해 조선의 허가를 받은 유성룡은 시코쿠를 점령하는 데 공을 세운 자에게는 신분 고하를 막론하고 하급 관직을 내리고 능력이 인정된다면 희망에 따라 더 높은 관직을 주겠다는 방을 써 붙였다. 더불어 올해의 세금도 탕감해 주겠다는 파격적인 조건을 내걸었다.

방을 붙인 지 며칠 지나지 않아 떠돌이 낭인 무사들이 하나둘 모여들기 시작했다. 그들은 농사를 지을 수도, 관직에 나갈 만한 학식도 없었다. 그저 각지를 떠돌며 힘있는 자들의 해결사 노릇을 하며 근근이 연명하던 중이었으니 직장과 확실한 신분을 획득할 수 있는 이번 전쟁은 절호의 기회였다.

얼추 5천 명의 어중이떠중이들이 모여들어 그나마 하나의 부대를 형성할 수 있었지만 이 병력으로 시코쿠를 점령하기란 불가능했지만 어차피 그들의 역할은 시간 벌기에 지나지 않았다. 우베에서 출발한 보병사단이 오사카에 도착할 때까지만 시간을 벌고 시코쿠 번주들이 자신을 방어하느라 이에야스를 지원하지 못하도록 하면 그만이었다.

유성룡은 이 인원이라도 모여주어서 다행이라 생각했다. 이제 모집한 왜병들을 사가노세키에 집결시켜 연합 함대가 지나갈 때 배를 타고 도하하기만 하면 되었다. 이후에 그들에 대한 병참 지원은 이순신 함대가 담당할 것이다. 그때까지 살아남는다면 말이지만.

　에도를 출발한 이에야스가 2만의 병력을 이끌고 에도를 나와 고큐현을 지나고 있을 즈음, 야마구치에서 보낸 전령이 도착했다. 남반도에 주둔한 조선병이 도하를 시작하여 야마구치현으로 이동한다는 보고를 받은 이에야스는 조선군의 의도가 무엇인지 갈피를 잡지 못했다.

　오사카는 야마구치나 고큐에서 거의 중간에 위치한 성이었다. 조선병이 배로 이동하지 않고 육로로 이동한다면 자신보다 한참 늦게 도착할 것이 분명했다. 그걸 알면서도 조선군은 안전한 배로 이동하는 것을 포기하고 위험한 육로를 택했다. 조선병은 오는 도중에 여러 번들의 공격을 물리쳐야 하지만 자신은 밤을 도와 행군하면 오사카를 평정하고도 남을 시간적 여유를 얻을 수 있었다. 조선군이 계속 육로로 움직인다면 오사카를 다시 찾는 것은 일도 아니었다.

　하지만 그 이후가 문제였다. 조선과의 전면전은 자신이 불리했다. 지리적 이점을 살려 혼슈에 들어온 조선군을 괴롭힐 수는 있겠지만 압승을 거두기는 힘들었다. 자칫 대패라도 한다면 그나마 유지하던 자신의 막부는 사라져 버릴 것이다.

　반면에 만약 자신이 조선을 물리친다면 더욱더 확고한 위치를 점할수 있는 기회이기도 했다.

　'도박이다. 이미 각지로 전령이 나갔으니 각 번들은 출병 준비를 마치고 이동하고 있을 것이다. 나의 후미에는 동북 번들의 병사들이 2만이상 따르고 있고 오사카에 도착하면 10만에 육박할 것이다. 그 정도면 저 오사카 성을 완전히 가루로 만들어 버릴 수 있고 그 여세를 몰아 남도에서 올라오는 조선병을 밀어버릴 수도 있다. 그사이 시코쿠 번들의 군사를 큐슈에 진입시키면 대마도를 제외한 모든 국토를 회복할 수 있다.'

한번 시작된 이에야스의 희망찬 생각은 꼬리에 꼬리를 물고 일어나 조선을 다시 침략하여 점령하고 만주와 명을 쳐서 대제국을 건설하는 것으로 끝나고 있었다. 잘만 되면 러시아를 넘어 저 서쪽을 도모할 수도 있었다.

"드디어 제국의 시작이 나에게서 비롯되는구나! 히데요시의 꿈을 내가 이루리라!"

옆에서 이에야스의 중얼거림을 듣고 있던 타이로우인 야마다 나이시마는 불안하기 그지없었다. 다마스가 명으로 떠나기 전 그에게 찾아와 이런 일이 일어나지 않도록 신신당부했지만 이에야스의 출병을 막을 수는 없었다.

각 번주들은 조선에게 보내는 조공의 굴레에서 벗어나기 위해 조선을 몰아내는 데 발 벗고 나설지 모르지만 아직 막부의 힘으로는 지방을 누르거나 휘두르기에도 힘겨웠다.

모인 병력들도 숫자만 많았지 시원찮았다. 임진년 전쟁에서 거의 20만에 가까운 대군이 귀환하지 못했고 귀환자 대부분도 그때의 충격에서 벗어나지 못하고 있었다. 당연히 이번에 출정하는 군대는 실전 경험이 풍부하지 못했다.

과거 히데요시의 군대는 내전에서 풍부한 실전 경험을 쌓은 역사상 최강의 군대였다. 그런 군대가 천군에게는 몰살되다시피 했으니 지금의 허약한 병력으로는 이번 전쟁의 결말이 눈에 보였다.

나이시마는 터져 나오는 한숨을 아무도 모르게 내뱉었다.

말 위에서 서로 다른 상념에 잡혀 있던 이에야스와 나이시마는 전령으로부터 소식을 받았다. 아키타 니가카현에서 3만의 군대가 항구에 집결하는 대로 미야주를 향해 떠난다고 했다. 앞으로 10여 일 후면 그들은 항구에 도착할 수 있을 것이다. 시간에 맞추려면 서둘러 가야만 했다.

"후위에 있는 영주들에게 속도를 내라 이르고 남쪽의 번주들에게는 최대한 지연전을 펼치며 조선군의 북상을 저지하라고 하라. 시코쿠에 있는 번주들에게는 앞으로 정확히 열흘 후 큐슈를 공격하라 전하라."

야마구치현에 집결한 남도군 전 병력은 주경환 장군의 지휘 아래 북쪽으로 진격을 시작하였다.

제1보병사단은 쓰가루를 종점으로 동해의 포구들을 거쳐 가는 방향으로 움직였다. 제2보병사단은 내륙해를 진격로 오른쪽에 두고 오사카까지 빠르게 움직였다. 제2보병사단은 이에야스보다 먼저 오사카에 도착하여 이순신 장군과 합류하도록 되어 있었다. 공수여단은 내륙을 관통하여 후위를 따를 제3기병사단의 진격로를 개척하는 임무를 맡았다.

제3기병사단은 경상도에 주둔하는 부대로 그 병력이 아직 시모노세키에 도착하지 않았고 닷새 후에나 강화 함대의 도움을 받아 도착할 예정이었다. 이미 부산에 집결해 있었으나 그들을 싣고 갈 선박이 없어 함께 작전을 시작하지 못했다. 일부 병력은 보급선을 타고 넘어오고 있었지만 공수여단은 그들을 기다릴 시간적 여유가 없었다.

제1, 2보병사단은 과거 제2기갑여단의 두 개 대대를 주축으로 하여 만들어졌다. 그 구성은 약 5백 명으로 이뤄진 기병과 4천의 창병과 검병, 천의 궁병, 2천의 신식 소총으로 무장된 총병, 포병여단에서 지원 온 포병대와 지원 부대로 이루어졌다.

실질적인 전쟁은 2천 명의 총병과 포병이 담당하고 창병과 궁병은 주둔지 방어에 치중할 예정이었지만 '봉황의 약진' 1단계는 적진 점령이 아닌 단시간에 오사카에 다다르는 것이 우선 과제였다. 오사카의 점령은 조선에서 넘어오는 순수 보병사단들이 알아서 해줄 일이었다.

그들의 진군은 여름에 있었던 삼각산 전투를 교훈 삼아 포병대를 진영 중간에 두고 사방을 창병으로 둘러싸 1차 저지선을 구축했다. 거기에 궁병으로 2차, 총병으로 3차 저지선을 구축하며, 전방에는 초병을 배치해 두고서 전진했다. 이 진영은 이동 중에도 변하지 않았다.

또한 수색도 철저히 하여 비록 시간이 걸리더라도 왜병 무기의 사정거리 안을 모조리 수색하여 안전을 확보한 뒤 이동했다.

적진에서의 이동은 언제나 매복과 기습의 위험에 노출되는 만큼 수적 열세에 놓인 조선군으로서는 이동 중의 병력 손실을 극히 우려하고 있었다.

다만 적 중앙을 돌파하는 공수여단만은 말을 이용한 빠른 기동력으로 북상하면서 사방을 휘저으며 돌아다녔다. 공수여단은 이길 수 있는 상대만을 골라 치고 빠지는 게릴라전을 펼치며 1사단과 2사단의 진출로에 있는 적들을 혼란시키고 있었다.

큰 저항 없이 오사카를 향해 가던 제2사단장은 히로시마현을 지날 무렵, 전방에서 약 5천의 왜군이 진영을 구축하고 있다는 보고를 받았다. 즉시 부대의 이동을 멈추게 한 사단장은 전투 준비 명령을 하달하고는 정확한 정보 파악을 위해 수색대를 투입했다.

"전방 2㎞ 지점에 왜병 약 3천 정도가 목책으로 진영을 갖추고 있으며 조총과 구식 무기로 무장하고 있습니다. 진영에는 최초 발견 시 목격된 기병대는 사라지고 없습니다."

수색대가 가져온 정보는 사단장인 박옥환 소장과 참모진을 긴장하게 만들었다. 사라진 기병대의 소재를 파악하지 못한다면 부대가 위험에 처할 수 있었다. 적 기병대는 치명적인 공격을 가하기 위해 보이지 않는 곳에서 매복하고 있던가 우회하고 있을 것이 분명했다.

"적에게 포병이 있던가?"

박옥환 소장이 수색대장에게 물었다. 적의 포병 유무는 앞으로의 전투에 큰 영향을 미쳤다. 아직 오사카 근처도 가보지 못한 상태에서 적 포병에게 아군을 노출시켜 사상자를 낼 수는 없었다.

"없는 것으로 보입니다."

다행인 일이었다. 그렇다고 걱정이 완전히 사라진 건 아니었다. 막상 전투를 앞두게 되니 그동안 고민하던 걱정이 다시 되풀이되고 있었다. 사실 박옥환 소장은 공병여단장이었다가 소장으로 진급하면서 제2사단을 맡게 되었다. 때문에 그는 자신의 야전 경험 부족을 늘 걱정하고 있었다.

그렇다고 그걸 부하들 앞에서 드러낼 수는 없어 더욱 자신만만한 태도를 견지했다.

"적들은 아직도 우리의 무서움을 잘 모르는 것 같군. 이렇게 좁은 구역에 병력을 몰아넣고 있다니."

왜장이 누구인지 모르지만 조선의 포병에 대한 소문을 거의 무시하는 듯한 진영을 유지하고 있어서 의외로 쉽게 끝날지도 모르겠다는 생각이 들었다. 하지만 만사불여튼튼이라 했다.

수색대장이 그려온 왜의 진지 그림을 살펴보던 박옥환 소장은 단시간에 효과적으로 적을 제압할 수 있는 전술을 구상하기 시작했다.

"일단 포병의 전개가 끝날 때까지 주위에 참호를 파고 중기관총을 후방과 전방에 집중시킨다. 기병은 매복보다는 우회 기동이 더 적합하겠지. 항시 적 기병의 기습을 유념하도록 일선 지휘관에게 주의를 주고 이동 시 사주 경계를 철저히 하도록. 적 기병들은 우리가 전방으로 치고 나갈 때 후방을 칠 공산이 크다. 만약 기병이 아군 진지 안으로 돌격해 오면 기관총 사수는 최우선적으로 적 기병을 저지시킨다. 시간이 없다, 빨리 뚫고 나가야 한다. 우리의 적은 시간이다."

최초 적 발견 보고 이후부터 포병의 전개가 끝나고 사격 준비를 마치는 데까지 근 한 시간이 소요되었다. 전방의 왜군은 이쪽의 상황을 아는지 모르는지 전혀 움직일 기색을 보이지 않고 있었다.

초탄이 날아가고 수정을 거쳐 두 개 포대의 일제사격이 시작되었다.

꽈광! 꽈광!

히로시마의 지방 번주인 나오스케는 지난번 조선 원정에 병력을 내보내지 않았다. 당시에는 워낙 영세한 번주라 마땅히 보낼 병력도 없었기 때문이었지만 오히려 그것이 그에게는 큰 복으로 다가왔다. 많은 지방 영주들과 가신들이 조선에 갔다가 돌아오지 못하였다. 그 혼란의 와중에서 나오스케는 주변의 중소 영지들을 자신의 것으로 만들어 버렸다. 그리고 이에야스 막부에 재빨리 빌붙어 히로시마 전체를 영지로 하사받게 되었다.

이런저런 이유로 그는 조선의 사정을 잘 모르고 있었다. 부랑민이나 떠돌이 무사들이 지껄여 대는 말들은 나오스케가 곧이곧대로 믿을 만한 것은 하나도 없었다. 나오스케는 이에야스의 명령을 받아 조선군의 북진을 막기 위해 모든 병력을 이끌고 성을 나섰다. 평생 처음으로 대군을 이끈다는 설레임에 나오스케는 마냥 우쭐하기만 했다.

'기병을 우회시킨 건 내가 생각해도 아주 잘한 일이야. 기병대가 움직이면 우리도 움직인다.'

나오스케는 얼마 전 조선군의 측면을 치기 위해 기병대를 우회 기동시키도록 한 자신의 지시를 스스로 칭찬하고 있었다. 그는 지금까지 알고 있던 상식대로 병력을 중앙에 집중 배치시켜 적의 돌격을 막고자 하였다. 3천의 보병이 잠시만 막아주고 있으면 기병대가 적 후미와 허리를 잘라 버릴 것이고 그때 역공을 가하면 적을 흩어지게 할 수 있을 것이라 생각했다. 그러나 나오스케의 상념은 그리 오래가지 않았다.

꽈광!

"영주님, 조선의 포격이옵니다! 어서 피하시옵소서!"

"아니, 어찌 포탄이 이곳까지 온단 말이냐. 조선 놈들과의 거리가 얼마인데. 말이 되는가?"

"풍문으로는 저놈들의 포가 백 리를 날아간다 하옵니다. 저 또한 그 소문을 믿지 않았으나 사실인 것 같습니다. 주군, 어서 피하시오소서. 시간이 없사옵니다."

순식간에 날아온 포탄들이 자신의 믿음직한 병사들을 짓이겨 놓고 있었다.

"비겁한 놈들! 저놈들은 진정한 무사도를 모르는 놈들이다!"

자기 자신 역시 무사도가 뭔지도 모르는 나오스케였지만 정정당당하지 않은 불공정한 전투를 걸어오는 조선 놈들에게 마구 욕설을 퍼부었다. 그러는 와중에도 포탄은 끊이지 않고 떨어져 내렸다.

진격과 후퇴 사이에서 고민하던 나오스케는 병사들이 우왕좌왕하며 사방으로 흩어지다가 떨어지는 포탄을 피하지 못하고 속절없이 쓰러지자 더 이상 기병대의 공격을 기다릴 수 없었다. 결국 가신인 사이고 우타모리의 후퇴 진언에 후퇴를 결정하게 되었다.

나오스케가 마침내 전군 후퇴를 명령하자 여기저기서 회군을 알리는 깃발이 솟고 북소리가 울렸다. 나오스케가 이제 믿을 것은 조선군의 포격이 시작되기 전 우회시킨 시하라의 기병 2천 기밖에 없었다.

자신의 성을 향해 달려가던 나오스케는 뒤를 돌아보다가 너무 놀라 말을 세웠다. 따라오는 병사가 5백여 명이 채 되지 않았던 것이다. 그가 있었던 진영에서는 불길이 치솟고 검은 연기가 피어올랐다. 지금도 포탄이 떨어지는 포탄 소리가 귓전을 때리고 있었다.

박옥환 소장은 적들이 단 몇 분간 실시된 포격에 지리멸렬하는 것에 적잖이 놀랐다. 왜군은 너무 형편없어 그 정도의 포격을 견디지 못하고 뿔뿔이 흩어져 버린 것이다.

"기병은 출동하여 도망가는 영주를 잡아와라! 단, 깊숙이 진격하진 마라!"

적의 깃발이 물러나는 것을 확인한 박옥환 소장은 급히 직할대 기병을 출동시켜 적들을 섬멸하도록 명령했다. 사단 직할 기병은 최악의 경우가 아니면 직접적인 전투에 투입되어서는 안 될 사단 최후 예비대 성격이 짙었다.

그런데 승리에 도취된 박옥환 소장은 기병에 대한 대비를 충분히 하라는 앞서의 명령을 자신이 어기는 상충되는 명령을 연이어 내렸다.

"포격 중지하고 창병과 궁병을 전진시켜 적 진지를 접수하라!"

포격이 멎고 제2사단 진영에서 기병이 빠져나가고 창병과 궁병을 전진시켜 적 진지를 접수할 무렵, 크게 흐트러진 진영 좌우에 기병 2천 기가 들이닥쳤다. 전방의 기관총은 이미 적 진지로 이동 중이었고, 후방의 기관총은 몰려드는 기병을 전부 제압할 수 있는 위치가 아니었다. 결국 포대가 적 기병에 거의 완전히 노출되어 버린 것이다.

"포를 방패 삼아 적 기병을 막아라!"

처음에는 직사로 포격하려던 포대장은 포 발사를 포기하고 각 포대원들에게 지급된 소총을 꺼내 들도록 하였다.

포병들과 포대 호위를 맡은 총병들이 사방에서 달려드는 기병을 향해 총을 쏘아댔지만 빠르게 접근하는 2천의 기병을 다 저지할 수는 없었다. 진영 깊숙이 들어온 왜군 기병들은 포대원들을 하나하나 사냥하면서 이리저리 날뛰고 있었다.

"죽어라, 조선 놈들!"

시하라가 소리치며 자신을 향해 총구를 돌리던 조선 병사의 안면을 향해 칼을 휘둘렀다. 조선 병사는 총을 들어 칼을 막았으나 시하라가 허리를 옆으로 꺾으며 조선병의 허리를 베어버렸다. 칼 손잡이를 통해 뼈가 베어지는 감각이 전해져 왔다.

타타타탕!

간단히 한 명을 베어버리고 다른 목표를 찾던 시하라가 말에서 굴러 떨어졌다. 눈먼 총알이 시하라가 아끼던 애마의 머리를 날려 버린 것이다. 말의 흉측하게 일그러진 머리통에서 피가 분수처럼 쏟아져 나왔다.

후방에서 간간이 지원 사격을 하던 기관총이 위험을 무릅쓰고 진영 중앙에까지 옮겨져 사격을 가하기 시작했다.

타타타타타타!

기관총 사격에 노출된 적 기병은 순식간에 말과 함께 피떡이 되어 날아갔다. 말 위에서 떨어진 왜군은 이리저리 날뛰는 말의 말발굽에 짓밟혀 죽어갔다. 기관총 사격은 급히 달려온 창병들이 총병의 지원을 받으며 기병들을 점차 한쪽으로 몰아가기 시작하고서야 끝났다. 창병과 기병이 뒤엉키는 바람에 기관총 사격은 어려웠다.

5천여 명 사이를 헤집고 다니던 적 기병은 앞서 나가 있던 총병이 전투에 투입되고 나서야 겨우 전멸시킬 수 있었다.

전투가 끝난 벌판에 펼쳐진 광경은 처참했다. 곳곳에 말의 시체와 사람의 시체가 뒤엉켜 있었고 부상자들의 신음하는 소리가 들판을 가득 메웠다. 불과 50분 만에 일어난 참사라고 하기엔 너무 끔찍했다.

"어서 부상병을 치료하고 전장을 수습하라!"

창병 1연대장의 고함에 병사들이 정신을 차리고 전장을 수습하기 시작했다. 창병들은 가벼운 부상을 입은 왜병을 포박하고 중상자들은 창으로 찔러 죽였다.

그렇게 전투는 제2사단의 승리로 끝이 났지만, 적의 기습으로 인하여 적잖은 아군의 사상자와 부상자가 생기고 말았다. 어이없게도 외곽 방어망이 흩어진 틈을 타서 감행된 자살 작전은 제2사단에게 큰 피해를 안겨주었다.

"대충 정리했으면 기병이 돌아오는 대로 진영을 갖춰 진격한다. 부상자들은 해안가로 이동하여 이순신 분함대에 도움을 요청하고, 수거된 무기는 한곳에 묻고 간다. 어서 서둘러라."

박옥환 사단장은 말없이 참모진들이 전장을 수습하는 것을 바라보았다. 자신의 실책이 컸던 것이다. 한편으로 자신을 보좌해야 할 참모진들에 대한 아쉬움이 컸다. 참모진들은 사단장의 잘못된 명령에 대해 아무런 반대 의견도 개진하지 않았다. 그런 참모들은 박옥환에게는 필요치 않았다.

원산에는 대규모 인원이 승선을 완료하고 출항 명령을 기다리고 있었다. 이번 원정의 핵심인 4, 5, 6사단이 왜에 상륙하기 위해 세 척의 증기선과 열 척의 판옥선에 분승하고 때를 기다리고 있었다.

지난 며칠 동안 하루에 서너 번씩 상륙 훈련을 한 그들은 이제 두 시간 내에 모든 물자와 병력을 상륙할 수 있게 되었다.

상륙함대 사령관인 김병국 대령은 시커먼 연기를 내뿜는 증기선인 영영 3호에 승선하여 함대를 지휘했다. 지휘관은 이번 작전에 지원되는 구축함에 승선해야 했지만 그는 굳이 영영 3호에 승선하기를 원했다.

이제 구축함은 천군에게 거의 무용지물이 되어갔다. 연료와 부품의 재고가 바닥을 보이고 있어 더 이상의 운용은 무리였다. 그래서 천군부에서는 온전한 상태의 선박을 후손을 위해 남겨두길 원해 마지막 부품들은 보관되고 있었다.

그때 VHF로 연결된 함대 통신망에 김병국 사령관의 명령이 떨어졌다.

"전 함대 쓰루가를 향해 출발하라!"

기다란 기적 소리를 울리며 영영 1, 2, 3호가 출항하기 시작하자 그 뒤로 판옥선들이 줄을 지어 출발하였다. 대부분의 인원은 영영호에 실려 있었고 판옥선에는 장비와 보급품들이 실려 있었다. 구축함 한 척에 증기선 세 척, 판옥선 열 척으로 이루어진 비교적 작은 함대가 동해를 지나 예정된 상륙 지점으로 움직이고 있을 무렵, 대마도에서도 대마도 함대가 출항 명령을 받고 대마도를 벗어나고 있었다.

대마도 함대는 시모노세키에서 이순신 분함대와 합류하여 사가노세키로 향했다. 그곳에서 유성룡 도주가 급조한 왜인 부대 5천을 수사키에 잠입시킨 후, 공격을 위해 수사키 앞바다를 벗어났다.

대마도 함대에 주어진 임무는 에도를 초토화시키고 에도 성을 함락한 후, 추가 지원병이 도착할 때까지 에도 성을 사수하는 것이다. 빈집털이나 마찬가지여서 에도 성 함락은 비교적 쉬운 임무에 속했다.

왜의 성은 성주를 기보병의 공격으로부터 가장 효과적으로 차단할 수 있도록 성주의 거처를 중앙에 두고 사방을 겹겹이 벽으로 둘러싸는 구조였다. 그런 구조적인 특성 때문에 왜성은 장사정포 공격에 거의 무방비라 할 수 있었고 주요 지휘관들은 단 한 번의 집중 포격에 무너질 수도 있었다.

"아름답군."

삐걱대며 수사키를 벗어나는 판옥선에 올라탄 남종석 사령관은 밤하늘에 박혀 있는 별들을 바라보았다. 그러나 곧 그에게 하달된 명령을 생각하고는 머리를 절레절레 흔들었다. 지금은 이순신 분함대가 합류한 상태지만 어디까지나 에도 성 함락까지만 같이 움직일 뿐 그 다음부터는 다른 임무를 수행해야 했다. 그 다른 임무가 문제였다.

"공성보다는 수성이 문제야. 수병들이 수성을 제대로 할 수 있을까?"

고립무원의 적지에서 언제 올지도 모르는 지원군을 기다리며 수성전을 펼치기에는 병력이 턱없이 부족했고 군수품 지원 대책도 미비한 상태에서 5천 명의 수병과 대마도 수비군을 적지 수도에 투입해야 한다는 것이 영 불안하기만 했다.

"바람이 차갑습니다. 그만 안으로 드시지요."

어느새 부장이 밖으로 나왔는지 곁에 있었다.

"같이 들어가지. 이순신 장군께서 무슨 생각으로 일을 이렇게 크게 만드셨는지 모르겠군."

남종석 사령관이 중얼거리며 몸을 돌리자 부장이 따라 들어가며 말했다.

"그분이야 왜놈들을 싫어하시지 않았습니까? 많은 고초를 겪으신 분이니까요."

오사카 성의 지척인 나고야성에 도착한 이에야스는 나오스케가 올린 히로시마에서 있었던 전투 보고를 받고 마냥 기뻐했다.

사상자 3천, 부상자 5백, 적 사살 3천.

과장된 전과 보고에 그는 한껏 고무되어 있었다. 고작 5천으로 적 1만과 대적하여 적을 3천 명이나 사살했다는 보고는 그에게 다시금 희망의 불씨를 지피게 했다.

"나오스케에게 야마구치현을 영지로 하사하라!"

그깟 영지는 하나도 아깝지 않았다. 지금껏 적들은 고작 1만의 병력을 세 갈래로 나뉘어 움직이고 있었다. 그럼에도 불구하고 혼슈 남부의 지방 영주들은 번번히 싸워보지도 못하고 사로잡히거나 도망 다니기에 바빠 그의 속을 터지게 만들었다.

하지만 이제 나오스케 보고를 받고 보니 어쩌면 자신의 꿈이 이루어질지도 모른다는 생각이 강하게 들고 있었다.

"장군, 지금 미야주에 아키타군 3만이 도착하여 하선을 완료하였다는 보고입니다. 앞으로 이틀 후면 오사카에 도착할 수 있을 것으로 보입니다.”

“그래, 아주 잘되었다. 전국의 영주들에게 나오스케의 전공을 전하여 나오스케를 본받도록 하라. 죽기로 싸운다면 조선군은 우리의 상대가 아니다, 알겠는가?”

“예, 장군! 지당한 말씀이시옵니다!”

주위에 모인 제장들이 일제히 우렁차게 대답했다.

“우타모리, 이래도 우리가 에도로 돌아가야 한다고 생각하는가?”

에도 성을 나오면서 기회가 있을 때마다 조선과 화친을 해야 한다고 진언하던 우타모리는 꿀 먹은 벙어리처럼 아무 말도 하지 않았다.

이에야스는 자신의 총애를 받으면서도 이번 전쟁에 대해서는 사사건건 심기를 건드리던 우타모리가 못마땅했다. 핀잔을 주고 싶어도 그간 기회가 없었는데 나오스케가 만들어준 것이다.

“우리는 이틀 안에 오사카에 도착한다. 부대를 이동시켜라!”

쓰가루 앞바다

아키타 함대는 미야주에 병력을 내려놓고 다시 북상했다. 왜에게 남아 있는 마지막 함대라고 할 수 있는 아키타 함대는 니카타현에 모여 있는 북방의 병력을 싣고 남쪽으로 내려와 큐슈에 병력을 올려놓아야 했다.

막 쓰가루를 지나 푸쿠이에 진입할 무렵, 전방에서 약 10여 척의 조선 함대가 나타났다. 멀리서부터 긴 연기를 내뿜는 거대한 세 척의 선박과 그보다 더 큰 철선이 빠른 속도로 아키타 함대와 가까워지고, 그 뒤로는 10여 척의 판옥선이 따르고 있었다.

"사령관님, 전방에 왜 함대입니다. 백 척이 넘는 대함대입니다. 정면 승부로는 우리 쪽 피해도 만만치 않을 듯합니다."

양만춘 함장이 왜의 대함대를 먼저 발견하고는 영영 3호에 승선한 함대 사령관인 김병국 대령에게 왜선의 출현과 의견을 알려왔다. 상륙병과 장비를 잔뜩 싣고 있는 원산 함대로서는 판옥선 한 척이라도 잃는다면 작전에 차질이 빚어질 판이었다.

"일단 판옥선과 영영 1호를 함대 후위로 돌린다. 이 지역을 이탈하여 안전한 해역에서 대기하라. 구축함과 영영 2, 3호는 전원 전투 준비를 하라. 갑판의 모든 포를 방열하고 총병을 갑판 난간에 배치하라. 빠른 기동으로 적과의 거리를 벌려 싸우면서 궤멸시킨다."

무전과 깃발, 발광 신호로 명령이 전파되자 판옥선이 선수를 틀어 전장을 이탈하기 시작했다. 뒤늦게 영영 1호가 선회를 마치고 판옥선을 따라갔다. 남겨진 배들은 전원 전투 준비로 북새통을 이루고 있었다.

전자전에 익숙한 김병국 대령으로서는 고작 무전과 수기, 발광 신호에 의지하는 영영 3호의 모든 통신 체계가 불편했다. 또 느려 터진 함대의 움직임이 갑갑하기만 했다. 하지만 이제 그런 것에 익숙해져야만 했다. 이에 적응하지 못한다면 바다에 영영 나오지 못할지도 몰랐다.

"전 함대 빠른 속도로 접근하여 포격전을 전개하라!"

명령을 내린 뒤 생각해 보니 먼저 먼 거리에서 적에게 타격을 입히는 것이 좋을 것 같았다.

"간만에 미사일을 구경해 볼까나? 양만춘이 가지고 있는 모든 화력을 전방에 투사하라!"

김병국 대령의 명령에 양만춘함의 함장이 명령을 되풀이해서 내렸다. 정비할 부품이 없어 앞으로는 쓰기도 힘들어질 무기들이었기에 이번 기회에 소진시킬 생각이었다.

"전방 적선을 향해 미사일 발사!"

명령에 따라 양만춘함에 실려 있던 온갖 최신식 화력이 왜 선단을 향해 쏟아지기 시작했다.

아키타 함대 2백 척을 이끄는 아키모리는 처음 조선 함대의 출현 보고를 받고 적잖이 놀랐다. 하지만 그 수가 채 20척이 되지 않는다는 것과 10여 척이 도망가고 있다는 보고를 받고는 이번 기회에 조선 함대를 꺾어버릴 결심을 했다.

과거 조선 수군을 과소평가한 왜 수군은 해전에서 연전 연패하였고 그 덕분에 지상군에 대한 적절한 보급을 하지 못하여 부산까지 후퇴하였다. 나아가서는 큐슈를 빼앗기는 수모를 당했다. 아키모리 개인적으로는 조선과의 전쟁에서 아끼던 많은 수하들이 죽임을 당했다.

조선과 화친을 맺은 이에야스는 아키모리를 수장으로 임명하고 수군의 강화를 위해 가능한 모든 힘을 쏟아 부었다. 사면이 바다로 둘러싸인 왜가 수군이 약하면 바다로부터의 계속적인 침략에 무대책일 수밖에 없었다.

이에 수군을 맡은 아키모리는 조선의 배와 마찬가지로 대략 3~4백 명을 태우고 포를 30문을 올릴 수 있는 배를 건조하기 시작했다. 지난번 싸움에서 보았던 천군의 장갑함을 모방하여 배에 장갑을 두르기까지 했다.

문제는 천 보를 넘지 못하는 사거리에 전장식이라 재장전에 많은 시간이 걸리는 대포와 선저가 조선의 판옥선처럼 평평하지 않아 선회하는 속도가 판옥선에 비해 많이 뒤떨진다는 점이었다. 이를 극복하기 위한 방법으로 기동력을 올리기 위해 배의 속력을 급속도로 올릴 수 있는 방편을 마련했지만 약점이 사라진 건 아니기에 아쉬움이 컸다.

하지만 2백 대 3의 싸움은 누가 생각해도 눈에 보이는 결과를 낳을 것이다. 설사 후미의 판옥선이 가세한다고 해도 말이다. 몇 척의 피해를 감수하고라도 그냥 들이받으면 조선 함대는 끝장이었다.

"조선 놈들은 겁을 완전히 상실했구나."

아키모리는 도망가는 판옥선과 달리 겁도 없이 자신의 함대로 직진하는 세 척의 거대한 철선을 보며 큰소리쳤지만 가장 앞선 배가 너무 크고 강력해 보여서 침몰시킬 수 있을지 의구심이 들었다. 자칫 수군 병사들이 겁을 먹지나 않을까 싶어 아카모리는 좀 더 큰 소리로 외쳤다.

"이번에 새롭게 장착한 포는 충분히 적의 철판을 깨부술 수 있다! 모두 겁먹지 말고 죽기로 싸워라! 적은 겨우 세 척이다! 알겠느냐!? 전 함대는 전속 전진하여 적을 공격하라!"

아키모리는 함대의 수적 우세를 믿기로 했다.

함대 전체에 공격 명령을 내린 아키모리의 눈에 전방의 조선함에서 연기가 피어오르며 커다란 불덩이가 날아오는 것이 보였다. 거리가 가까워졌다고는 하지만 아직도 만 보 이상 떨어진 거리였다.

'저렇게 먼 거리에서도 포격이 가능할까?'

머리를 갸우뚱거리던 아키모리는 전 함대에 분산하여 적을 포위하듯 접근하라는 신호용 깃발을 내걸었다. 자신의 함포 사거리 안으로 조선의 철선을 끌어들여 무차별 포탄세례를 퍼부어줄 생각이었다.

"조각배로 감히 이지스함을 공격하려 하다니 겁대가리를 상실했구만. 전 함포 발사 준비! 안으로 좀 더 끌어들여 공격하라! 한 놈도 도망가게 해서는 안 된다!"

선수에 장착된 127미리 오토멜라 함포가 움직이며 표적과의 거리를 조절했다. 갑판에 장착된 대공포 또한 포신을 낮추어 사격 명령을 기다렸다.

"야, 한 방에 한 놈씩이다! 포탄 허비하는 놈은 나중에 한 시간 동안 뺑뺑이다!"

"전 함포, 발포!"

마침내 기다리던 발포 명령이 떨어지자 사격을 개시한 구축함의 포술장들은 전자오락을 하는 기분에 사로잡혀 느긋하게 불타오르는 왜선의 숫자를 세고 있었다. 속사로 쏟아내는 포탄에 정확히 가격당한 왜선은 두 동강이 나며 물속으로 가라앉았고, 미사일을 맞은 배들은 선체에 커다란 구멍이 나거나 불이 붙어 활활 타오르고 있었다.

순식간에 온 바다는 불타오르는 왜선이 내는 연기로 가득 차 가까이 다가오는 선박을 육안으로 파악하기 힘들 지경이 되었다.

어느새 거리가 가까워졌는지 주위에 왜선에서 쏜 포탄이 함 전방에
떨어져 물보라를 일으켰다.

"전 함대, 일제사격 후 급속 후진하라!"

"장군님, 조선함이 멀어집니다. 포를 계속 쏘고 있어서 접근이 불가
능합니다. 후퇴해야 합니다. 이러다가는 전멸입니다!"

"아니, 이럴 수는 없다! 어찌 단 세 척에 2백 척이 패한단 말이냐! 말
도 안 돼!"

아키모리는 울부짖으며 주변을 둘러보았다. 천지사방이 불타는 배
들이 내뿜는 연기로 가득 찼다. 온전한 전선이라고는 손가락으로 꼽을
정도였다.

"미야주로 후퇴한다!"

아키모리는 3만이나 되는 병력을 태운 상태에서 조선 함대를 만나지
않은 것에 감사해야 할 지경이었다. 만약 그랬다면 3만 병력이 화살 한
번 날리지 못하고 꼼짝없이 수장되었을 것이다.

"적들이 후퇴합니다."

"추격한다. 연기에 숨어 있는 놈들이 있을지 모르니 전속력으로 기
동하라. 적을 이곳에서 전멸시킨다."

김병국 대령은 공격과 전멸이란 말을 계속해서 반복했다. 그는 여기
에서 끝장을 내고 싶었다.

그렇게 세 척에 쫓기던 왜선 30여 척은 전장을 이탈하지 못하고 미
야주 북쪽 해상에서 전멸하고 말았다. 백기를 들고 항복하던 왜선에게

도 가차없이 포격을 가해 단 한 척도 바다에 떠 있지 못하게 했다. 첫 포격 개시 후 두 시간 만에 적선 2백 척 모두가 수장되어 버린 것이다.

김병국 대령에게는 당연한 결과였지만 왜에게는 전술적 패배 이상의 의미가 있었다. 이로써 왜는 보유하고 있던 모든 전선(戰船)을 잃어버림으로써 제해권을 완전히 상실하고 말았다. 육로의 이동이 극히 제한된 왜의 지리적 특성상 그것은 각 섬과 각 지역을 고립시키는 결과를 낳고 말았다.

다음날 새벽, 원산 함대는 쓰루가를 통해 상륙 작전을 전개하여 병력 1만을 내려놓고 그날 저녁에 다시 원산을 향해 출항했다. 그들은 잠시 쉴 틈도 없이 2차 병력과 보급품을 싣고 다시 쓰루가로 돌아와야 했다. 이후에는 아키타에도 병력을 상륙시켜야 했다.

원산 함대가 쓰루가에 도착하여 병력을 한창 내리고 있을 즈음, 대마도 함대는 에도를 공격하고 있었다. 육지로 끌어올린 함포를 에도성에 쏟아 붓고 있었지만, 한 나라의 수도인 에도는 쉽사리 성문을 열지 않았다.

에도 공격을 책임지고 있는 남종석 대령은 진퇴양난에 빠졌다.

"수병에게 공성을 시키다니? 그냥 공격하자니 실패할 건 뻔하고… 이거 미치겠네."

겨우 5천 명의 대마도 수비군을 끌고 온 남종석 대령은 차마 돌격 명령을 내리지 못했다. 그렇다고 에도에 함대를 계속 묶어놓을 수도 없었다.

이러지도 저러지도 못하고 시간만 보내고 있던 차에 남도군 사령부에서 보낸 전령이 도착했다.

"뭐야? 함대를 빼가겠다니! 그럼 우린 여기서 죽으라는 거야? 못 줘!"

남도군에서는 혼슈와 시코쿠에서 움직이고 있는 부대들의 원활한 보급을 위해 대마도 함대 전체를 이동시키도록 명령하고 있었다.

실상은 오사카에 시시각각으로 다가오는 이에야스군에 비해 혼슈 남부에서 북진하는 남도군의 진격 속도가 형편없이 떨어져 있는 때문이었다. 남도군 사령부에서는 최악의 경우 오사카를 포기해야 할 경우에 대비해 대마도 함대가 필요했다.

하지만 남종석 대령에게는 너무 가혹한 지시였다. 함대마저 없다면 그는 퇴로가 완전히 막힌 채 고사당할지도 몰랐다.

남종석 대령의 강력한 항의에도 불구하고 대마도 함대는 최소 선박만 남겨놓은 채 혼슈 남쪽에서 싸우고 있는 육군을 지원하기 위해 흩어지기 시작했다. 그중 일부는 아키타에서 상륙 작전을 시행하는 원산 함대를 지원하고 보급품을 수령하기 위해 쓰가루 해협을 향해 북상했다.

이에야스는 아키타 수군이 전멸당한 것을 모른 채 아키타군 3만과 후위의 병력 5만을 더한 8만의 병력으로 오사카를 포위하기 위해 전진을 계속했다. 문제는 혼슈 남쪽에서 올라오는 남도군이 이에야스의 행군 속도에 비해 너무 늦었다는 것이다. 이에야스와 남도군 간의 시간적 격차가 갈수록 벌어져 가고 있었다.

이에야스는 조선군이 성과 마을을 공격하지 않고 오사카로 곧장 오고 있다는 보고를 받자 그 저의가 궁금했으나 그만큼 오사카가 저들에게는 중요한 곳임을 반증하는 것으로 받아들였다. 생각해 보니 그곳에는 조선이 지켜야 될 백미 10만 석이 저장되어 있었다. 선적을 기다리던 중에 일이 터져 버려 남겨진 것이다.

한 가지 궁금한 것은 조선군을 배로 증원하면 간단한 것을 이상하게도 험한 육로로 행군하고 있다는 점이다.

"오사카를 포위하고 조선 수군의 이순신을 포로로 잡으면 앞으로의 일이 한결 수월해질 것이다. 조선의 영웅인 이순신을 잡으면 병사들의 사기뿐만 아니라 백성들의 패배 의식도 많이 수그러들 거다. 설사 일이 잘못되더라도 이순신을 이용해 화친을 요청할 수도 있다."

오사카에 있는 이순신은 이에야스에게는 독 안에 든 쥐나 다름없었다.

단기 3929년 가을 오사카 성

"장군님, 왜군이 사방에서 오사카로 몰려오고 있습니다. 어찌하오리까?"

정탐병의 정보를 취합하여 이순신에게 보고하는 정보장의 얼굴이 편치 못했다. 사소한 방화 사건을 이렇게 크게 만들어 버린 상관에 대한 불만이 가득한 상태였다. 상관은 상관이라 대놓고 불만을 토로하진 않았지만 불만스런 음성만은 어쩌지 못했다.

지금 오사카 성에 들어와 있는 수군들 역시 불안하기는 마찬가지였다. 배를 타고 있을 때는 용감하게 싸울 수 있지만 육지에서는 그다지 힘을 쓰지 못하는 것이다. 오사카 성을 함락시킬 때도 성주가 문을 열어 받아들였기에 손쉽게 입성했지 적들이 성문을 닫아 걸고 수성전을 펼쳤다면 성벽에도 가보지 못했을 것이 분명했다.

'괜한 짓을 해서 일만 꼬이게 만들었구나.'

정보장의 보고를 받는 이순신 역시 표현은 못할 뿐 내심 후회하고 있었다. 자신이 이곳에 있는 동안 자신의 분함대는 에도를 공격하고 있을 것이다. 답답하기 그지없었지만 남도군에서는 오사카 성을 고수하라는 명령만 내려오고 있었다. 이쯤 해서 물러나라고 할 만도 한데 아무래도 주경환 사령관이 자신을 골탕 먹이는 것 같았다. 정보장의 보고를 듣는 둥 마는 둥 하고 있는데 누군가가 급하게 방문을 두드렸다.

"누구냐?"

"예, 통신장입니다."

"들어와. 뭐야?"

신경질적인 제독의 물음에 당황한 통신장은 급히 전문을 읽기 시작했다.

발신 : 남도군 사령부

수신 : 남반도 수군 사령관 이순신 장군

일시 : 3929년…

"이리 줘봐."

답답했던 이순신은 통신장이 들고 있던 전문을 홱 낚아채고는 읽어 내려갔다. 시시각각 안도의 표정을 짓던 이순신은 통신장에게 전문을 돌려주며 그만 나가보라는 손짓을 했다.

"부관, 전 지휘관을 소집하게."

"네? 예, 알겠습니다."

갑자기 소집된 각 전대장들과 함장들은 이순신 장군의 집무실에서 오랜만에 화기애애한 분위기를 연출했다.

"금일 해질 무렵까지 우리는 이 오사카를 비우고 모항으로 돌아간다. 돌아갈 때 낙오된 육군을 합류시키고 시코쿠에 투입된 왜인여단을 지원한다. 귀관들은 최대한 빨리 군사를 소집하여 각 함에 승선시키고 출항 명령을 기다리도록. 이곳으로 거의 10만에 가까운 적이 몰려오고 있으니 최대한 빠르게 철수해야 한다. 각 병사의 짐을 최소화한다. 수색 전대만 남고 모두 해산!"

명령이 떨어지자 모두 바쁘게 움직이기 시작했다. 해질 녘까지는 얼마 남지 않았다. 그 안에 출항 준비를 마치려면 시간이 촉박했다. 이제 며칠을 걸려 날랐던 보급 물자 대부분을 놓아두고 함포만을 배에 실은 채 야반도주하듯 빠져나가야 했다.

"자네가 할 일이 있네."

홀로 남은 수색전대장은 긴장하고 있었다. 후퇴 작전에서 홀로 특명을 받는 것은 죽음으로 시간을 벌라는 것밖에 없었기 때문이다. 하지만 이순신의 명령은 자신의 예상을 뛰어넘었다.

"지금 즉시 모든 화약을 각 성벽과 성내의 주요 부분에 묻어놓고 지도에 표시해 두도록. 적들이 이곳에 들어온다면 어디에 병력을 배치할지를 생각해서 집중적으로 매설하고 발각되지 않도록 조심하게. 시간이 없으니 어서 시행하게."

그날 저녁 이순신 함대는 오사카를 빠져나와 모항으로 전속 항진했다. 철군 소식은 이미 왜군에게 들어갔을 가능성이 크니 최고 속도로 오사카로 달려오고 있을 것이다.

함대가 항구를 무사히 빠져나오자 이순신은 남몰래 안도의 한숨을 내쉬었다. 바다에 나선 이상 자신을 위협할 만한 세력이 없으니 이제 모항으로 가기만 하면 되었다.

무사히 토마코마이만을 빠져나오자 이제는 시간이 없어 가져오지 못한 쌀과 함포 수십 문을 파괴시킨 것이 못내 아쉬웠다. 쌀이라도 배에 실어놓았다면 좋았을 것이라고 생각해 보았지만 이미 지나간 일이었다.

오사카 성주가 보낸 전령의 급보를 받고 밤새 달려온 이에야스는 허탈한 마음으로 먼바다를 바라보며 분한 마음을 달랬다.

오사카 성에 들어선 이에야스는 장병들의 노고를 치하하며 술판을 벌였다. 너무나 쉽게 오사카 성을 되찾았으니 거병의 목적 중 하나는 이룬 셈이었다.

하지만 생각하면 생각할수록 화가 치밀었다. 이순신을 잡겠다던 자신의 생각을 비웃기라도 하듯 미꾸라지처럼 빠져나가 버린 것이다.

"그 쥐새끼 같은 놈들이 모조리 도망가 버리다니… 당장 오사카 성주와 그 식솔들의 목을 베어 성문에 내다 걸어라!"

마신 술이 과해지자 이에야스는 오사카 성주와 그 식솔들에게 화풀이를 했다. 우타모리는 적어도 2~3일은 버틸 줄 알았던 이순신이 순순히 물러나자 뭔가 찜찜했다.

"장군, 오사카 성도 되찾았으니 이제 그만 조선에 사신을 보내심이 좋을 듯싶습니다. 더 이상의 전쟁은 백성들의 고충만 가중시킬 뿐입니다, 장군."

불난 집에 기름을 끼얹는 우타모리의 말에 이에야스는 버럭 화를 냈다.

"우타모리, 너는 도대체 누구의 편이란 말이냐! 아무리 네 가문이 수십 년 동안 나를 도왔다고 하지만 이젠 도저히 참을 수 없구나! 당장 저놈의 목을 잘라 나 이에야스에게 반항하는 자의 말로를 모두에게 보여줘라!"

우타모리가 호위병들에게 끌려 나가자 이에야스가 굳어 있는 제장들을 싸늘히 쳐다보며 말을 이었다.

"이순신이란 놈도 우리가 무서워 무기와 군량까지 버리고 도망가 버렸다! 조선 놈들은 우리의 상대가 아니다. 이제 혼슈 남부로 진격하여 올라오는 조선 놈들의 머리를 베어버리고 큐슈를 다시 찾으면 된다. 오사카에는 우리가 쌓아놓은 10만 석이 넘는 곡식이 그대로 보존되어 있다. 오늘은 마음껏 마시고 즐겨라."

"와와와아! 이에야스 장군님 만세!"

오사카 성주와 그 식솔들의 처형으로 시작되어 밤새도록 이어진 술판은 오사카 성을 광란의 도가니로 만들어갔다. 이순신에게 협조했다는 죄목으로 오사카 성 주민들이 심심찮게 군사들에 의해 죽어 나가거나 약탈당했다. 8만의 병사가 일으킨 살인과 방화는 새벽녘이 되어서야 진정될 수 있었다.

다음날 아침 거의 폐허에 가까울 정도로 파괴되어 버린 오사카 성에 각 지역에서 보내온 전령들이 도착했다.

아직 숙취에서 완전히 깨어나지 못한 이에야스는 오사카 성 곳곳에서 피어나는 연기들이 만들어낸 매캐한 냄새에 얼굴을 찌푸렸다. 바람이 육지에서 바다로 불고 있었다.

"장군, 급한 전갈이옵니다."

"너는 누구냐? 우타모리는 어디 가고 네가 전갈을 가져오느냐?"

급히 달려온 자를 바라보던 이에야스는 어젯밤 일이 생각나지 않는 모양이었다. 머리를 땅에 조아리고 있는 자가 어깨를 들썩였다.

"저는 어젯밤에 새로 부관으로 임명된 소하이 라치미입니다. 여기 새벽에 올라온 급보이옵니다."

소하이는 차마 어제 우타모리의 목이 잘려 나갔다는 말을 하지 못하고 각지에서 올라온 전갈을 들어 올렸다.

이에야스는 얼굴을 찡그리며 소하이가 올린 것을 집어 들어 하나씩 읽었다.

조선의 함대, 에도 공격으로 에도 성 위험.
나고야성 함락.
아키타 함대 전멸.
조선군 1만 5천 쓰루가에 상륙.

"이게 사실이란 말이냐?"

이에야스의 손이 부들부들 떨렸다.

"당장 전령을 당장 내게 데려오고 부장들을 소집하라!"

이에야스는 우타모리가 어디에 있는지 그것이 무척 궁금했지만 전령이 가져온 소식에 그는 다른 생각을 할 겨를이 없었다.

이순신을 잡기 위해 몰려들었던 이에야스 대군은 거꾸로 조선의 대병력에 오사카에 내몰린 쥐 신세가 되고 말았다. 나고야의 함락은 이에야스의 군대가 북으로의 퇴로를 차단당하여 에도 성을 구원할 수 없음을, 아키타 수군의 전멸은 그들의 유일한 통로인 바다를 통한 탈출도 불가능함을 알려주었다.

"우타모리는 어디 있느냐?"

어려운 상황에서 자연스럽게 찾게 된 건 우타모리였다.

새로이 부관이 된 소하이에게 물었다.

"그, 그것이… 어제 장군님께서……."

소하이는 겁에 질려 어제 연회에서 있었던 사건을 상기시켜 주었다. 침실로 돌아온 이에야스는 망연자실한 얼굴로 벽을 바라보았다.

'내가 우타모리를 죽였단 말인가?'

이런 중요한 때에 그나마 자신에게 진언을 해줄 유일한 가신을 자신이 죽여 버린 것을 뒤늦게 확인한 것이다.

"장군, 모든 장수들이 모였나이다."

소하이의 목소리에 정신이 든 이에야스가 자리에서 일어났다. 지방 영주들을 대할 면목이 없었지만 여기서 주저앉을 수는 없었다. 다리에 힘을 주자 몸과 마음은 어느새 우타모리를 잊어버리고 있었다.

공수여단의 뒤를 따라온 제3기병사단과 제2보병사단이 고베에서 합류하여 오사카 서쪽을 점령하고, 원산 함대에서 내린 제4보병사단이 제1보병사단과 합류하여 북쪽을, 제4보병사단과 같이 나고야를 함락했던 제5보병사단이 동쪽을 맡아 오사카를 완전히 포위했다.

근 한 달에 가까운 행군으로 지쳐 있던 조선군은 적극적인 공격 없이 오사카 성을 포위한 채 누적된 피로를 풀며 기다리고 있었다. 공수여단만이 조선군의 최정예답게 짧은 휴식을 거쳐 시코쿠로 다시 투입되었다.

시코쿠에서는 왜인 부대가 시코쿠 지방군과 치열한 교전을 펼치고 있었다. 병력에서 열세인 왜인 부대는 조선 함포의 지원을 받을 수 있는 해안을 중심으로 시코쿠 섬을 돌아다니며 지방군을 괴롭히고 있었다.

하나 조선병처럼 자체 포병단이 없는 그들로서는 힘겨운 싸움의 연속이었다. 그나마 조선 함대에서 보급을 제때 해주고 있었기에 버틸 수 있었지 그렇지 않았다면 공수여단이 시코쿠에 도착하기 훨씬 전에 궤멸되고 말았을 것이다.

왜인 부대는 처음의 5천 병력에서 수가 많이 줄어 이제 2천이 채 못되었다. 조선에서 제시한 당근에 현혹되어 지원한 수많은 떠돌이 무사들이 죽어 나간 결과였다. 왜인 부대 병사들은 좀 더 확실히 지원해 주지 않는 조선이 원망스러웠지만 자원한 처지였기에 어쩔 수 없는 일이었다.

그렇다고 이제 와서 발을 뺄 수도 없었다. 그러기에는 지금까지 흘린 피가 너무 많았다. 자신이 무슨 작전에 동원되었는지도 모르는 그들로서는 언제 끝날지 모를 이 전투를 하루빨리 끝내고 싶을 뿐이었다.

왜인 부대를 이끌고 있는 조선명 김영일, 왜명 다카야나기는 20여 일 동안의 게릴라전을 마감 지을 조선의 지원군을 맞이하러 토쿠시마 포구에 나타나 한나절을 보내고 있었다.

"오늘이 아닌 것 아냐? 확실히 오늘 공수여단이 온다고 했나?"

김영일은 오사카 쪽 바다를 바라보며 동고동락해 온 고지마에게 신경질을 내고 있었다. 토쿠시마 주위엔 2천 명의 부하들이 포진하고 있었지만 그래도 불안했다. 만에 하나 시코쿠 도주의 계략에 빠진 거라면 자신을 비롯한 부하들은 여기서 뼈를 묻을 수밖에 없었다.

"오늘이 맞습니다. 오늘 해가 중천에 뜰 때 온다고 했으니 올 것입니다. 언제 저들이 약속 시간을 어긴 적 있었습니까? 히로세군의 움직임도 없으니 너무 걱정하지 마십시오. 무슨 사정이 있어 늦나 봅니다."

고지마는 조선 해군을 철석같이 믿고 있었다.

그때 수평선 너머로 황포 돛대가 하나둘 보이기 시작했다. 황포는 조선만이 사용하는 것이라 고지마의 얼굴이 환해졌다.

"왔습니다! 한동안은 좀 쉴 수 있겠는데요."

지원군이 왔다면 혼슈도 조선인들에게 넘어갔다고 봐도 무방할 듯 보였다. 그렇지 않았다면 시코쿠까지 지원군을 보낼 여력이 조선에게 있을 리 없었다.

고지마는 잠시나마 쉴 수 있다는 소박한 희망으로 넘어오는 돛대의 숫자를 세기 시작했다. 많으면 많을수록 좋았다.

이날은 조선군에 있어서 큰 의미가 있는 날이었다. 오사카를 포위하고 있던 조선군의 전 포대가 불을 뿜었고 전날 니가타에 상륙한 제6보병사단이 니가타에 집결해 있는 왜 잔여 병력을 몰살시켰으며, 대마도 함대 수병과 제3보병사단이 막대한 희생을 무릅쓰고 총공격을 감행하여 에도를 함락시켰다.

쾅광!

피웅, 꽈아아아아앙! 꽈광!

오사카 성내로 뿌려진 포격은 처음엔 산발적이었다. 그리고 이어지는 연쇄 폭발은 며칠 전 이순신의 지시에 따라 매설된 화약이 일으키는 폭발이었다. 매설 위치를 정확히 알고 있던 포병대에서는 정확히 매설 지점에 초탄을 날렸고 그 다음에는 다른 지점을 향해 포격을 가했다. 실제로 동원된 포는 겨우 50문이 되지 않았으나 그 효과는 100문의 포격이 가해진 듯 오사카 성을 파괴했다.

단 30분 동안 실시된 포격은 과거 오사카를 폭격한 것보다 더 심하게 상처를 남겼다. 성벽을 포함하여 성한 가옥은 한 채도 남지 않았고 병사들이 계속해서 죽어 나갔다.

이에야스는 들려오는 포탄의 폭발음을 들으며 온몸을 부르르 떨었다. 그의 군대는 더 이상 오사카 성에서 버틸 재간이 없었다. 자신들의 상식을 뛰어넘는 화력 앞에 단단한 성벽은 적의 공격을 막기보다는 어디에 포탄을 날려야 되는지를 알려주는 표적 역할을 하고 있었다.

"동쪽 성곽이 무너졌습니다!"

동쪽이 무너졌다면 이제 사방이 무너진 것과 같았다.

이에야스는 마지막이 다가옴을 느꼈다. 이제까지의 전술 개념을 완전히 뒤엎어 버리는 조선의 군대에 대항한다는 것은 자살 행위보다 못해 보였다. 그렇다고 이렇게 가만히 앉아서 죽기는 싫었다.

"전군에게 명하라! 오사카 성을 버리고 에도로 돌아간다! 북쪽으로 모든 군사를 돌려 이곳을 탈출하라!"

7만의 대군이 조선군에 완전 포위당해 전멸 직전까지 몰리자 죽음에 대한 공포가 이에야스군을 휩쓸고 있었다. 거기에 이에야스의 철군 명령이 떨어지자 탈영병이 급증했다.

동쪽 성곽의 파괴와 이에야스가 북쪽으로 움직인다는 소문이 삽시간에 성내로 퍼지자 오사카 성 주민들은 동쪽으로 대거 몰려 탈출을 감행했다. 오사카 성에서 자행된 만행으로 인해 오사카 주민들의 마음은 이에야스에게서 떠나 있었기에 오사카 성을 빠져나오자 곧장 조선군에게 몰려갔다. 그 가운데는 탈영병도 끼어 있었다.

북쪽을 맡고 있던 제1보병사단과 제4보병사단은 이에야스 군대가 자신들 구역으로 밀려들자 서서히 긴장감이 커져 갔다.

거리가 점점 가까워지자 조선군 측에서 확성기로 소리쳤다.

ㅡ너희들은 완전히 포위되었다. 무기를 버리고 항복하라. 살길을 마

련해 주겠다.

조선군 측에서는 같은 말을 계속 반복했다.

"전군 공격하라!"

이에야스는 조선군의 항복 권유를 듣자 급히 전군에 공격 명령을 내렸다. 시간을 끌다간 탈영병이 급격히 늘 우려가 있었다.

총공격을 알리는 나팔 소리와 북소리가 울리자 왜병들이 앞으로 달려나갔다. 뒤에서는 성을 미처 빠져나오지 못했던 병력들이 꾸역꾸역 앞으로 밀려 나왔다.

"완전히 미친놈들이야. 포대에 연락해서 포격 시작하고 총병들을 전방에 내세워 쓸어버린다!"

제1보병 사단장이 왜병들에게 사형 선고를 내렸다. 제1보병사단이 보유한 포대는 아직까지 한 번도 실전에 투입되지 않았었다. 쓰가루까지 올라오면서 포탄을 소비할 만한 저항을 받지 않았고 오사카에서는 제1사단보다 더 훌륭한 포대가 많이 있었다.

제1사단의 포대가 포격을 시작하자 제4사단의 포대도 몰려드는 왜병 머리 위로 포탄을 날리기 시작했다.

"연대 발사 준비!"

총병 연대장은 자신의 연대 앞으로 거의 1만에 가까운 병력이 몰려들자 혀를 내둘렀다. 그의 뒤에 선 궁병들은 활을 쥐었다 풀었다를 반복했다.

"정량궁 준비!"

무게가 여섯 량, 즉 220그램이나 나간다 하여 육량전이라고도 하는 화살을 궁병들이 정량궁에 걸었다. 지금 같은 상황에서는 총보다도 화살이 훨씬 큰 효과를 발휘할 수 있었다. 유효 사거리가 총보다는 정량궁이 길었고 타격을 입혔을 때 적에게 주는 시각적 충격 효과 역시 탁월했다.

"발사!"

"총병은 적이 300m 안으로 들어오면 재량껏 발사하라!"

모두 다섯 곳으로 병력을 나누어 조선군의 포위망을 두드려 보고 약한 쪽을 뚫으려 했던 이에야스는 동쪽과 서쪽을 담당한 조선군이 북쪽으로 몰려들면서 어느 한 곳도 성공하지 못하면서 거의 몰살 직전에 몰렸다.

결국 마지막 군대를 잃어버린 이에야스는 10월 6일 저녁, 할복 자살을 함으로써 생을 마감했다.

오사카 성을 거의 무혈 입성한 남도군은 쿄토에 있던 천황 일족을 모조리 척살하고 왜가 조선에 합병되었음을 왜 전역에 공포하게 된다. 각지에서 지방 영주들의 작은 반란이 일어났지만 그들은 진압군에 쫓겨 산으로 밀려 들어갔고, 산속에서 그 생을 마감해야만 했다.

조선군은 혼슈를 점령한 후 파격적인 유화정책을 폈다. 남도군이 노린 것은 농민을 비롯한 평민들을 무사 계급과 완전히 단절시키는 것이었기에 유화정책은 대부분 평민들에게 집중되고 상류층은 거의 대부분 잡아들여 만주 개발에 투입되었다.

이러한 평민 위주의 유화정책으로 인해 이에야스 막부 시절 사무라이라는 무사 계급의 노예나 다름없는 생활을 했던 평민들로부터 절대적인 협조를 받게 되었다.

그해 겨울, 임진난이 있은 후 4년 만에 명으로 향하는 동지사 일행이
한양을 떠났다. 그리고 왜 각 지방에서 잡힌 귀족들에게 만주로 이주
하라는 명령이 떨어졌다. 그들은 지위 고하와 그들이 행했던 폭정의
정도를 막론하고 모조리 만주로 끌려갔다.

천인단에서는 왜에 단 한 명의 귀족도 남아 있게 하고 싶지 않았다.
모든 재산을 몰수당한 그들은 그 옛날 이몽학의 난에서 처리된 절차에
따라 만주로 이동하기 시작했다. 왜의 귀족들은 배를 타고 곧바로 두
만강을 거슬러 올라갔다.

국무회의에서는 남반도군 사령관 주경환 중장을 새롭게 편입된 일
본부를 통괄하는 부주로 임명하고 시코쿠도주에 왜 낭인 무사 출신의
김영일을 임명했다. 이로써 조선은 대마도를 포함한 한반도부와 남반
도, 서반도, 중반도를 합친 일본부를 두었고, 왜인들과 반란인들이 개
척하는 만주부를 합치면, 조선은 3부 24도 2특별도를 행정 구역으로
갖추게 되었다.

한양 천군부

천군부에서는 이번 '봉황의 약진'에 투입된 병력의 검토와 새로운 행
정 체제에 맞는 병력 배치에 힘을 쓰고 있었다. 이번 왜 점령에는 제1,
제2기병사단을 제외한 거의 대부분의 조선군이 투입되었다. 봉황의 약
진 작전에 투입된 병력을 쭉 뽑아보던 허 소장은 앞으로 있을 만주정벌
을 생각하면 머리가 아파왔다.

남반도의 제1, 2보병사단 2만, 공수여단 2천, 포병여단 2천

대마도의 제3보병사단 8천

급조된 제4, 5, 6보병사단 3만

대마도 함대 전선 50척에 4천

원산 함대 전선 14척에 3천

강화 함대 전선 50척에 1만

이순신 함대 전선 1백 척에 2만

제주여단 1천

부산여단 3천

왜인여단 5천

도합 전선 214척에 인원 10만 8천 명 중 사상자 5천에 부상자 1만 명이었다. 대부분의 사상자는 시코쿠에서 발생했고 나고야성과 에도성 전투, 히로시마와 아키타전에서도 부상자가 많았다. 부상자 중 반수 이상이 일상생활을 하기가 어려워 보이는 신체 장애를 입었다. 그들에 대한 처리도 문제였다.

투입 병력의 14%의 병력 손실은 어찌 보면 적은 숫자처럼 보이지만 인력난을 겪고 있는 천인단과 천군부에게는 엄청난 수치였다.

"만주족은 많아야 3백만이니까 일본보다는 쉽겠지."

허 소장은 만주 공격에 필요한 병력을 산출하면서 여진족이라고 불렸던 만주족의 인구 수를 생각해 보았다. 지금은 해서, 건주, 야인이라는 각기 다른 이름으로 분열되어 있었고 거기에 명의 분열 정책으로

인해 심한 견제를 받고 있었다.

천인단에서는 되도록이면 전쟁을 통하지 않고 만주 일대를 장악하길 요청했다. 계속되는 전쟁에 소요되는 물자도 엄청나서 기간 산업에 투입되어야 할 막대한 자원이 전쟁으로 허비되고 있었다. 조선으로서는 점령전을 수행할 경제력이 턱없이 부족했다.

허 소장은 제2기병사단에 희망을 걸어보기로 했다. 제2기병사단이 명령을 차질없이 수행한다면 군부로서도 한숨 돌릴 수 있었다. 조선에서 나는 천연 자원으로는 천인단에서 보유한 기술을 100% 활용할 수가 없었기에 한시라도 빨리 만주의 자원을 얻어야 했다.

<2권에 계속>

자 료 집

천군

만주 여진족

만주 땅에는 3개의 여진족 집단이 반목반농(半牧半農) 생활을 하면서 살아왔다.

흑룡강 유역에서 연해주 일대에 걸쳐 거주하던 야인여진(野人女眞), 송화강 유역에 사는 해서여진(海西女眞), 목단강 유역과 백두산 일대에 거주하는 건주여진(建州女眞)이 이들이다. 이들 여진족이 힘을 못 쓰고 뿔뿔이 흩어져서 살게 된 것은 명나라가 이들을 워낙 교묘하게 다루어온 탓이다.

명나라 조정은 이들 여진족의 추장들에게 도독(都督)이니 지휘사(指揮使)니 하는 관직과 함께 무역상의 여러 가지 특혜를 줌으로써 이들로 하여금 서로 반목하고 질시하게 만들어 이들이 한데 뭉치는 것을 막아왔다.

봉황(유선형 비행선)

봉황에는 추진력을 얻기 위해 양 옆으로 길게 뻗어 나온 프로펠러 두 개, 중앙에는 비행선 상승 속도를 조절하기 위한 프로펠러가 달려 있다.

봉황은 내벽과 외벽으로 이루어진 공간을 헬륨 가스로 가득 채운 뒤 중앙의 프로펠러의 도움을 받아 이륙하고, 뒤쪽 양 옆에 달린 프로펠러 추진체의 추진력으로 앞으로 나아가게 설계되어 있었다.

최고 속도는 시속 100㎞로 바람의 힘을 빌리면 더 빠르게 이동할 수도 있었다.

비행선의 적정 고도는 2,000m로 최고 상승 고도 3,000m를 자랑했다.

전시에는 정찰 임무와 전선 통제기로 이용되고 평시에는 지도 제작 및 기타 부수적인 실험에 사용된다. 반경 200㎞를 커버하는 통신 장비와 우수한 망원경을 갖추고 있다. 무장도 강력하여 100kg 고폭탄을 열 개 탑재했다. 최대 순항 거리는 1,000km에 30일을 하늘에서 체류할 수 있는 다목적 비행선이다.

비행선에는 조종사 2명과 관측병 2명, 통신사, 기관사, 항법사, 보조 병력 등 총 10명이 승선하고 관측병은 유사시 폭탄을 투하하는 임무도 겸하고 있었다.

✳ 제원
- 선체 길이 : 235m
- 직경 : 30m
- 총중량 : 111t
- 엔진 : 550마력 5기
- 순항 속도 : 100km
- 최대 탑승 인원 : 30명
- 무장 : 100kg 고폭탄
- 장착 망원경 : 100배율 고성능 망원경
- 단기 3943까지 심양 비행장에 30대가 배치된다.

영영호

단기 3928년(1595) 여름에 진수된 증기 기관을 단 세계 최초의 시제품 증기선 배수량 천 톤. 화물선 전진호의 설계도를 바탕으로 10분의 1로 축소하여 설계하였고 수백 명의 철공들이 혼신의 힘을 다해 만든 세계 최초의 철선이다.

중기 기관을 보조하기 위해 삼각 돛을 달고 있다. 천인단이 보유하고 있는 페인트 대부분을 사용하여 화려하게 도색되었다. 화물을 적재할 수 있는 선창을 3개 보유하고 있으며 3중 갑판 구조이다.

최상 갑판에는 유사시 야포를 거치할 수 있으나 주로 화물을 운반하는 데 사용되었다.

영영호를 바탕으로 증기포함 수십 척이 만들어졌으며, 내연기관이 발명되면서 증기선은 해군에서 자취를 감추고 주로 민간용으로 쓰였다.

· 전장 : 75m
· 최대 승무원 : 운용병 100명, 해병 1,000명, 포수 120명
· 무장 : 105m 함포 6문~10문

대한제국군 보급품

식량, 피복, 장비, 무기, 탄약, 유류, 기타 각종 자재 및 여러 종류의 기계를 포함한다.

관리 목적상 보급품은 다음과 같이 10가지 종별로 구분된다.

· 1종 보급품 : 주 · 부식류를 포함한 전투 식량 등 전투 상황 및 지리적인 차이에 구애됨없이 대략 1일 일정한 배율로 소모되는 품목.

· 2종 보급품 : 피복류, 개인 장구류, 천막류, 행정 보급품, 내무 생활 용품, 수공구 등의 품목.

· 3종 보급품 : 석유, 연료, 윤활유 및 절연유류, 보존유, 액체, 압축 기체, 냉각제, 해빙제, 첨가제, 석탄 등의 품목

· 4종 보급품 : 공사 자재, 설치된 장비를 포함한 모든 건축 자재 및 축성 자재.

· 5종 보급품 : 화학탄을 포함한 모든 탄약류, 폭파 자재, 신관, 기폭약 등의 탄약류.

· 6종 보급품 : 개인 수요 품목(비군사 판매품), 즉 군 매점 계통에서 판매되는 품목.

· 7종 보급품 : 주요 완제품, 최종 결합체, 즉 각종 차량, 총포, 도검, 활, 기계 등의 품목.

· 8종 보급품 : 의무 기재, 약품, 위생 소모품, 의무 수리 부속품 등의 품목.

· 9종 보급품 : 수리 부속품(의무 장비 수리 부속품 제외), 모든 장비의 정비 지원에 소요되는 킷트, 결합체를 포함한 부속 및 구성품.

· 10종 보급품 : 1종에서 9종까지의 분류에 속하지 않는 물자, 즉 비군사 목적, 대민 지원 물자 및 자재.

〈출처〉 국방부 군사 용어 해설집

임진왜란 반격 작전

✽ 개관

· 총투입 병력 : 조선 관군과 의병 5만, 수군 3만, 천군부에서 헬기 지원과 해리어 지원, 자주포 10문, 공수여단 전 병력이 투입됨.

· 반도 내 전투지 : 울산 왜성, 김해, 기장, 동래, 부산. 자주포 포대와 공

수여단 병력의 화력 지원을 등에 업고 이원익, 권율 장군의 부대가 왜적을 섬멸함.

 · 가덕도 해전 : 구축함과 이순신 장군의 남해 수군이 가덕도에서 왜 함대를 전멸시킴. 이후 이순신 함대는 큐슈에 상륙하여 큐슈와 시모노세키 일대를 장악함.

 · 대마도 수복 : 강화에서 출발한 원균의 서해 함대가 제주여단과 함께 대마도의 전진 기지를 접수하고 많은 군량미를 노획함.

✱ 왜란 종결 후 조선군 병력과 배치 현황
 · 남반도(큐슈) : 2기갑여단, 공수여단, 제주여단 1, 2대대.
   1함대 소속 수병들로 구성된 1포병여단.
   제2, 3 보병사단.
 · 대마도 : 제주여단 3대대, 1보병사단.
 · 한양 : 3기갑여단, 공병여단.
 · 강화도 : 방공여단, 고속정단.
 · 김포 : 2포병여단.
 · 부산 : 고구려 항모.
 · 원산 : 구축함, 프리킷함.
✱ 8도에 기갑여단 1개 중대 병력과 보병 1개 연대 병력이 주둔.

✱ 왜란 종결 후
 · 매년 백미 3십만 석을 조선에 보냄.
 · 큐슈와 대마도 조선에 양도.

「기술정보」제131 / 140권, 해군본부, 1988 / 1989.

조총

「나는 새도 떨어뜨린다」고 해서 조선군이 호칭한 이름으로 임진왜란 당시 위력을 떨쳤던 일본군의 개인 화기이다.

조총은 긴 총열과 가늠쇠, 개머리판이 달린 구조로 현대적 소총의 기본적인 요건을 갖추고 있었다.

총구의 안지름이 1.4cm와 1.8cm짜리가 있었고 탄환으로는 각각 무게가 13.2g과 37.5g짜리 납탄을 쏘았다.

최대 사거리 200m, 유효 사거리 100m, 보통 50m쯤 접근해서 사격했다.

후에 화승식(火繩式) 점화법을 이용하게 되면서 화승총이라고 불렀다.

우리나라에서는 1589년(선조 22) 황윤길(黃允吉) 일행이 일본에 사신으로 갔다 오는 길에 쓰시마 도쥐[對馬島主]로부터 몇 자루 받아온 것이 시초이다. 당시 조정에서는 이 신무기의 성능에 대하여 주의를 기울이지 않다가 임진왜란 때 그 위력을 인식하였고 처음에는 노획한 총으로 훈련하여 사용하였다.

이 총의 특징은 총신이 길며 탄환이 장거리에 미칠 수 있고 또한 발사 과정에서 화승 물림인 계두를 방아쇠로 당겨 화명에 떨어지게 되어 있어 총신이 움직이지 않아 명중률이 좋은 편이다.

왜적은 선조 25년(1952) 4월 14일에 이 조총을 무기로 삼아 부산진에 첫 침공하였다.

사정 거리는 50m 이내로 승자 총통보다는 파괴력이 뒤떨어지지만 조준

후 발사할 수 있어 게릴라전에 유리하다고 할 수 있다.

화승총

화승으로 발사약에 점화하여 탄환을 발사하는 초기의 소총.

· 제원 : 구경 18㎜ 내외, 총신 길이 약 1m, 최대 사정 거리 1,000m, 유효
사정 거리

15세기 후반에 유럽에서 발명되어 17, 18세기까지 사용되었다.

총구로부터 흑색 화약과 탄환을 총신 내에 장전한 다음, 불이 붙어 있는
화승을 총신의 후부, 상부, 측방에 있는 점화구에 가져다 대면 총신 내의 화
약(발사약)이 점화되어 탄환이 발사되게 되어 있다.

초기의 화승총은 나무의 삼각대 위에 그대로 둔 상태에서 조준 발사하게
되어 있었으나, 개량되어 개인이 휴대하면서 조준 발사할 수 있게 되었다.

구경 18㎜ 내외, 총신 길이 약 1m, 최대 사정 거리 1,000m, 유효 사정 거
리 약 200m, 최대 발사 속도 1분당 4발 정도였다.

30m 거리에서 지름 10㎝ 정도의 원형 표적 안에 탄환을 집중시킬 수 있
는 명중률을 지녔으나, 우천시에는 화승이 비에 젖으므로 사용할 수 없었다.

대포

왜군에도 대포 포급으로 탄환이 75g짜리 고쓰쓰(小筒), 122.5g짜리 나카
쓰쓰(中筒), 375g짜리 오쓰쓰(大筒) 등이 있었으나 실전에서 위력을 발휘하

지는 못했다

일본의 군함

일본의 군함은 크게 안택선과 누각선으로 나눌 수 있다.

누각선은 말 그대로 배 위에 누각이 있는 배로 주로 대장들이 탑승했으며 크기는 판옥선만했다고 한다. 주력선인 안택선은 구조적으로 매우 취약하였다. 따뜻한 지방에서 자란 삼나무 등을 대패로 양쪽을 민 후 못질하여 만든 배이기 때문이다.

속도는 매우 빠르지만 배 밑이 뾰족해 선회 반경도 매우 크고 배가 너무 약해 대포를 사용할 수 없었다고 한다. 사용하려면 선체에 밧줄을 묶고 포를 매달아 사용해야 했다고 한다. 그만큼 약했다.

명의 불랑 기포

불랑기는 모포와 자포가 결합되는 방식의 반후장식 총통이다. 1, 2, 3, 4, 5호 등이 있는데 번호 순에 따라 시대 순이 늦어지고 크기도 작아진다.

기본 포신 역할을 하는 모포와 폐쇄기 역할을 하는 자포로 구성되어 있어서 자모포라 하는데 일명 불랑기포라고도 한다.

포신에는 직사각형의 자포실이 있으며 거기에 자포를 재웠다 뺏다 하는데 필요한 쐐기 구멍, 밑 구멍, 꼬리 중심 구멍 등이 있다.

포신에는 두 겹과 세 겹으로 된 띠마디가 있다. 자포에 화약과 탄환을 장전하여 모포의 자포실에 넣고 심지에 불을 붙이면 자포 내의 화약이 폭발하면서 탄환이 나가게 되어 있다.

이 포는 후장포로써 모포에 여러 개의 자포가 배당되므로 연속 사격을 보
장할 수 있으며, 겨눔못과 겨눔문에 의한 조준 사격을 할 수 있는 발전된 형
식의 중무기이다.

위원포

위력이 세고 사거리가 길다 하여 붙여진 이름으로 무쇠로 주조되었다.

판옥선

일반적으로 왜란 당시 조선 수군의 주력 전투선으로 거북선을 떠올리기
쉽지만 실제로 당시의 주력 전투선은 판옥선이었으며 거북선은 주로 돌격선
으로서의 보조적 역할을 했던 것으로 알려져 있다.

명종(明宗) 때를 전후해서 왜적이 옥선(屋船)으로 침범하자 이에 대처하
기 위해서 종전의 평선(平船)을 대신하여 개발되었다. 배의 네 귀퉁이에 기
둥을 세우고 나무로 사면을 가렸다. 그 위로 마룻대를 얹어 지붕을 덮었다.

판옥선은 1555년(명종 10) 을묘왜변(乙卯倭變) 이후에는 가장 중요한 전
투선 역할을 하였고, 특히 임진왜란 때에는 거북선과 더불어 많은 활약을 한
전투선이었다. 이후에는 조운선으로도 전용되어 사용되었다.

판옥선의 정원은 120명 이상이며, 평균적으로 120~140명 정도가 탑승한
것으로 추정된다.

왜 장수들은 판옥선에 최대 310명까지도 승선할 수 있는 것으로 알고 있

었다.

판옥선은 왜의 함선에 비해 목재가 튼튼하고 규모가 커 내구성이 상대적으로 좋았으며, 전투원의 위치가 왜의 배보다 높아 아래를 내려다보며 싸울 수 있었다.

노는 좌우 9개, 총 18개에 각 노당 3명의 노군이 4교대로 노를 저었다. 거기에 사수 백여 명과 화포수 50여 명이 정원이었다고는 하나 임진왜란 당시 보통 130명이 승선한 것으로 보인다. 결국 노군은 거의 교대를 하지 못하고 중노동을 했다는 결론이다.

판옥선은 2층으로 구조된 배일 뿐만 아니라 갑판을 이중으로 만듦으로써 전투원과 비전투원을 가를 수 있게 되었다. 따라서 비 전투원은 갑판의 아래 부분에서 안전하게 보호받을 수 있었고, 전투원은 상갑판 위 높은 자리에서 적을 내려다보며 전투할 수 있게 되었다.

특히 궁술전과 포술전에 능한 우리 수군으로서는 판옥선이 더할나위없이 유리한 배였다. 판옥선은 적이 기어오르기 힘들게 되어 있었고 포의 위치가 높아 포격전에 유리했을 뿐만 아니라 노군이 안전하게 노를 젓는 일에만 열중할 수 있었으므로 기동성이 매우 좋았다.

이렇게 훌륭한 판옥선은 임진왜란 때는 물론이고 조선 시대 내내 큰 활약을 하였다.

그러나 현재에는 판옥선이라는 이름이 우리에게 생소하다. 그 이유는 임진왜란 당시부터 판옥선을 전선이라고만 불렀고 그 후에도 판옥선이라는 이름은 명종실록과 선조실록에서만 볼 수 있었기 때문이다.

〈출처〉 백과사전 및 선조실록 그리고

http : //www.papermagic.co.kr/html/culture3_ship.asp#4)

거북선

거북선은 신라 시대의 조선 기술(造船技術), 뱃전에 창칼을 꽂아 적의 접근을 막았던 고려 시대의 검선(劍船), 고려 시대에 발달한 화포기술(火砲技術), 조선 시대에 새로이 개발된 전투선인 판옥선(板屋船) 등이 종합되어 새로이 창조된 바다의 탱크라 할 수 있다.

거북선의 주요 제원과 전투 능력은 아래와 같다.

· 용머리, 용머리길이 : 1.3m

· 너비 : 0.9m

· 선체(船體)길이 : 21.5m

· 높이 : 6.2m

· 너비 : 7.4m

· 상장(上粧) 너비 : 9.2m

· 저판(低板) 길이 : 15.3m

· 탑승 인원, 전투 요원 : 45명

· 노군(櫓軍) : 80명

· 노(櫓)의 수(數) : 16척

· 총포구(銃砲口) : 36~72개

옛날의 해전은 전함을 근접시켜 수군이 뱃전에 뛰어올라 배를 장악하는 것을 주요 전략으로 삼고 있었다. 그러나 거북선은 뱃전이 완전히 덮여 있었고 그 위에 송곳 같은 칼침이 촘촘히 꽂혀 있어 상대 수군들은 거북선 가까이 다가가더라도 거북선으로 뛰어오를 수가 없었다.

거북선의 전투 요원(戰鬪要員)은 화약(火藥)과 포탄(砲彈)을 장전하는 화포장(火砲匠), 포를 발사하는 포수(砲手), 화전(火箭)과 대장군전(大將軍箭) 등 활을 쏘는 사수(射手) 등 45명이 타고 있었다.

거북선을 탄 전투원들은 화포와 함께 화살 끝에 화약을 달아놓은 화전(火箭)을 쏘았다.

거북선은 이와같이 전후좌우에 배치된 총구를 통하여 대포와 불화살을 쏘아댔던 것이다.

거북선은 파괴력이 크고 사정 거리가 긴 천(天), 지(地), 현(玄), 황(黃)의 포(砲)으로 무장되어 있었다.

천자포(天字砲)는 직경 11.7㎝의 둥근 철환(鐵丸)을 발사하는 대포였는데 이 포의 사정 거리는 1,300보로 500m가 넘는 장거리이다.

천자포보다 약간 작은 포탄을 쏘았던 지자포(地字砲)의 사정 거리도 350m가 넘는 장거리였다.

거북선은 상대방의 사정 거리 밖에서 천자포와 지자포를 이용하여 마음놓고 포탄 공격을 할 수 있었다.

대장군전, 화전 등을 쏘았던 현자포(玄字砲), 황자포(黃字砲)의 사정 거리는 약 300m였다. 가까운 거리에서 접전을 할 때에는 화약이 달린 화살을 쏘는 승자포(勝字砲)를 사용하였다.

무게가 가벼워 이동이 자유로웠던 승자포도 사정 거리는 200m가 넘는 장거리를 자랑하였다. 천, 지, 현, 황, 등의 포로 공격을 받은 배는 대파되거나 불길에 휩싸여 침몰되곤 하였다.

거북선은 「조선왕조실록」의 태종 13년 기록에서 매우 간략하게 나타난다.

기록 내용은 매우 간략하여 그 형태나 구조, 성능에 대해서는 헤아릴 길이 없다. 그 뒤 180여 년이 지난 임진년(1592년, 선조 25년)에 이순신 장군이 적은 「난중일기」의 2월 8일의 기록과 장계(임금에게 보내는 서면 보고) 등에 거북선에 대한 기록이 보인다. 그러나 그 글에도 배의 겉 모양과 전투 능력 정도만 적혀 있을 뿐이다.

학자들의 연구 결과로는 임진왜란 때 이순신 장군이 고안하여 나대용에게 만들게 한 것으로 알려져 있다. 그리고 1795년(정조 19년)에 나온 「이충무공전서」에 두 가지 거북선의 그림과 각 부분의 치수가 기록되어 전한다.

〈출처〉 백과사전 및

http : //www.papermagic.co.kr/html/company2_intro.asp

컨테이너선(5,300teu 급 대형 컨테이너선)

· 전장 : 225m

· 높이 : 40m

· 넓이 : 32m

· 만재 수량 : 67,000mt

· 총 톤수 : 66,000mt

· 시속 : 26.4노트로 각종 탄약과 일반 소모품을 적재하는 수송 선단의 중심 수송선이다.

자동차 운반선

대우조선해양이 자체 설계한 38,300DWT 급 다목적 자동차 운반선은 차량은 물론 탱크, 헬기까지 운송할 수 있는 새로운 개념의 자동차 운반선이다. K-200 신형 장갑차를 수송하기 위해 투입되었다.

로로선

다목적 수송함으로 바퀴 달린 화물의 운송이 용이한 수송선이다.

다중 갑판이 설치되어 있고 각 갑판이 독립되어 있으며 때론 합쳐지기도 해서 건설 기자재를 비롯한 규격이 통일되지 않은 화물 수송에 주로 이용된다.

✽ 전진호
· 만재수량 : 27,000t
· 흘수 : 10m
· 전장 : 177m
· 너비 : 25m
· 높이 : 30m
· 25t을 들어 올릴 수 있는 크레인 4기 최상 갑판에 설치됨.
· 선창 5개에 4중 갑판 설치.
· 각종 건설 장비 선적.

살물선

주로 규격화되지 않은 화물 운송에 사용되며 선창 하나에 단일 화물을 선적한다. 선박의 선창은 보통 5개에서 7개이며 하나당 1만 톤 내외의 화물을 적재한다. 유사시 갑판에 헬리콥터 7대를 올려놓고 작전을 할 수 있다.

병력 수송선

대형 여객선을 개보수한 병력 수송선으로 순수히 병력만을 수송하기 위해 만들어진다.

장보고 (KSS-I)

- 배수량 : 1,100t(수상), 1,285t(수중)
- 속력 : 11노트(수상 / 스노클링), 22노트(수중)
- 크기 : 전장 56m, 전폭 6.2m, 흘수 5.5m
- 승조원 : 33(장교 6)
- 단가 : 1,860억원

1987년에 3척이 주문되었다.

1척은 독일 HDW에서 건조되고 2척은 옥포대우 조선소에서 건조되었다.

건조용 소요 부품은 독일에서 수송되었다. 1989년 10월에 추가적으로 2차 3척이 주문되었고 1994년에 3차로 3척이 추가 주문되었다.

Type 1200형은 독일이 터키 해군에 공급한 유형과 매우 유사하다.

대부분 Atlas Electronik 탐지기와 STN 어뢰를 탑재한 것이다.

최대 잠수 깊이는 250m이며 수동형 견인 어레이가 부착될 예정인 것으로
보인다.

· 주요 탑재 장비

구 분	장 비
기관	MTU 12V 396 SE 디젤 기관 4기, 3,800마력, 발전기 4개, 모터 1대, 1축
미사일	개량화 계획으로 SSM 탑재가 예상됨
어뢰	21인치(533미리) 함수 발사관 8개, SUT K-731
기뢰	어뢰 대신 기뢰 28개 탑재 가능, K-721
전투 체계	ISUS-83 : 독일 KRUP Atlas
ESM	Argo 레이다 경보용
무기통제체계	Atlas Electronik ISU 83 TFCS
레 이 다	항해용 I 밴드
소나	Atlas Electronik CSU 83: 선체 부착, 수동 탐색 및 공격용 중주파수

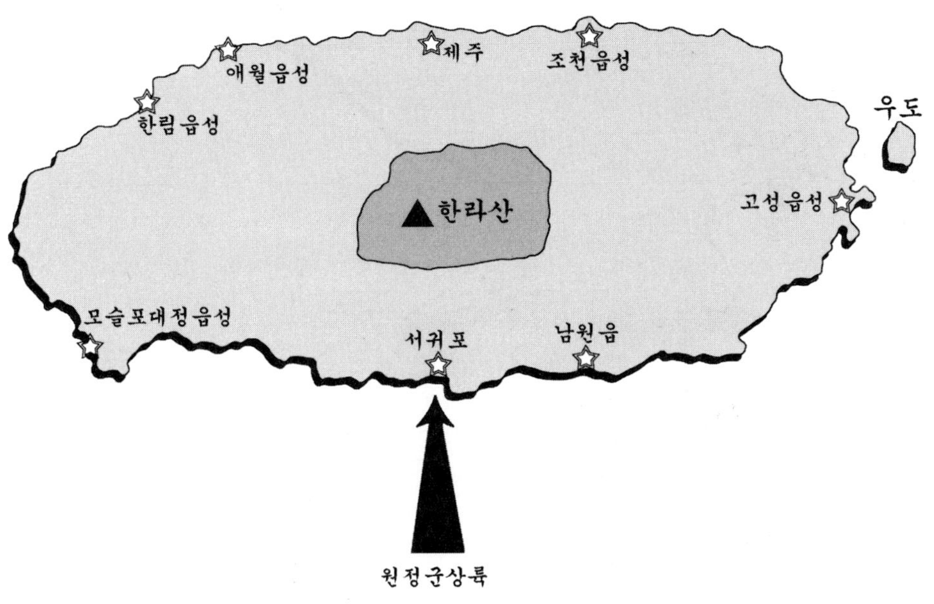

제주도

■ 제주도 점령

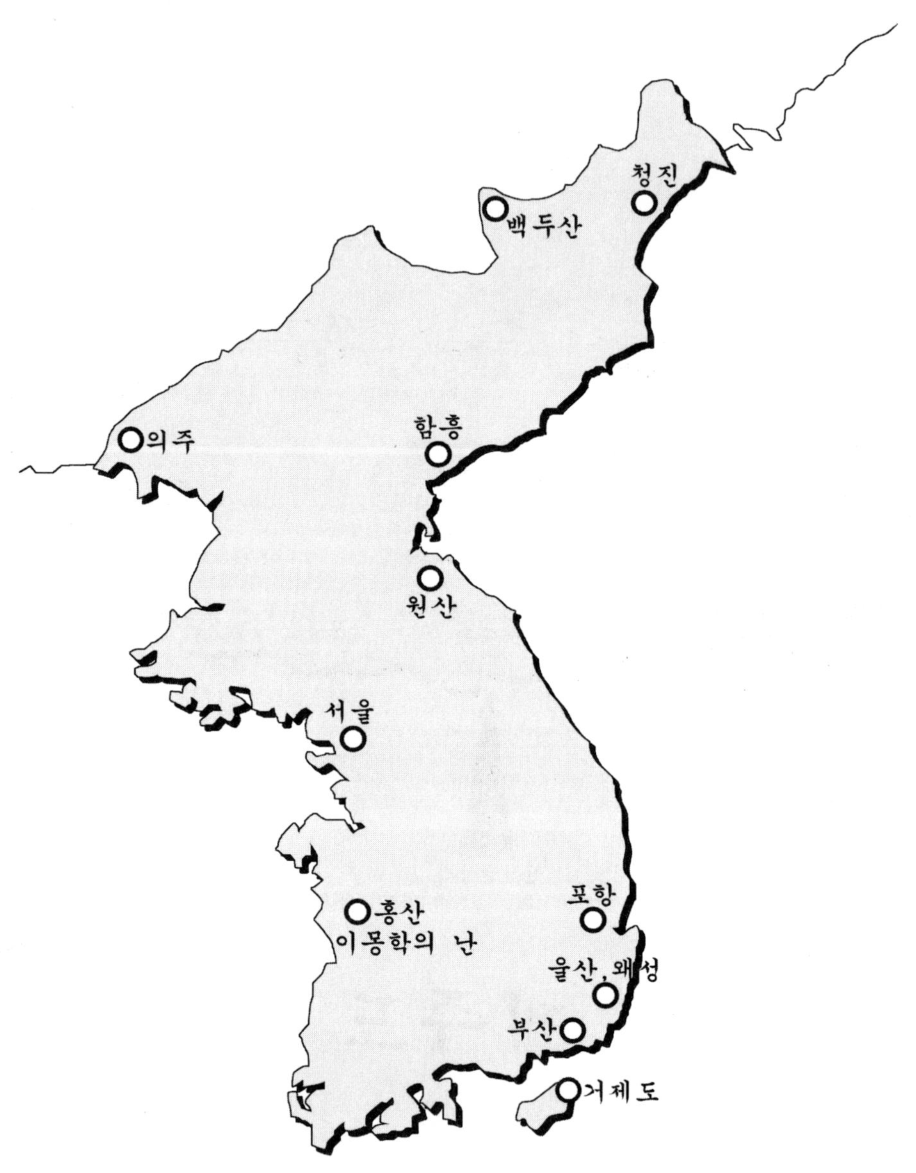

■ 한반도 접수

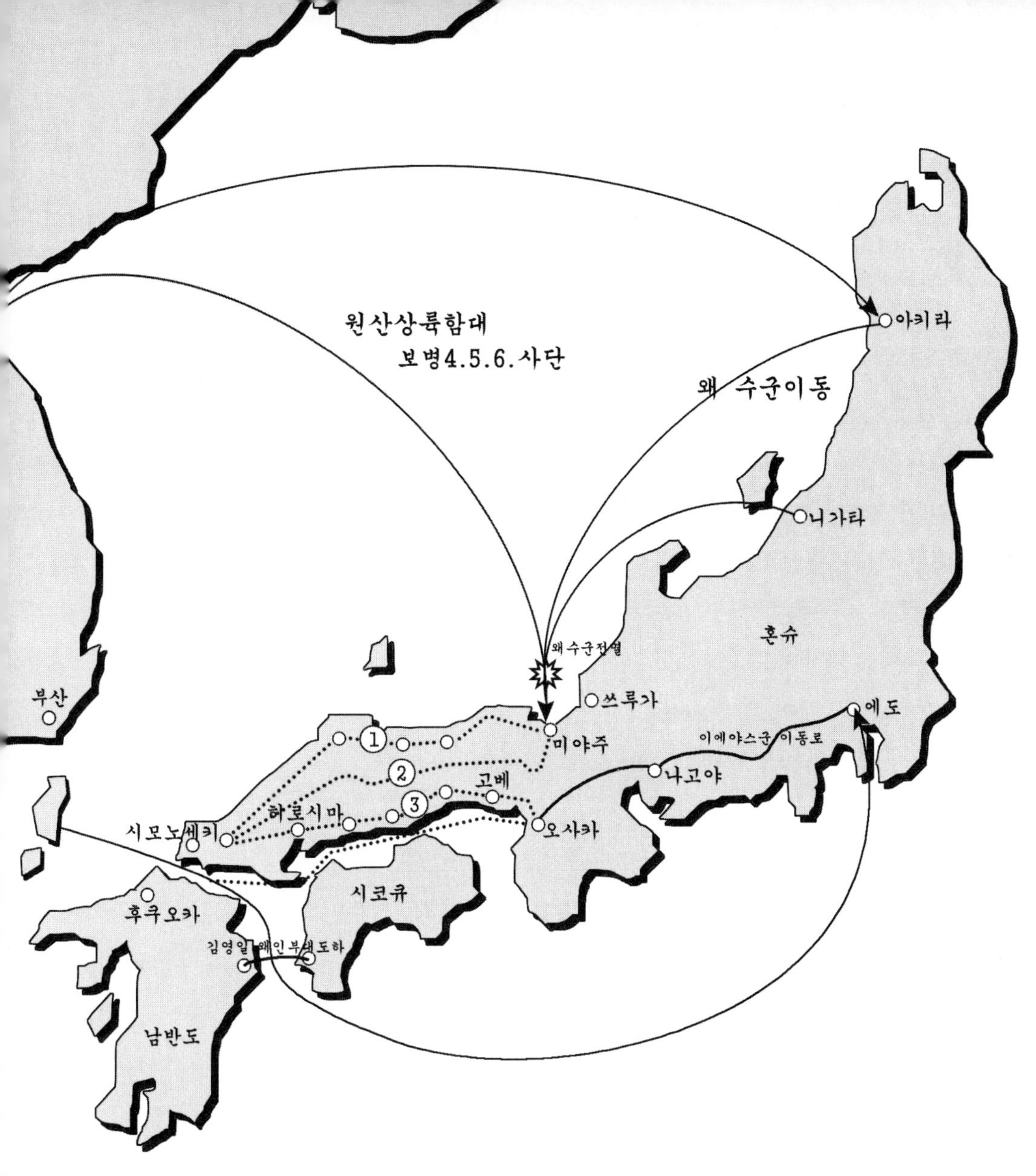

원산상륙함대
보병4.5.6.사단
왜 수군이동
아키타
니가타
혼슈
왜 수군전멸
쓰루가
에도
미야주
이에야스군 이동로
부산
나고야
고베
하로시마
시모노세키
오사카
시코큐
후쿠오카
김영일 왜인부대도하
남반도
·········· 이순신 함대 오사카점령   ① 남도군 1보병사단
——— 남종석 대마도 함대 에도공격   ② 공수여단, 제3기병사단
③ 2보병사단
■ 왜 정벌